HOHGANT

Gabriel Anwander, 1956 in der Ostschweiz geboren, studierte Landwirtschaft in Bern, bereiste Indien und Kanada, arbeitete in Kamerun und lebt heute mit seiner Frau im Emmental. Er begann früh, nebenher zu schreiben. Zahlreiche Geschichten wurden in Anthologien, Zeitungen und Magazinen veröffentlicht, mehrere bei Wettbewerben ausgezeichnet.
www.gabriel-anwander.ch

Dieses Buch ist ein Roman. Handlungen und Personen sind frei erfunden. Ähnlichkeiten mit lebenden oder toten Personen sind nicht gewollt und rein zufällig.

GABRIEL ANWANDER

HOHGANT

Kriminalroman

emons:

Bibliografische Information der Deutschen Nationalbibliothek
Die Deutsche Nationalbibliothek verzeichnet diese Publikation in der Deutschen Nationalbibliografie; detaillierte bibliografische Daten sind im Internet über http://dnb.d-nb.de abrufbar.

FSC
www.fsc.org
MIX
Papier aus verantwortungsvollen Quellen
FSC® C083411

Umschlagmotiv: Hans Wüthrich, Langnau i.E.; foto-wuethrich.ch
Umschlaggestaltung: Nina Schäfer, nach einem Konzept von Leonardo Magrelli und Nina Schäfer
Umsetzung: Tobias Doetsch
Gestaltung Innenteil: DÜDE Satz und Grafik, Odenthal
Lektorat: Irène Kost, Biel/Bienne, Schweiz
Druck und Bindung: CPI – Clausen & Bosse, Leck
Printed in Germany 2021
ISBN 978-3-7408-1314-7
Originalausgabe

Für Franziska und Roger

1

Ich kam die Treppe hoch, da wartete eine Frau im Schatten neben der Tür zu meiner Agentur. Sie lehnte mit dem Rücken zur Wand, ein Bein angewinkelt, die Hände in den Gesässtaschen, und musterte mich mit dunklen, wachen Augen.

Ich suchte den Schlüssel und überlegte, ob ich vergessen hatte, mich zu kämmen.

Im Gegenzug wagte ich einen Blick auf ihre Schuhe. Eine Angewohnheit von mir. Schuhe sind ein Ausdrucksmittel und geben Aufschluss über das Stilgefühl eines Menschen, über seine Neigungen und seine unmittelbaren Absichten. Das trifft nicht nur auf Clowns, Dirnen oder Bergsteiger zu.

Die Frau trug elegante Sneakers aus hirschbraunem Leder. Die Sohlen waren an den Rändern weiss, die Schuhbändel schamottfarben.

Sie gab sich einen Ruck, zog die Hände aus den Taschen und sprach mich an. «Sind Sie Herr Bergmann?»

«Ja. Und wer sind Sie?»

Sie strich sich die Haare zurück. «Petra Kürri.»

«Warten Sie schon lange?»

«Nein. Keine fünf Minuten.»

Wir gaben uns die Hand. Ihr Händedruck fühlte sich rauer an, als ich es vermutet hatte.

«Sie sind der Detektiv dieser Agentur, richtig?», fragte sie.

«So ist es.»

«Sind Sie ein *Privat*detektiv?»

«Allerdings. Privater geht's nicht.» Ich sperrte auf und trat ein.

Sie blieb vor der Schwelle stehen. «Haben Sie etwas Zeit für mich? Ich brauche Ihre Hilfe.»

«Wirklich?» Ich stiess die Tür weiter auf und warf die Gratiszeitung, derentwegen ich einen Umweg über den Bahnhof gemacht und die paar Minuten verloren hatte, zu den anderen auf dem Aktenschrank. «Kommen Sie herein.»

«Meine beste Freundin ist tot –»

«Kommen Sie rein. Und schliessen Sie die Tür.»

Die Luft war stickig. Ich begab ich mich zur Fensterfront, öffnete einen Doppelflügel sperrangelweit, beugte mich über das Sims und erlaubte mir trotz der wartenden Klientin im Rücken einen Blick auf den Dorfplatz hinunter.

Seit Tagen war kein Auftrag mehr eingegangen. Ich lungerte von morgens bis abends in meiner Agentur herum, las die Gratiszeitung, löste Kreuzworträtsel, baute Kartenhäuser und hoffte auf Klienten. Frau Kürri sollte meine Dringlichkeit nicht zu spüren bekommen, dieses Verlangen nach Aktivität, nach Verpflichtung und Einkommen.

Freitag war Markttag. Die Händler hatten ihre Stände in zwei Reihen aufgebaut. Drei Frauen flanierten zwischen den Auslagen durch und beäugten die überbordende Fülle an herbstlichen Gemüsen, an Obst und Blumen.

Eine Händlerin strich ihre grüne Schürze glatt, knipste da ein welkes Salatblatt weg, entfernte dort eine angefaulte Birne, eine aufgeplatzte Tomate und schielte zur Konkurrenz hinüber, verglich wohl jene Preise für Orangen oder Walnüsse mit ihren eigenen.

Ein fetter roter Kater wetzte seine Krallen am Stamm des Kastanienbaumes. Er hielt inne und lauschte mit spitzen Ohren auf das Geschnatter der Spatzen im Geäst.

Die ersten Strahlen der Sonne flirrten flach über die Dächer, und eine trockene kalte Bö säuselte ins Zimmer. Sie brachte die Gerüche von Ziegelstaub und Russ von den Kaminen mit sich und den bitteren Geschmack von den verdorrten Moospolstern in den Winkeln der Dachgauben.

Was hatte Petra Kürri gesagt? Ihre beste Freundin sei tot. Was könnte sie von mir wollen? Wäre ihre Freundin ermordet worden, hätte ich bestimmt davon gehört oder gelesen. Selbst wenn dies so wäre: Die Jagd nach einem Mörder war Sache der Polizei. War es ein Unfall? Wollte Petra Kürri, dass ich die Umstände, die zu ihrem Tod führten, abklärte?

Ich hob den Kopf und suchte den Himmel ab. Nirgends eine

Wolke, so weit ich sehen konnte. Die kalten Winde hatten in der Nacht abermals keine Wolken ins Tal geweht und damit keine Aussicht auf Regen gebracht.

Seit ausgangs September, das heisst, seit sechs Wochen, herrschten im Emmental tagsüber eine Wärme und eine Trockenheit, wie sie im September in der La Mancha, in Don Quijotes Heimat in Spanien, üblich war. Nur so als Beispiel.

Die überdurchschnittlichen Sonnenstunden und die damit einhergehende Trockenheit trieben die Füchse und die Rehe in den Wäldern in die hintersten, noch feuchten Gräben, die Rentner mit ihren Wanderstöcken scharenweise in die goldig-leuchtenden Berge und die Milchbauern in die Verzweiflung.

Wie ich mich umdrehte, sass Petra Kürri sehr aufrecht auf der Kante des Stuhls vor meinem Schreibtisch und sah sich verstohlen um. Viel gaben die Wände meiner Agentur nicht her. Ich hatte keine Bilder aufgehängt, keine Diplome, keine Uhr, nicht einmal einen Kalender. Ich brauchte das Geld, das ich verdiente, für andere Dinge.

Frau Kürri war gross und schlank, trug gepflegte Jeans, ein kupferfarbenes Shirt, darüber eine blaue, mit Lammfell gefütterte Baumwolljacke mit riesigen Taschen und breiten, umgeschlagenen Manschetten mit Knöpfen aus Trompetengold.

Ihre schmalen Hände ruhten ausgestreckt und entspannt auf den Oberschenkeln.

Die Hände erinnerten mich an die Hände der Harfenistin am letzten Kammerkonzert in Langnau. Ich mache mir nicht viel aus Klassik. Ich besuchte das Konzert, weil mir meine Nachbarin eine Freikarte schenkte, nachdem ich ihr geholfen hatte, einen platten Reifen zu wechseln.

Die Hände der Harfenistin hatten zwischen den Sätzen gleichsam ruhig und entspannt auf den Oberschenkeln gelegen. Weder Frau Kürri noch die Harfenistin trugen Ringe an den Fingern oder Lack auf den Nägeln.

«Kaffee?», fragte ich.

«Gerne.»

Ich spülte den Tank aus, füllte ihn mit frischem Wasser, drückte den Knopf, sah zu ihr rüber und wartete auf das Ausklingen des Mahlwerks. «Es tut mir leid, dass Sie im Flur warten mussten.»

«Ach, das macht nichts.» Sie lächelte mit geschlossenem Mund.

«Nein, es tut mir ehrlich leid. Es riecht widerlich im Treppenhaus. Ist Ihnen nicht übel geworden? Ein Geruch, man könnte meinen, irgendwo liege ein totes Huhn. Das müssen Sie bemerkt haben, auch wenn Sie mit dem Lift hochgefahren sind.»

Sie nickte schwach.

«Ekelhaft. Ich habe mich beim Putzdienst beschwert. Da sei nix, hat die Frau gesagt, sie putze überall und sauber. Ich habe im Nagelstudio reklamiert, unten im Erdgeschoss. Bei denen riecht es sowieso eigenartig. Gehen Sie ins Nagelstudio? Regelmässig? Verzeihen Sie die Frage. Zuletzt habe ich der Verwaltung einen Brief geschrieben. Von Hand, wie in alten Zeiten. Ich soll mich gedulden, haben sie per E-Mail geantwortet. Wir müssten warten, bis das Ehepaar unter mir aus den Ferien zurück sei.»

Petra Kürri strich sich die Haare hinters Ohr. «Das kommt möglicherweise von weiter unten.»

«Aus dem Keller? Wir befinden uns im dritten Stock.» Ich stellte die Tassen auf den Schreibtisch, holte Milch und Zucker und setzte mich ihr gegenüber auf meinen Stuhl.

Es war ein bewährter Holzstuhl, kein Bürosessel. Wozu auch? Meine Agentur war weder eine Parteizentrale noch das Office einer Konzernleitung. Meine Agentur war nicht der Mittelpunkt des Universums. Die meiste Zeit ermittelte ich ohnehin ausser Haus – so ich denn einen Auftrag hatte.

Sie gab Zucker in die Tasse. «Ja, der Geruch kommt wahrscheinlich aus dem Keller.»

«Was macht Sie so sicher?»

«Es riecht nach Kanalisation. Gase strömen durch den Abfluss eines Waschtrogs, den länger niemand benutzt hat. Der üble Geruch verbreitet sich zuerst im Keller und von dort im ganzen Treppenhaus. Verstehen Sie?»

«Ehrlich gesagt: nein. Das verstehe ich nicht.»

«Der Siphon ist ausgetrocknet. Die Gase im Abwasserkanal können durch die Rohre ungehindert ins Haus gelangen. Bei den tiefen Temperaturen nachts, draussen wirkt der ausgetrocknete Siphon wie ein Ventil und das Treppenhaus wie ein Kamin.» Sie deutete mit den Händen eine Fontäne gegen die Decke an. «Die Gase steigen empor und verteilen sich auf jedem Stockwerk.»

Sie nahm die Tasse in beide Hände, lehnte sich zurück und kniff die Augen zusammen. Die Strahlen der Morgensonne erreichten und blendeten sie.

Das Licht erzeugte einen magischen Schimmer auf ihren schulterlangen walnussfarbenen Haaren, ihren kurz geschnittenen Stirnfransen und auf ihrem länglichen geröteten Gesicht mit den dunkelbraunen und federglatten Augenbrauen.

Ich schloss das Fenster und kurbelte die Storen hinunter, bis der Schatten über sie hinabglitt und den Zauber beendete.

Auf meine Frage, woher sie das alles wisse, antwortete sie: «Mein Vater ist Sanitärinstallateur. Er hat mich als Kind oft mitgenommen.»

Sie stellte die Tasse auf den Tisch, und ich hockte mich wieder auf meinen Stuhl. Es wurde Zeit, sie anzuhören, ich hatte sie lange hingehalten, länger als beabsichtigt. «Jetzt habe ich verstanden», sagte ich. «Nun, was führt Sie zu mir?»

«Ich brauche Ihre Dienste.»

«Na, dann lassen Sie mal hören.»

«Ein Dealer verkauft hier im Emmental neuerdings reines Kokain an Suchtkranke. Ich möchte, dass Sie ihn aufsuchen und ihn warnen.»

Um ein Haar hätte ich meinen Kaffee verschüttet. «Was soll ich tun? Einen Drogendealer warnen?»

«Ja.»

«Einen Kokainverkäufer? Hier im Emmental?»

Sie nickte.

«Sie scherzen.»

«Nein.»

«Sie meinen wohl eher, ich soll die Leute vor dem Dealer warnen. Die Eltern. Die Lehrer. Die Jugendarbeiterin. Den Pfarrer. Die Polizei. Allesamt, damit sie den Nachwuchs vor dem Lump schützen. Ist es das?»

Sie bewegte ihre Schultern, was nachsichtig aussah. «Nein. Ich meine, Sie sollen den Händler warnen.»

«Warnen wovor? Vor der Justiz?» Ich betonte die Frage zu meiner eigenen Überraschung scharf und spöttisch.

Sie biss sich auf die Unterlippe und schwieg.

«Wollen Sie, dass ich bei ihm klingle und ihm sage: ‹Werter Herr, seien Sie auf der Hut, denn das, was Sie tun, ist illegal. Das wird in aller Regel hart bestraft›?»

Sie schloss kurz die Augen und fuhr sich mit dem Handrücken über den Mund.

Ich stand auf, nahm eine Karaffe aus dem Regal, füllte sie mit Wasser ab dem Hahn, stellte zwei Gläser auf den Tisch, goss ein und setzte mich wieder.

Sie trank ihr Glas in einem Zug leer und schwieg beharrlich.

Darüber geriet ich noch gehöriger in Fahrt. Nicht jedes Begehren oder besser gesagt jede Anfrage der Klienten, die mich aufsuchten, erstaunte mich; nein, seit der Eröffnung meiner Agentur vor fünf Jahren kamen Frauen wie Männer, mitunter Jugendliche, mit den abwegigsten Forderungen zu mir. Damit hatte ich mich abgefunden. Auf meiner Karte stand: «Alexander Bergmann. Ermittlungen aller Art. Privat und diskret».

Viele, die das lasen, vorwiegend jüngere Gesellen, hielten mich für ein Raubein, das für ein, zwei blaue Scheine schlechthin jeden Auftrag annahm.

Unterdessen war mir das egal, weil es der Realität ziemlich nahekam. Aber einen Drogendealer zu warnen, das überstieg dann doch meine letzten heiligsten Prinzipien.

«Womöglich verkauft der Kerl den Stoff nachts auf dem Güterbahnhof in Langnau. Wollen Sie, dass ich ihm auflauere? Soll ich, sobald er vorfährt in seinem protzigen schwarzen Auto, aus dem Schatten treten und vorsichtig an seine getönte Scheibe klopfen? Ja? Wir wissen alle, dass diese Typen den Motor laufen lassen. Weil das ihren Geltungsdrang unterstützt. Ihren Hang zur Prahlerei, ihre ständige Gereiztheit und ihre Ungeduld. Ich greife also zu, sobald er die Scheibe heruntergelassen hat. Blitzschnell. Ich packe ihn mit beiden Händen am Shirt und reisse ihn so weit aus dem Fenster, dass er die Scheibe nicht hochdrücken kann. Weil er sich sonst den Hals einklemmt. Ich brauche dadurch nicht zu brüllen, nachts, im Zentrum des Dorfes. Er fixiert mich, erst erschreckt, dann wütend, und ich raune ihm ins Ohr: ‹Mach, dass du fortkommst, du Strolch. Du Brigant. Du Schneebeutel. Wenn die Einheimischen dich beim Dealen erwischen, nehmen sie dir diese verdammte Karosse weg, ziehen dir die Schuhe und die Socken aus und prügeln dich auf nackten Füssen im Flussbett der Emme aus dem Tal›.»

Sie verhielt sich weiterhin still, traute sich kaum, das Glas auf den Tisch zurückzustellen.

Es war ihr an den glühenden Wangen, den hochgezogenen Augenbrauen, dem Schweiss auf der gekrausten Stirn unter den Fransen anzusehen, dass meine Worte in ihrem Kopf stürmische Gegenreden auslösten.

Warum sagte sie nichts? War ich eine Spur zu laut geworden? Empfand sie meinen Protest als ungerechtfertigt?

Ich hatte mich, wie bereits erwähnt, daran gewöhnt, dass die Leute irrige Auffassungen von einer erfolgreichen Ermittlung hatten und mich falsch beurteilten. Der Hauptgrund, weshalb ich bei ihr ein Stück weit die Fassung verlor, bestand wahrscheinlich darin, dass ich den Eindruck gewonnen hatte, sie schätze mich ebenso falsch ein wie die meisten anderen.

Sie hatte mich mit ihren Schuhen, durch ihr gradliniges Auftreten zu Beginn und mit ihrer festen Stimme für sich eingenommen.

Wie sagt man so schön? Ich hätte mit ihr das Pausenbrot geteilt.

Kaum hatte sie den Auftrag ausgesprochen, schlug meine Meinung um. Ich war enttäuscht, um nicht zu sagen: gekränkt. Ich erwog ernstlich, sie zur Tür zu begleiten und hinauszukomplimentieren. Danach hätte ich das Gratisblatt durchgeblättert wie an den anderen Tagen und mich beim Lesen der Kommentarspalten erneut aufgeregt. Oder gelangweilt, je nachdem.

Ihre Verschlossenheit bewog mich, sitzen zu bleiben und ein Weilchen abzuwarten. Wie könnte ich sie dazu bringen, mir zu erklären, was sie in Wirklichkeit bezweckte?

Durch die Wände war zu hören, wie der alte Lift ins Parterre hinunterruckelte. Ich spürte die Vibrationen unter den Füssen, und die Deckenlampe begann zu schlottern. Sie erzeugte ein gläsernes Klirren. Kürri schoss ängstliche Blicke zur Lampe hoch, dann starrte sie auf meine Stirn.

Ich suchte in ihrem Gesicht nach Anzeichen von Übermut, Vorwitz, Wahn, Einbildung, Naivität – was weiss ich. Alles, was ich erkennen konnte, waren Merkmale von Trauer, Eigenwille und Kleinmut.

Sie hielt meinem prüfenden Blick stand, was mich wiederum beeindruckte. Sie tat es anscheinend frei von Trotz oder Starrsinn und ohne ihre inneren Zwänge zu offenbaren. Sie wankte nicht, und sie zauderte nicht, und dies für die Dauer von mindestens fünf Atemzügen.

«Mit allem Respekt, Frau Kürri, einen Kokaindealer zu warnen, geht mir, gelinde gesagt, gegen den Strich. Ich weiss, die Welt ist kompliziert und ungerecht und das Emmental kein Sonderfall. Wenn es anders wäre, hätte ich meine Detektei längst schliessen müssen und würde mein Glück als Rosenverkäufer versuchen. Oder als Märchenerzähler. Aber einen Drogendealer zu warnen, das halte ich für verkehrt.»

Sie schaute zum Fenster hinüber. Ich tat es ihr gleich. Alles, was sie in den schmutzig-trüben Scheiben sehen konnte, war ihr Spiegelbild, dahinter alte, noch staubigere Lamellen und zwischen den Lamellen Ritzen, durch die das Licht in Form von waagrechten Strichen hereinschimmerte und ihr Spiegelbild zerschnitt. Falls in ihrem Kopf überhaupt ankam, was ihre Augen registrierten.

Ich erhob mich, ergriff die leeren Tassen, versenkte sie im Spültrog und marschierte hinter dem Schreibtisch auf und ab. «Verstehen Sie doch, ich habe eine Lizenz. Ich versuche mein Brot auf redliche Weise zu verdienen. Das ist heutzutage schwer genug. Kokain ist eine harte illegale Droge. Wenn ich mit einem Dealer in Kontakt trete, egal wie, ob ich ihn warne, ihm ein paar Gramm abkaufe, ihn verdeckt filme oder ihn fotografiere, während er einem Süchtigen ein Päckchen andreht, oder ob ich den Kerl in eine Falle locke und vor Zeugen festnagle, es spielt keine Rolle: Meine Lizenz bin ich schneller los als er sein Geld.»

Sie zeigte keinerlei Reaktion.

Ich blieb stehen und überlegte, wie weit ich gehen und ihr Hand bieten könnte. «Ich schlage Ihnen Folgendes vor: Ich mache den Kerl ausfindig. Das dürfte nicht allzu schwierig sein. Ich beschatte ihn zwei, drei Tage und Nächte und berichte Ihnen danach, wann und wo er sich herumtreibt und an wen er Kokain verkauft. Das ist das Äusserste, das ich für Sie tun kann. Was Sie mit dem Bericht anfangen, ist nicht mehr meine Sache.»

Ihre Nasenflügel bebten, und ihr Brustkorb hob und senkte sich auffallend stark. Sie drehte ihren Kopf in meine Richtung. «Warum sagen Sie nicht gleich, ich vergeude Ihre Zeit?» Ihre Stimme hatte einen kategorischen Unterton.

Ich versuchte zu beschwichtigen. «Verstehen Sie mich nicht falsch –»

«Sie sind mir empfohlen worden. Sie seien der Beste, jedenfalls ist mir das gesagt worden. Jawohl, der Beste. Ich habe mich anscheinend verhört.»

Sie klatschte mit den Händen energisch auf die Oberschenkel, liess ein «Tja» hören und erhob sich.

Ich weiss nicht, warum, aber ich wollte sie nicht ziehen lassen. «Warten Sie. Bleiben Sie. Sagen Sie mir, was ich tun soll.» Ich drehte meine Handflächen gegen oben, um meine Ergebenheit deutlich zu machen.

Sie liess sich auf den Stuhl zurückfallen. Mir fiel auf, dass ihre Augen leise und sachte einen unnatürlichen Glanz bekamen. Ich sank langsam auf den Stuhl und guckte besser hin: Frau Kürris Augen füllten sich mit Tränen.

2

Die Blicke aus Kürris geröteten, tränenvollen Augen trafen mich wie Eiswürfel mitten ins Herz. Unter der Last ihrer stummen Klage versuchte ich mich zu beherrschen und vermied jede Regung. Mag sein, dass ich die Augenbrauen zusammenzog, die Stirn leicht in Falten legte, kurz: eine schuldbewusste Miene aufsetzte. Mehr nicht.

Sie zuckte mit keiner Wimper, und ich überlegte, wie lange wir das gegenseitige Stillschweigen durchhalten würden, da bohrte sich der Pfiff einer Lokomotive vom Bahnhof her quer durch alle Räume. Hatte wohl einer wieder die Geleise überquert. Jedenfalls brach das scharfe Gedröhn den Bann zwischen uns.

Kürri atmete auf, straffte die Schultern, beugte sich leicht nach vorn und wiederholte mit überhöhter Stimme, was sie ganz zu Beginn, draussen auf dem Flur vorgebracht hatte. «Meine beste Freundin ist tot. Sie ist in meinen Armen gestorben.»

«Das tut mir leid», sagte ich und beobachtete, wie sie zur Decke blinzelte und ihre Mittelfinger an die unteren Augenlider presste. Links wie rechts entwischten ihr einzelne Tropfen. Sie kullerten über ihre Wangen und hinterliessen schwache rauchgraue Linien von der Wimperntusche.

Kürri war beileibe nicht die erste Frau, die auf diesem Stuhl sass und Tränen vergoss. Hin und wieder flennte auch ein Mann. Es war mir einerlei, ob die Klienten aus Zorn, Trauer, Hilflosigkeit, kalter Berechnung oder Selbstmitleid heulten, ich konnte es grundsätzlich nicht ausstehen. Extra für diese Fälle hatte ich einen Vorrat an Papiertaschentüchern angelegt. Frauen hatten selten ein Taschentuch zur Hand, und Männer, wenn überhaupt, ein gebrauchtes.

Ich kramte in der obersten Schublade nach einer Packung und streckte sie ihr hin. «Hier, nehmen Sie.»

Um sie nicht weiter zu verdriessen, bemühte ich mich, wenn nicht gerade tröstend, nun doch wenigstens versöhnlich zu klingen.

Sie schnappte sich die Packung, enteilte in die Toilette und kehrte nach kurzer Zeit zurück, frisch gekämmt, mit einer wohlgesinnten Ausstrahlung und einem Hauch von Seife. Sie setzte sich lockerer, freier als vorhin auf den Stuhl und wollte mir die angebrochene Packung zurückgeben.

«Ich bitte Sie, behalten Sie den Rest», sagte ich, goss Wasser nach, trank sogleich ein Glas und fragte: «Wie lange ist das her? Wann ist sie gestorben, Ihre Freundin?»

«Am Mittwochnachmittag», gab sie kurz und knapp zur Antwort.

Ich hoffte, sie würde endlich offenlegen, aus welchen Gründen sie hergekommen war, denn ich hatte immer noch keinen Schimmer, worauf sie in Wirklichkeit hinauswollte. Statt sie mit einer Frage oder einem Kommentar von Neuem in die Enge zu treiben, nickte ich ihr zur Abwechslung aufmunternd zu.

Das half. Sie holte aus. «Ich arbeite in der Fixerstube in Bern. Viermal die Woche habe ich Dienst. Von zwei Uhr nachmittags bis zehn Uhr nachts.»

Sie wählte die Worte mit Bedacht und sprach mit brüchiger Stimme, wie von einer nicht gänzlich aufgelösten Empörung angeschlagen, dennoch fliessend.

«Was tun Sie dort?», fragte ich.

«Das ist nicht einfach zu erklären. Bei uns können suchtkranke Menschen Drogen konsumieren, ohne diesen Stress auf der Strasse. Das hilft ihnen im Alltag. Sie werden weniger krank und vor allem weniger straffällig. Viele finden dadurch einen Weg zurück in ein stabiles Leben. Wir bieten drei Räume an: Im ersten können sie spritzen, im zweiten rauchen und im dritten schnupfen.»

«Helfen Sie ihnen beim Spritzen? Wie muss ich mir das vorstellen?», fragte ich.

«Oh nein, wir dürfen nicht helfen. Ich schaue bloss, dass alles einigermassen geordnet abläuft. Ich tausche neue Spritzen gegen gebrauchte. Schlichte Streit. Rede ihnen zu. Kontrolliere die Zeit, die sie auf ihrem Platz verbringen dürfen. Halte sie an, den Unrat zu entsorgen. Hinterher desinfiziere ich Tisch und Stuhl, wische den Boden auf, wenn nötig, und lasse den oder die Nächste eintreten.»

«Geben Sie Drogen ab?»

«Was denken Sie! Das wäre nicht legal. Den Stoff müssen sie mitbringen. Immer.»

Mittlerweile war meine Neugierde erwacht. Es drängte mich, mehr über sie und ihre tote Freundin zu erfahren. «Arbeiten Sie schon lange dort?»

«Ende Oktober waren es vier Jahre.»

«Wie hiess Ihre Freundin?»

«Mandy.»

«Hat Mandy auch dort gearbeitet?»

«Nein.» Sie schüttelte den Kopf. «Mandy ist süchtig gewesen. Wir sind zusammen zur Schule gegangen. Sie ist mit vierzehn in die Szene geraten. Sie hat unzählige Male versucht, damit aufzuhören, aber nein … Nein, sie hat es nie geschafft. Und jetzt ist sie tot.»

«Wie alt ist sie geworden?»

«Im März haben wir ihren dreissigsten Geburtstag gefeiert. Zu dritt: Mandy, eine Kollegin und ich. Die Kollegin hat eine Flasche Champagner hineingeschmuggelt. Wir haben in der Fixerstube eine kleine Bar. Alkohol ist zwar verboten, aber das ist es uns wert gewesen.»

Sie rupfte zur Sicherheit ein neues Taschentuch aus der Packung, tupfte sich damit die neuen Schweissperlen von der Stirn, der Nasenwurzel, den Schläfen und dem Hals, rieb sich danach die Handflächen trocken und zerknüllte das feuchte Papiertuch zwischen den Fingerspitzen. Gegen die Tränen benötigte sie es nicht mehr, auch wenn das ständige Ringen mit dem Gram sie offenbar eine Menge Kraft kostete.

«Ist Mandy an Kokain gestorben?»

«Ja.»

«Von einem Arzt bestätigt?»

«Ja. Herzversagen.»

«Ihre Freundin ist ihr halbes Leben süchtig gewesen und am Ende an einer Überdosis Kokain gestorben. Und damit kommen

Sie zu mir? Was wollen Sie? Seien Sie ehrlich: Was erwarten Sie von mir?»

Sie starrte durch mich hindurch, mit leicht geöffnetem Mund, wie jemand, dem die korrekte Antwort auf der Zunge liegt. Die Zeit, die sie beanspruchte, um auf meine Frage zu reagieren, hätte mir gereicht, die Zeitung, die auf dem Aktenschrank wartete, rüberzuholen und wenigstens bis zur Sportseite durchzublättern.

Schliesslich überraschte und verblüffte sie mich statt mit einer Antwort mit einem Konter: «Sie haben nicht die leiseste Ahnung von Drogen. Stimmt's?»

Ich empfand ihren Anwurf, manierlich gesagt, als unsachlich, und bevor ich ihn widerlegen oder vielmehr ihre Meinung zerstreuen konnte, hakte sie nach: «Geben Sie es zu.»

«Ich bin Privatdetektiv, kein Drogenfahnder.»

«Sagen Sie bloss, Sie haben nie gekifft.»

«Überlassen Sie mir das Fragen.»

Sie nickte, kicherte, gluckste, prustete, warf den Kopf in den Nacken, lachte und tupfte sich Tränen aus den Augenwinkeln. Sie beruhigte sich nach und nach, feixte ein letztes Mal und seufzte zum Abschluss laut und tief aus der Brust, schnickte das zerknüllte Papiertaschentuch in den Papierkorb, strich ihr Haar beidseitig hinter die Ohren und sah zu mir her. «Verzeihen Sie. Ich bin durcheinander …» Ihre Hände flatterten wie zwei aufgescheuchte Schmetterlinge vor ihrem Gesicht.

«Sie brauchen sich nicht zu entschuldigen.» Das war der Moment, ihr mein Vertrauen auszusprechen. «Ich heisse Alexander.»

«Petra.»

«Ich nehme an, *du* kennst dich aus mit Drogen.»

«Ich glaube schon, ja.»

«Zurück zu Mandy. Sie ist vor zwei Tagen an einer Überdosis Kokain gestorben. Sie hat mit vierzehn damit angefangen, hast du gesagt. Hast du eine Ahnung, wie sie draufgekommen ist? Mit Kokain? Weisst du darüber Bescheid?»

«Heroin. Ihr Bruder hat sich Heroin gespritzt. Sie hat ihn bewundert und gebettelt, bis er nachgegeben und ihr einen Schuss gesetzt hat. Seitdem …»

«Bist du dabei gewesen?»

Sie raunte einen Ton, der vor keinem Gericht als ein protokollwürdiges Ja durchgegangen wäre. Ich liess es gelten und befragte sie weiter: «Hast du wegen ihr diesen Beruf gewählt?»

«Nein, nein.» Eine überdeutliche Absage.

Petra drehte den Kopf erneut zur Seite und presste die geschminkten Lippen hart aufeinander. Sie beobachtete mich immerhin aus den Augenwinkeln, und ich bekam den Eindruck, ihrem Ansinnen allmählich auf der Spur zu sein. Ein Gedanke hatte sich mir schon einmal in den Vordergrund gedrängt, ich hatte ihn unbedacht verworfen. Nun war er wieder da. Zeit, ihn auszusprechen: «Willst du ihren Tod rächen? Ist es das? Bist du deshalb zu mir gekommen? Geht es dir um Rache?»

Sie sah mich bestürzt an. «Nein, das ist nicht meine Absicht. Nein.»

«Nein? Was denn sonst? Sie ist tot, und du kommst zu mir. Warum überlässt du die Sache nicht einfach der Polizei?»

Sie biss sich auf die Unterlippe und verschränkte ihre Arme. Ihre Ohren glühten wie auch ihre Wangen.

Konnte es sein, dachte ich, dass Petra nicht nur traurig und erschüttert, sondern auch ängstlich war? War sie aus Furcht hergekommen? Sie gab nicht viel auf die Polizei, das war offensichtlich. Fühlte sie Unheil auf sich zukommen? Hatte sie eine andere Freundin, die ihrer Meinung nach mindestens so stark gefährdet war? Einen Freund vielleicht? Hatte sie deshalb weder einen Plan noch ein klares Ziel, bloss den Wunsch, diese Freundin oder diesen Freund nicht auch so zu verlieren? Dass sie Mandys Tod nicht tatenlos hinnehmen konnte, war leicht zu verstehen.

Es wäre durchaus denkbar, dass sie sich mehr von mir erhoffte, als nur den Dealer zu warnen.

Als Erstes brauchte ich alle Informationen, die sie mir geben konnte. Ich sagte: «Erzähl mir alles über Mandy und die Umstände, die zu ihrem Tod geführt haben. Erzähl mir alles, was du weisst.»

3

Petra nahm ihr Glas, nippte daran, betrachtete das Wasser, nippte erneut und begann mit gefasster Stimme zu berichten. Mandy sei praktisch jeden Tag in die Fixerstube gekommen, meistens früh am Nachmittag, manchmal vor der Dämmerung und selten kurz vor Feierabend. Sie sei jedes Mal direkt ins Schnupfzimmer gegangen und habe zwei Linien Koks hochgezogen. Wenn sie gut drauf gewesen sei – und im Sommer sei sie für gewöhnlich gut drauf gewesen –, habe sie hinterher mit jedem rumgealbert, habe auf ihre Art alle und jeden zum Lachen gebracht.

Petra schwenkte das halb leere Glas, wie wenn sich darin Medizin befände, und trank es in einem Zug aus. «Sogar meine Chefin hat mit ihr gelacht, wenn sie da gewesen ist. Immer. Mandy hat einiges durchgemacht in ihrem Leben. Ihre Mutter ist früh gestorben. Der Vater hat sie und ihren Bruder sitzen lassen. Er ist nach Australien ausgewandert. Wenig später ist ihr Bruder gestorben. Mit einundzwanzig.»

Sie stellte das Glas zurück und pflückte ein neues Taschentuch aus der Packung. «Danach hat sie jeden Halt verloren. Sie hat nichts ausgelassen. Sie ist ...» Sie blähte ihre Backen auf, warf beide Arme in die Luft und liess sie seitlich fallen, ächzte dazu und schimpfte: «Ich will nicht ihr ganzes Leben erzählen.»

«Gut. Reden wir über das Kokain und ihren Tod. Woher weisst du, dass der Stoff, an dem sie gestorben ist, aus dem Emmental stammt? Hat sie dir verraten, wo sie das Zeug herhat? Hat sie es hier in Langnau gekauft? Hat sie dir auch gesagt, wann sie es gekauft hat?»

«Sie hat sich den Stoff in Bern besorgt. Am Bahnhof. Immer. Soviel ich weiss, hat sie jeden Tag praktisch ihr ganzes Geld ausgegeben. Das Geld, das sie am Vorabend angeschafft hat, ist am nächsten Tag für Alkohol, Tabletten, Zigaretten, Kokain und Crack draufgegangen. Ich habe den Kerl gefragt, der ihr das Koks verkauft hat, wo er es herhabe. Von einem Händler im Emmental, hat er geschwafelt und vorgegeben, er habe ihr gesagt, es sei reines Kokain. Doch das hat nichts zu sagen, verstehst du? Ameisen behaupten das andauernd. Kein Mensch glaubt ihnen, denn von einer Ameise bekommst du auf der Gasse nie reines Kokain. Never.»

«Aber diesmal hat er die Wahrheit gesagt, oder nicht?», warf ich ein.

«Ich glaube eher, er hat selbst keine Ahnung», gab sie zurück.

«Er hat keine Ahnung von was? Von Kokain? Vom Dealen? Von den Folgen?»

«Von Koks. Das Pulver, das die Hintermänner, also die Grosshändler, den Ameisen verkaufen und Koks nennen, ist ein Gemisch.»

«Ach so. Ja, davon habe ich gehört. Sie strecken es mit irgendwelchem Dreck.»

Das sei nicht ganz richtig, korrigierte sie und führte aus, Koks bestehe in der Regel zur Hälfte aus Kokain. Die andere Hälfte sei Milchzucker, dem zermalmte Schmerztabletten beigemengt würden. Kokain sei ein wasserlösliches Salz. Zusammen mit dem Milchzucker und den pulverisierten Schmerztabletten eigne es sich hervorragend zum Schnupfen.

«Leider», schloss sie.

Mir wurde bewusst, wie wenig ich eigentlich über Kokain wusste. «Wer stellt die Mischung her? Kommt Koks fixfertig in die Schweiz?»

«Nein. Es würde sich nicht lohnen, so viel Milchzucker zu schmuggeln. Die Banden schmuggeln hochgradig reines Kokain nach Europa. Die Empfänger, die Grosshändler in den Städten, verdoppeln die Menge. Ein besonders gerissener Grosshändler besprüht das Koks am Schluss mit einem Betäubungsmittel.»

«Was? Wozu?»

«Das Schnupfen schädigt die Schleimhäute. Sie werden überempfindlich. Sie schwellen an und sondern ständig Sekret ab. Das Betäubungsmittel dämpft den Schmerz unmittelbar. Das heisst, es lindert das Brennen und Stechen nicht erst nach und nach wie Koks mit den pulverisierten Schmerztabletten, sondern sofort. Grosshändler haben keine Skrupel und kein Gewissen. Die Ameisen fragen ihren Lieferanten nach Koks. Und sie bekommen Koks. Sie wissen, wie man damit Linien anhäuft und hochzieht. Und sie kennen den Preis und die Wirkung. Wenn das Koks die Schmerzen schnell und wirkungsvoll betäubt – umso besser. Mehr wollen die gar nicht wissen.»

Ich wollte wissen, warum Mandy nicht eigenhändig beim Grosshändler einkaufte.

«Ganz einfach», antwortete Petra. «An die Grosshändler kommst du nicht ran. Die halten sich verdeckt. Sie verkaufen nur an ein paar ausgewählte Ameisen. An Leute, die sie in der Hand haben, bei denen sie sicher sein können, dass sie sie nicht verraten. Und sie verkaufen nur grössere Mengen aufs Mal. Eine Ameise kauft, sagen wir einmal, vierzig Beutel. Jeder Beutel enthält ein oder zwei Gramm. Damit erscheinen sie absichtlich spät in den Gassen. Warten ist für alle Menschen leidig; für einen suchtkranken Menschen ist Warten eine Qual. Das verleiht den Ameisen Macht. Sie können für ein Gramm Koks einen höheren Preis verlangen. Sie sind selber süchtig und finanzieren sich mit dem Profit ihren eigenen Bedarf.»

«Wieso nennst du sie Ameisen?»

«Weil sie ständig in Bewegung sind, um nicht gefasst zu werden.»

«Mandy hat also normales Koks verlangt, aber reines Kokain erhalten.»

«Das steht fest. Sie hat einen Beutel mit einem winzigen Rest übrig gelassen. Den haben wir getestet. Hundert Prozent rein. Das Problem ist: In letzter Zeit hat sie manchmal geschnupft *und* geraucht.»

«Gleichzeitig?»

«Natürlich nicht. Sie hat nach dem Schnupfen so lange wie möglich gewartet. Sie hat, wie gesagt, herumgewitzelt. Manchmal ist sie den ganzen Nachmittag dageblieben, an der Bar oder im Hof, und ist, wenn sie es nicht mehr ausgehalten hat, wenn sie dem Verlangen nicht mehr hat widerstehen können, ins Raucherzimmer.»

«Zum Kiffen?»

«Nein. Zum Crackrauchen. Crack verschafft dir den totalen Kick. Ich habe –»

«Crack? Was ist Crack?»

«Kristallisiertes Kokain. Es knistert, wenn es verglüht. Daher der Name.»

«Und den Rauch atmet man ein, ich verstehe.»

«Ich habe ein Auge auf sie gehabt, soweit das möglich gewesen ist bei dem Rummel. Vorgestern hat sie ihre üblichen Linien geschnupft.»

Petra wurde von einer Rührung erfasst und hielt inne, um durchzuatmen.

Bis hierher konnte ich ihr folgen. «Sie hat doppelt so viel Kokain hochgezogen wie sonst.»

«Genau.»

«Spürt man das nicht in der Nase?»

«Ha! Uns hätte diese Dosis …» Sie stockte erneut, fuhr sich über die Stirn und fügte leise an: «Fast hätte ich gesagt: *umgebracht.*»

Ich hob die Karaffe und wollte Wasser nachgiessen.

Sie legte ihre Hand aufs Glas und fuhr weiter: «Du hast recht, wir hätten das Gefühl, es zerreisse uns die Nase. Danach würden in unserem Hirn Farben und Töne explodieren. Wir bekämen ein Gefühl von der Glorie, ein Übermensch zu sein. Mandy ist aus dem Schnupfzimmer gekommen, hat kein Wort gesagt und ist schon bei der ersten Gelegenheit ins Raucherzimmer.»

Sie stützte die Ellbogen auf die Knie und legte ihre Stirn auf den Händen ab. Bedauernswert sah sie aus, und der Klang ihrer Stimme erhöhte sich. «Ich hätte es merken müssen. An ihrem Taumel und diesem irren Blick. Sie hat es oft übertrieben, aber am Mittwoch muss sie unheimlich berauscht gewesen sein. Hätte ich den Grund gewusst … Diese Menge Kokain aufs Mal und obendrauf das Crack. Die Mischung hat ihr Herz aufgepeitscht bis zum Kollaps.»

Sie schniefte, richtete sich auf, streckte sich und sah in meine Richtung. Strähnen im Gesicht. Leichtes Beben der Unterlippe.

Erneut gerötete Augen. «Sie ist aufgestanden und davongelaufen. Hat nicht einmal zu Ende geraucht. Jemand hat den Alarmknopf gedrückt. Ich bin ins Zimmer gerannt. Der Kerl am Tisch neben ihr sagte zu mir in aller Ruhe, er glaube, Mandy brauche meine Hilfe. Da ist sie schon fort gewesen. Ich bin ihr nachgelaufen, obwohl wir das Haus nicht verlassen dürfen. Sie ist den schmalen Weg zur Aare hinuntergewankt. Was heisst gewankt, sie ist getorkelt. Unten ist sie gestürzt und hat auf die Ufersteine und in die Aare Galle und Rotz erbrochen. Wir wissen, was in dem Fall zu tun ist. Wir erleben das oft. Jede Woche kippt mindestens eine oder einer vom Stuhl. Nur da unten an der Aare habe ich ihr nicht helfen können.»

Sie stand auf, fasste die Haare hinten zusammen, fuhr sich mit dem Ärmel über die Stirn. «Ich glaube, sie hat mich noch erkannt. Sie hat gelächelt. Ich habe ihr den Mund abgewischt, sie in den Arm genommen. Sie hat kein Wort gesagt, mich nur angelächelt. Plötzlich hat sie das Gesicht verzogen bis zur Fratze, hat heftig nach Luft gerungen, zweimal, dreimal, krampfhaft. Ich weiss es nicht mehr. Ich habe sie zum Atmen animiert, habe mit ihr geredet, plötzlich ist sie total erschlafft. Ich habe gekämpft, um sie gerungen, ihr Herz massiert, aber ...»

Petra hob verzweifelt die Hände, begab sich ans Fenster, stützte sich an der Wand ab, legte die Stirn an den Fensterrahmen, spähte durch die Ritzen der Lamellen und hauchte: «Ich habe versucht, sie hochzutragen. Es ist zu spät gewesen, sie ist in meinen Armen gestorben.»

Ich trat ebenfalls ans Fenster und kurbelte die Storen hoch, um die Sicht auf den inzwischen stark belebten Markt freizugeben, auf die Kastanienbäume mit den letzten dürren Blättern, die sonnenbeschienenen Häuser gegenüber und den makellos blauen Novemberhimmel über allem. Es wurde verschwenderisch hell im Raum.

Sie überflog mit zugekniffenen Augen die friedfertige Welt da draussen, verfolgte das Gewimmel der Leute zwischen den Obst- und Gemüseauslagen, musterte den Stand mit den Blumenkränzen rechts aussen, hob den Kopf, schweifte mit dem Blick über die Dächer und blieb schliesslich an den goldglänzenden Zeigern der Kirchturmuhr hängen.

«Ich muss gehen», murmelte sie.

Ich geleitete sie zur Tür und bat sie um ihre Handynummer.

«Oh, fast hätte ich es vergessen.» Sie klaubte zwei geknickte Noten aus der Hosentasche, faltete sie umständlich auseinander und streckte sie mir hin. Es waren zwei Hunderter.

«Dein Vorschuss. Der eine Hunderter stammt von mir, der andere von der Kollegin mit dem Champagner.»

Ich nahm das Geld an, denn ich hatte mich entschieden und war bereit, der Sache nachzugehen. «Hat sie dich hergeschickt?»

«Nein, nur empfohlen.»

«Empfohlen? Kennt sie mich?»

«Kaum. Sie hat von dir gehört und gestern Abend ein Ehepaar besucht und über dich ausgefragt.»

«Ach so.»

«Die Frau habe dich gelobt, hat meine Kollegin gesagt. Du seist hartnäckig und aufsässig wie keiner. Sie habe gesagt: Du seist der Beste.»

«So?»

«Ja. Der Mann habe uns vor dir gewarnt. Du seist eigensinnig, oft grimmig und taktlos. Und du würdest keinen Finger rühren ohne Vorschuss.»

«Sonst noch was?»

«Du seist weder ein Herden- noch ein Rudeltier. Auch kein Alphatier. Eher der einsame Wolf.»

«Kann ich das Ganze schriftlich haben?»

«Die Frau habe gemeint, du seist standhaft wie eine Bergföhre. Es sei zwar schwer, dir zu vertrauen, aber im Grunde könne man sich auf dich verlassen.»

Ich drückte den Liftknopf und wollte ihr eine wichtige Frage stellen. Sie war mir entfallen, deshalb ging ich in Gedanken zurück zu unserem Gespräch über Mandy und grübelte. Sie kam mir zuvor, legte ihre Hand auf meinen Arm und sprach beinah flehend: «Alexander.»

«Ja?»

«Du wirst uns nicht enttäuschen, nicht wahr?»

Der Lift kam, ich zog die Tür auf, sie trat vor mir ein und meinte, etwas Zeit bliebe ihr noch, und bot mir an, gemeinsam im Keller nach der Quelle dieses widerwärtigen Geruchs zu suchen.

«Lass nur.» Ich drückte die Null, den Knopf fürs Erdgeschoss. «Eine üble Quelle aufspüren, das gehört zu meinem Beruf.»

Sie lächelte, leise, verhalten, auf der ganzen ruckigen Fahrt hinunter, und im Flur vor der Haustür reichte ich ihr zum zweiten Mal die Hand und versprach: «Ich melde mich. Spätestens dann, wenn ich den Kerl aufgespürt habe.»

Ihr Gesicht hellte sich noch mehr auf, sie schlüpfte hinaus und entfernte sich mit ausgreifenden Schritten und schwingenden Armen.

Ich stieg die schmale Treppe in den Keller hinunter und ertastete den Lichtschalter. Hier war ich noch nie gewesen. Die Luft war nur wenig kühler und roch grässlich.

Links und rechts im längeren Durchgang, von dem drei Türen abgingen, lagerten leere Harassen, Autoreifen, ein paar alte Ski und ein rostiges Velo, eine Matratze, und halb unter der Treppe entdeckte ich endlich einen steinernen Waschtrog. Ein Gartenschlauch, schmutzig, rissig, in ausgebleichtem Grün, hing nachlässig eingerollt am Hahn, das eine Ende am Stutzen festgeschraubt. Überall lag Staub, auch auf dem Schlauch und im Trog, und an der Deckenlampe und rund um das winzige Kellerfenster hatte es Gespinst dick wie Kaffeefilterpapier.

Ich steckte meine Nase in den Trog und schnupperte. Der Geruch schlug mir mit der Wucht einer platzenden Blase aus einer Kloake ins Gesicht und auf den Magen. Ich schreckte zurück und stiess mit der Ferse an eine leere Giesskanne aus Metall. Das Scheppern half mir, den Drang zu erbrechen unter Kontrolle zu bringen.

Mit spitzen Fingern und angehaltenem Atem schraubte ich den Schlauch vom Stutzen, drehte den Wasserhahn auf und trat zurück. Es fauchte und brodelte aus der Leitung, gefolgt von Spritzern einer rostroten Brühe, schliesslich sprudelte klares

Wasser heraus, plätscherte in den Trog und verschwand gurgelnd im Abfluss.

Ich lauschte einen Moment dem Sprudeln und Plätschern, öffnete das Fenster, drehte den Hahn zu, wartete, bis ich sicher sein konnte, dass er nicht tropfte, ging hinauf in meine Agentur, langte nach der Zeitung, legte sie auf den Schreibtisch, hockte mich hin, griff zum Hörer und wählte die Nummer der Polizei.

4

Ein Mann hob ab und meldete: «Kantonspolizei, Sebastian Müller.» Er hatte eine unverbrauchte, freundliche Stimme und betonte seinen Namen wie eine Frage.

Ich grüsste ihn, nannte meinen Namen und ersuchte ihn höflich, mich mit Ursina Trummer zu verbinden.

Frau Trummer sei zurzeit abwesend, gab er zurück, worauf ich ihn fragte, ob sie auf Streife sei oder dienstfrei habe.

Darüber könne er keine Angaben machen, liess er verlauten.

Blieb mir noch die Frage nach Ursinas Handynummer. Ich fragte nach ihrer dienstlichen, nicht nach ihrer privaten, aber auch diese Auskunft verweigerte er. Ich hörte durch seine Förmlichkeit hindurch die Worte des Instruktors aus meiner Zeit in der Polizeischule: «Die Person in der Zentrale hält sich generell kurz, damit die Leitungen geschwind wieder frei werden. Und über laufende Verfahren darf sie keine Auskünfte erteilen. Habt ihr verstanden? Keine Auskünfte. Dazu seid ihr nicht befugt.»

Müller stammte gewiss taufrisch aus der Uniformpresse, wie wir es damals nannten, und hielt sich strikt an die Weisungen. Einstweilig, dachte ich für mich, denn die wenigsten hielten sich lange daran, fast alle wurden nach kürzester Zeit lasch. Ich gab ihm zu verstehen, dass ich Frau Trummer aus einem wichtigen Grund zu sprechen wünschte, und drängte ihn, ihr wenigstens eine Nachricht zu übermitteln.

«Gut. Alexander Bergmann, sagten Sie?»

«Ja.» Ich hörte Papier rascheln.

«Nun, was soll ich ihr ausrichten?» Er hatte meinen Namen auffällig laut und monoton ausgesprochen, jemand in seiner Nähe hatte offenbar zugehört und begann mit ihm zu tuscheln.

Ich hielt den Atem an und presste den Hörer ans Ohr, konnte trotzdem nichts verstehen.

Er meldete sich wieder: «Herr Bergmann …»

«Ja?»

«Ich verbinde Sie mit Karl Moser.»

Es knackte in der Leitung.

Karl meldete sich selbstgewiss wie in alten Zeiten und mit seiner durch den Hörer hindurch vernehmbaren feuchten Aussprache: «Hallo, Alexander.»

«Tag, Karl.»

«Um diese Zeit schon auf den Beinen?»

«Wieso fragst du?»

«Ich meine bloss, weil du doch jetzt dein Geld damit verdienst, Ehebrecher zu beschatten. Fotografierst du sie manchmal nachts durchs Schlafzimmerfenster?»

«Wer sagt das?»

«Ich stelle mir das aufregend vor.»

«Quatsch. Ehebruch ist seit tausend Jahren kein Scheidungsgrund mehr.»

«So?» Er lachte. «Pech für dich.»

Ich mochte ihn noch nie gut leiden. «Was willst du?», fragte ich.

«Ich? Nichts. Du hast angerufen.»

«Ich habe Ursina verlangt. Weisst du, wo sie ist? Ich möchte sie etwas fragen.»

«Privat? Dienstlich darf sie keine Auskunft geben. Auch dir nicht, das weisst du.»

Wir waren während meiner siebenjährigen Dienstzeit bei der Polizei zweieinhalb Jahre im Streifenwagen zusammen durch die Gegend kutschiert. Karl pflegte ohne Pause zu quasseln und verdrückte ganze Packungen Marzipan. Ich hatte meistens am Lenkrad gesessen. Er wartete, bis wir aus dem Dorf raus waren, fingerte eine Schachtel Backmarzipan aus der Innentasche seiner Uniformjacke, öffnete den Karton, riss die Hülle auf, zog den farblosen Block mit den Zähnen halbwegs heraus, biss ein Stück ab, kaute lustvoll und wies mit der Packung, aus der das angebissene Teil guckte, zu einer hochgelegenen Grillstelle mit Sitzbänken, deutete zuhinterst in eine Talsenke, zu einem einsam stehenden, windschiefen Heuschober mit moosüberwuchertem Dach oder auf die nächste Anhöhe, zu einer frei stehenden Linde.

«Bei 'er Linde, 'ort oben, 'iehst du sie?», schmatzte er, genehmigte sich mit unverschämter Gier zwei weitere Bissen und gab mit gefüllten Backen ein siebzigfach herumgebotenes Histörchen zum Besten.

«Was willst du von Ursina wissen?», hörte ich ihn fragen. «Was kann ich ihr ausrichten?»

Auch das war Karl, wie ich ihn in Erinnerung hatte: schonungslos darauf erpicht, über alles und jeden Bescheid zu wissen. Er verwendete reichlich Zeit darauf, zu erkunden, was gerade herumgeboten wurde, vom neusten Witz über Klatsch und Tratsch bis hin zu angekündigten Instruktionen; und natürlich kannte er immer jeden Vorschlag über voraussichtliche Beförderungen.

Ich überlegte, ob ich ihm nach fünf Jahren getrennter Wege noch trauen konnte, und gab vor, ich hätte eine Grundsatzfrage.

«Eine Grundsatzfrage? Was für eine Grundsatzfrage?»

Noch während ich die Frage zu formulieren suchte, doppelte er nach: «Sag schon. Was für eine Grundsatzfrage?»

Ich gab klein bei. «Ein Drogenhändler verkauft reines Kokain hier im Emmental. Habt ihr den Kerl auf dem Radar? Weisst du etwas davon?»

«Wer behauptet das? Ein Junkie?»

«Eine Klientin.»

«Hat sie Beweise?»

«Zeugen.»

«Warum kommt sie damit nicht zu uns? Dafür ist die Polizei da.»

«Sie ist nun mal zu mir gekommen.»

«Was erwartet sie von dir? Was hast du ihr versprochen?»

«Berufsgeheimnis.»

«Komm schon. Du verlangst eine Auskunft von der Polizei und bietest im Gegenzug nichts. Rein gar nichts. Das ist nicht fair. Berufsgeheimnis. Das könnte ich auch sagen. Du könntest mir wenigstens verraten, was du im Sinn hast.»

«Kein Kommentar, Karl.»

«Erwartet sie von dir, dass du den Kerl … eigenhändig ausschaltest?»

«Weisst du was? Vergiss die Frage. Hat mich gefreut.»

«Alexander, warte.»

«Ja?»

«Kokain ist eine gefährliche Droge, damit ist nicht zu spassen», begann er und hielt mir einen Vortrag über Drogen im Allgemeinen und Kokain im Speziellen. Er nannte Zahlen von jährlich geschmuggelten Mengen, von Geldbeträgen und Toten, führte Fakten und Schätzungen von Experten ins Feld und zählte die jüngsten Erfolge der Schweiz im Kampf gegen grenzüberschreitende Schmugglerringe auf. Er redete sich heiss über Drogen und den weltweiten Krieg dagegen und ging abschliessend dazu über, mir die Sache auszureden. Er schärfte mir ein, die Finger davon zu lassen, und begründete es damit: Die Sache sei erstens viel zu gefährlich und zweitens mehr als eine Nummer zu gross für einen kleinen Schnüffler vom Lande. Ich würde nicht weit kommen, prophezeite er. Diese Leute wären gut vernetzt und organisiert, voll gewalttätig und nähmen keine Rücksicht auf niemanden. Neulich hätten sie im Tessin einen Bundesbeamten ermordet. Einen Drogenfahnder, der verdeckt gearbeitet habe. Die Drogenhändler hätten es rausbekommen, ihm von hinten zwei Kugeln durchs Herz gejagt und ihn zur Abschreckung in der Mitte dieser schönen eisernen Bogenbrücke aufgeknüpft.

Ich hörte ihm zu, kritzelte derweil das Wort «MARZIPAN» auf den unteren Zeitungsrand und spürte mit einem Mal einen wilden, unbändigen Hunger, den Emmentaler Kokainhändler aufzuspüren.

Im selben Augenblick wurde mir bewusst, dass Karl die falsche Adresse war. In seinem ausufernden Gerede steckte kein Körnchen nützlicher Information. Ich würde nicht den dürftigsten brauchbaren Wink von ihm bekommen, weder heute noch morgen oder übermorgen. Nein, Karl war in dieser Hinsicht fürwahr keine Hilfe.

Ich legte den Kugelschreiber entschlossen beiseite, stand auf und unterbrach ihn. «Karl.»

«Äh … ja?»

«Ich habe zu tun.»

«Du wirst nichts erreichen.»
«Genug jetzt.»
«Lass es bleiben, Alexander. Hör auf mich und schick deine Klientin zu uns.»
«Zu spät.»
«Du willst einen Kokainhändler ausschalten? Nur zu. Ich werde dich nicht runterschneiden, wenn sie dich hängen.»
«Im Emmental gibt es keine eiserne Bogenbrücke.»
«Dafür jede Menge Holzbrücken.»

5

Ich spürte einen glutheissen Zorn in den Eingeweiden und beendete das Telefongespräch mit Karl Moser kurz und steif. Der Zorn breitete sich rasend schnell aus, kontrollierte meinen Körper und trieb mich ans Fenster. Ich riss es auf, stützte mich auf das Gesims, schnaufte auf und spähte zur Turmuhr hinüber. Die goldenen Zeiger standen auf Viertel nach elf.

Das war alles andere als der ideale Zeitpunkt, um sich im Dorf und vornehmlich in der Nähe des Bahnhofs nach einem Drogendealer umzusehen. Ungeachtet dessen zog ich meine Jacke über, schloss die Agentur, marschierte das Postgässli hinunter und betrat den Bahnhof und das Perron eins von der rechten Seite her.

Noch weiter rechts stand ein älterer Herr mit Hut und einem Hund vor dem Brunnen. Der Mann spritzte und plantschte abwechselnd mit seinem Hund in dem Brunnenwasser und an dem weich und fügsam aus dem Hahn rinnenden Strahl.

Am Ende des Perrons, vermutlich auf dem Weg nach Hause, wartete eine Frau. Sie drehte sich halb zu den beiden um und rief: «Gabriel, nun komm endlich!»

Ich wandelte unter dem breit gestreckten Vordach Richtung Busstation. Auf dem ersten Geleise stand der Regionalzug nach Burgdorf. Abfahrbereit.

Vor dem Schalterraum tummelte sich eine fröhlich gestimmte Wanderschar. Alle waren mit Wanderstöcken ausgerüstet und bepackt mit halb leeren Rucksäcken. Aus der Distanz betrachtet, sah die Gruppe aus wie eine ehemalige Sekundarklasse, nun im Rentenalter und soeben zurück von einem morgendlichen Spaziergang über die Emmentaler Hügel im wolkenlosen und nebelfreien Spätherbst.

Zwei Mütter, beide mit Kinderwagen, unterhielten sich angeregt – soweit ich das entschlüsseln konnte, über eine Netflix-Serie. Der eine Junge schälte sich derweil aus seinem Sitz, entwendete aus dem Gepäcknetz des eigenen Wagens eine angebrochene Packung Biskuits und kraxelte umständlich in sein Gefährt zurück, nicht ohne eine Handvoll Biskuits zu verschütten. Der Junge im zweiten Wagen schielte gebannt und ungläubig auf die am Boden verstreuten Gebäckstücke, auf den unverhohlen mampfenden Jungen, nuckelte am Handrücken und begann zu sabbern. Eine abseitsstehende Dame mit einem Hündchen hatte die heimliche Bemächtigung des einen Jungen, sein Missgeschick und die kindliche Reaktion des anderen verfolgt. Ihr Lächeln verflog, sowie ihr gewahr wurde, warum ihr Hündchen plötzlich an der Leine zerrte: Es hatte eines der Biskuits gefressen und lechzte nach dem nächsten.

Die Mutter des Jungen wurde von ihrer Freundin auf das Knabbermaul aufmerksam gemacht. Sie schreckte auf, verwarf die Hände und rief: «Oh nein, Kevin, nicht schon wieder. Gib her!»

Ich schlenderte weiter. Wo ich hinschaute, da war, wie erwartet, niemand, dem ich eine gewisse Vertrautheit mit Kokain und/oder eine Verbindung zu einem Drogenhändler zugetraut hätte.

Der Lokführer blockierte die Türen und klappte die Rückspiegel ein, der Zug rollte an, beschleunigte und schwirrte mit steigendem Tempo davon.

Ein ofentrockener Wind wehte von Süden her über die Geleise und wirbelte eine Zellophantüte auf, hob sie über das Geländer und liess sie in die Unterführung fallen. Eine Frauenstimme aus den Lautsprechern kündigte den RegioExpress aus Luzern an.

Ich sah mich ein letztes Mal um, überquerte die Busstation, ging an der Post vorbei und setzte mich beim Restaurant Pöstli draussen auf die Bank hinter dem Holztisch. Mit dem Rücken zur Fensterfront. Der Tisch war rustikal und unverrückbar wie ein Altar, die Tischplatte dick wie die Oberarme eines Holzfällers und gross wie der Deckel eines Konzertflügels. Das Holz wies diverse Ritzen und Spalten auf. An den Kanten links und rechts klafften gröbere Einschnitte. Wer aus Versehen ein Glas Bier, Wein oder Milch verschüttete, musste damit rechnen, dass seine

Hosenbeine nass und klebrig wurden, weil die Flüssigkeit durch die Ritzen sickerte und auf seine Knie tropfte.

Von der Bank aus hatte ich einen prima Überblick über die Bahnhofstrasse: zweihundert Meter rechts von mir der Bahnhofplatz und das klassische Bahnhofgebäude mit dem groben sandgelben Verputz und den hohen, schweren Schwenktüren, die den Sandwich- und Zeitungslieferanten jeden Morgen das Leben zur Hölle machten.

Zweihundert Meter links die Güterschuppen. Einfachste Bauweise, einfache Fenster, lange Rampen und grosse Schiebetore. Rostrot gestrichen. Auch davor ein grosser Platz.

Ein paar Schritte weiter links die lang gestreckte, markante Passerelle quer über die mehrfach verzweigten Geleise der Bahn.

Ich dachte an Petra Kürri, an Mandys Tod, an Kokain, den Vorschuss und an den verwirrlichen Auftrag, den Petra mir angeboten hatte.

Gesetzt den Fall, ich bräuchte Kokain: Wo würde ich auf den Dealer warten? Nicht auf dem Bahnhofplatz. Nicht vor der Post. Nicht in der Nähe des Restaurants Pöstli. Eher in der Nähe des Güterschuppens. Oder unter der Steintreppe der Passerelle. Oder noch weiter weg?

Gesetzt den Fall, ich wollte in aller Öffentlichkeit Kokain verkaufen: Wo und wie würde ich die Ware einem Junkie andrehen, ohne aufzufallen? Ohne mich beobachtet zu fühlen? Vielleicht im Vorbeigehen? Den Handel aussehen lassen wie eine zufällige Begegnung? Aus dem Wagen heraus? Die Übergabe müsste unter allen Umständen entspannt erfolgen und unverfänglich erscheinen. Wie ein vertrauter Gruss mit der Hand. Hallo. Wie geht's? Gut. Und dir? Geht so. Hör mal, ich hab's eilig. Ich auch. Mach's gut. Du auch.

Autos fuhren vor meiner Nase vorüber, in beide Richtungen, fortwährend, natürlich auch Velos und Busse, aber hauptsächlich Autos. Menschen tippelten nur vereinzelt übers Trottoir, die meisten munter und zielstrebig.

Höchstwahrscheinlich, dachte ich, höchstwahrscheinlich würde ich im Auto vorfahren, hinter dem Steuer sitzen bleiben, den Arm lässig aus dem Fenster hängen lassen und mit dem Junkie, der zu Fuss oder mit dem Velo unterwegs war, einen schnellen Handschlag austauschen. Ein wenig plaudern, mich wieder verabschieden und zügig davonfahren.

Auf keinen Fall zurückblicken.

Parkierte Autos sah ich ebenfalls zuhauf. Der nächste Wagen, ein grauer, verbeulter Subaru, stand keine drei Armlängen von mir entfernt. Ich bildete mir ein, ich könne den Gummi seiner Reifen riechen, das Schmieröl der Mechanik unter der Haube, einen Hauch Benzin. Umfassend gesagt: Ich nahm diesen Geruch wahr, den alte Autos verbreiten.

Wer aus den umliegenden Dörfern auf die Post musste, zum Zahnarzt oder Optiker, wer Hammer, Nägel oder Farbe benötigte, sich einen neuen Fernseher anschaffen, einen Grosseinkauf in Sachen Lebensmittel tätigen, neue Winterstiefel anprobieren oder seine Tante im Spital besuchen wollte, der fuhr mit dem Auto nach Langnau. Das Dorf war der Brennpunkt des oberen Emmentals, und die Bahnhofstrasse war der Brennpunkt dieses Dorfes. Kein Wunder, sah die Strasse aus, wie Bahnhofstrassen in Schweizer Dörfern in aller Regel aussehen.

Würde ich im Emmental Kokain verkaufen, ich würde es auf jeden Fall an dem einen oder dem anderen Ende dieser Strasse versuchen.

Und zu welcher Zeit? Ja, gute Frage, zu welcher Zeit? Tagsüber? Abends? Nachts? Keinesfalls wie ein Briefträger, keinesfalls täglich zur selben Zeit. Nein. Nicht routinemässig wie die Post.

Das machte es für mich nicht einfacher. Wie konnte ich den Typ schnell und sicher finden? Durch endloses Auflauern? Ohne Köder war das zu ungewiss. Herumfragen? Zu riskant.

Ich richtete mein Augenmerk eingehender auf die Umgebung. Vor fünf, sechs Jahren hatte ein Planungsbüro aus der Stadt den Auftrag erhalten, der Strasse eine lauschige ländliche Ausstrahlung zu verleihen. Sie beugten sich über den Plan und zeichneten ein gutes Dutzend Bäume ein. Ein Tiefbauunternehmen übernahm die Order, fräste quadratische Löcher in den Asphalt, baggerte Kies heraus, stellte Bäume in die Gruben und schüttete humusreiche Erde zu den Wurzeln. Sie platzierten die Bäume in zentimetergenau bemessenen Abständen und auf einer schnurgeraden Linie zwischen Trottoir und Fahrbahn; alle von ein und derselben Sorte. Den noch jungen Pflanzen gestanden sie eine offene Fläche von einem Quadratmeter zu für Sauerstoff, Wasser und Nährstoffe. Der ganze Rest der sich ausbreitenden Wurzeln wurde von Asphalt überdeckt, abgeriegelt sozusagen. Der freie quadratische Flecken Erde um den Stamm herum wurde zusätzlich von einem zentnerschweren Eisenrost eingedeckt. Es war ihnen egal, wie heiss die Eisenroste im Hochsommer an der prallen Sonne wurden. Hauptsache, sie konnten mit tödlicher Sicherheit verhindern, dachte ich, übellaunig wie ich war, dass die Bäume bei Nacht und Nebel in die umliegenden Wälder entflohen. Oder an die Ilfis, um sich an deren Ufer vergrämt unter den Fittichen der mächtigen Eichen anzusiedeln. Bildlich gesprochen: Eichen haben keine Fittiche.

Die Kellnerin begrüsste mich und riss mich mit ihrer zuvorkommenden Freundlichkeit aus den trüben Gedanken. Es hatten sich zwei Paare an den Tisch gesetzt, ohne dass ich es bewusst wahrgenommen hatte. Auch die Plätze an den Bistrotischen waren allesamt besetzt. Die Kellnerin fragte mich, was ich zu trinken wünsche, und hielt mir die Speisekarte hin. Ich bat sie um eine Flasche Wasser, weigerte mich indes, die Karte anzunehmen, und betonte, es sei mir nicht nach Essen zumute.

Alle anderen nahmen die Speisekarte kommentarlos in Empfang. Es war schliesslich Essenszeit.

«Keinen Appetit?» Sie rückte mir zur Seite und schaute mir von oben herab in die Augen, wie wenn sie darin den Grund und die Ernsthaftigkeit meiner Ablehnung erforschen wollte.

«Da könnte ich Ihnen unsere Tomatensuppe empfehlen», sagte sie. «Mit einem hübschen Tupf Schlagrahm aus der Käserei. Dazu eine dicke Scheibe von unserem Hausbrot.»

Sie redete gedämpft und doch begeisternd, blieb geduldig und freundlich und gab mir das Gefühl, ihr Bruder zu sein. Ich konnte mich nicht entsinnen, sie jemals getroffen zu haben, obschon ich ein Drittel meines Lebens hier in diesem Dorf verbracht hatte.

Sie zückte Kugelschreiber und Block, und ich wiegte den Kopf gegen meinen Willen. «Ja. Einverstanden. Klingt gut.»

Minuten später schleppte sie auf einem Tablett die Getränke heran für alle am Holztisch, verteilte Papiersets, die Bestecke und stellte abschliessend ein Körbchen mit viel Brot vor mich hin. Es roch verlockend.

Eine Frau sass neben mir im Schatten und fröstelte. Ihr Partner tauschte mit ihr den Platz. Es sei ein und dasselbe, behauptete die Frau und rieb sich die Hände. «Wollen wir nach drinnen?» Ihr Partner warf die Frage in die Runde.

Die Kellnerin hatte den Tausch bemerkt und das Gespräch gehört. Sie brachte im Nu einen Stapel Wolldecken. Alle vier polsterten ihre Sitze und ihre Rückenlehnen mit je einer Decke. Die restlichen Decken fanden Abnehmer an anderen Tischen.

Die Suppe kam. Sie schmeckte nach Tomaten und Basilikum und Pfeffer und Rahm, und das knusprige Brot rundete den Genuss vollkommen ab.

Die Kellnerin bewegte sich flink zwischen den Tischen, langte auf dem Rückweg nach dem leeren Suppenteller, verharrte einen Augenblick, hob eine Augenbraue und sah mich an.

«Danke», sagte ich und legte meine Begeisterung für die Suppe und das Brot und meine ganze zurückgewonnene Zuversicht in dieses eine Wort.

Sie reckte für den Bruchteil eines Wimpernschlags vergnügt ihr Kinn, drehte sich schwungvoll ab, segelte durch die Tür in die Gaststube, in gerader Linie durch den Raum, verschwand in der Küche, kam schnellfüssig zurück und kassierte. Ich machte mich auf und schritt zum Bahnhof hinunter, denn ich wollte den nächsten Zug nach Bern erwischen.

6

Der Zug bremste auf dem Lorraineviadukt vor Bern ab, ratterte und schaukelte gemütlich über ein paar Weichen und tauchte im Schritttempo in den überdeckten Bahnhof ein.

Man mochte glauben, der Lokführer wollte die Krähen, die oben auf der Kante der Parkterrasse hockten, um keinen Preis verscheuchen. Nach einer langsamen und schier endlosen Einfahrt stoppte er endlich auf Gleis zwei, zählte bis drei und öffnete die Türen. Ich trat auf das Perron hinaus.

Es war Freitagnachmittag, halb vier.

In der riesigen, von Kunstlicht erhellten Unterführung schlug mir eine Welle der frühen Feierabendpendler entgegen. Die Leute eilten reserviert, ja verschlossen an den Brezel-, Kaffee- und Sandwichständen vorüber. Alle sputeten sich, um den nächsten Zug zu erwischen. Endlich nach Hause. Keiner wollte auf dem Weg ins verdiente Wochenende auch nur eine Sekunde vom Rest seines Lebens auf diesem Bahnhof vertrödeln.

Ich war ebenso bestrebt, rasch und tunlichst ohne anzuecken durch die mir entgegenströmende Flut von Menschen zu kommen. In der Neuengasse tauchte ich erleichtert aus dem Untergrund auf und schritt die nächste Quergasse hinunter.

Es war merklich kühler geworden. Die Sonne, schon weit und tief im Westen, streute ihr Licht mit nachlassender Kraft über die Dächer von Bern und verpasste dem Himmel die Farbe einer unreifen Mandarine.

Die Strassen, Gassen und Lauben lagen im dämmerigen Schatten. Dadurch sah die Altstadt grauer, starrer und kälter aus als im Sommer, wenn vor allen Fenstern die Geranien blühten.

Ich fand das schmucklose Haus, in dem die Fixerstube untergebracht war, mit etwas Glück. Die Eingangstür war schmal und unbedarft, aber darüber, auf der Höhe des ersten Stocks, prangte ein prunkvolles Schild. Auf dem rot glänzenden Ding stand in goldener Zierschrift: «Stiftung Tresen».

Ein Mann der Securitas vertrat sich vor dem Eingang die Füsse.

Er verwehrte mir den Zutritt. «Halt, warten Sie. Wo möchten Sie hin?»

Ich deutete auf die Tür. «In die Fixerstube. Ich möchte Petra Kürri treffen, sie hat gesagt, sie arbeite hier.»

«Petra arbeitet hier, das stimmt. Sind Sie ein … Klient? Zeigen Sie mir bitte Ihre Karte.»

Ich zog meine Karte aus der Jackentasche und streckte sie ihm hin.

Er war an der Grenze zum Pensionsalter. In den letzten Jahren hatte er dem Anschein nach ein paar Pfunde abgenommen, die Uniformhose wies trotz der wärmenden Schichten, die er zweifellos daruntertrug, vorne wie hinten ungewöhnliche Längsfalten auf, und die Schulterpatten der Jacke lappten ihm seitlich über die Achseln. Die abgescheuerten Nähte und Abschlüsse zeugten vom jahrelangen Gebrauch der Uniform.

Die Krawatte sass perfekt, das sei gesagt. Ebenso perfekt waren seine Haltung, sein Benehmen und seine sprichwörtliche Freundlichkeit.

Statt die Karte in die Finger zu nehmen, um sie zu lesen, wedelte er zwei oder drei Mal mit einem handlichen Lesegerät darüber und erkannte, da kein Signal ertönte, dass es sich nicht um einen vom ihm erwarteten oder vorausgesetzten Ausweis handelte.

Er schaute genauer hin, verstaute das Gerät in der umgehängten Tasche, setzte eine Lesebrille auf, nahm mir die Karte aus der Hand und las.

Er hob den Kopf, fixierte mich mit vergrösserten Augen, las nochmals und hob erneut den Blick. Er hatte hellbraune Augen. «Sieh mal einer an, der Detektiv aus dem Emmental.»

«Allerdings.» Ich streckte die Hand aus. «Alexander.»

Er gab mir die Karte zurück und schlug ein. «Otto.» Seine Hand drückte herzhaft zu. «Wie nennen dich deine Freunde? Alex?»

«Ja.»

«Du bist hinter einem Kokaindealer her. Stimmt's?»

«Und ob.»

«Jetzt brauchst du Informationen von Petra, weil du nicht weiterkommst, was?» Er legte die Brille zum Lesegerät in die Umhängetasche.

«Ganz genau.»

«Es tut mir leid, Alex, ich darf dich nicht reinlassen.»

«Wieso nicht?»

«Ich darf nur registrierte ...» Er machte eine Handbewegung. «Du weisst schon. Nur, wer beim Gesundheitsamt registriert ist, kommt rein. Keine Ausnahmen.»

«Ich bin kein ... Drogenkonsument, ich habe einen Auftrag.»

«Weiss ich doch. Egal. Ich darf nicht einmal Polizisten reinlassen.»

«Echt?»

«Ja. Die brauchen eine Sondergenehmigung.»

«Polizisten brauchen eine Genehmigung, um da reinzugehen?»

«Ja. Von ganz oben. Genehmigung oder Ausweiskarte. Daneben darf ich niemanden reinlassen. Abgesehen von den Mitarbeitenden der Stiftung.»

«Während den Betriebszeiten, nehme ich an.»

«Während den Betriebszeiten. Logisch. Es sei denn, die drinnen drücken den Alarmknopf. Ist auch schon vorgekommen. In dem Fall kommt alles angerast: Polizei, Krankenwagen, Feuerwehr. Das ganze Karussell. Mit Blaulicht und Sirene. In dem Moment kann die Tür nicht weit genug offen sein. Sonst treten sie sie ein. Andere dagegen wollen dann so schnell wie möglich raus und weg. Verduften. Du weisst schon. Ich erinnere mich, vor Jahren ist einer über den Zaun geklettert. Dort hinten in der Ecke.»

Er zeigte auf einen überdachten Hof neben dem Haus. Soweit ich sehen konnte, bestand der Zaun aus einem über zwei Meter hohen Metallgitter.

«Hat sich den Arm gebrochen, der arme Kerl. Der Arzt, oder wer immer ihm den Gips verpasst hat, hat ihm das Ellbogengelenk ausgespart. Die Venen, du weisst schon. Ist lange her.

Mein Gott, ist das lange, lange her. Ich steh schon mein halbes Leben hier. Das ist die älteste Fixerstube der Welt. Hast du das gewusst?»

«Nein.» Ich schob beide Hände in die Hosentaschen. «Und was mache ich jetzt?»

Er rieb sich das Kinn. «Hmmm.»

Ich zwang mich, gelassen zu bleiben, und wartete.

Er nahm seine Mütze ab, strich sich nachdenklich über das lichte weisse Haar, sah sich um und setzte die Mütze geschwind wieder auf. «Ich weiss was, ich frage Petra. Warte hier.»

Er trat an das erleuchtete Eckfenster und pochte an die Scheibe.

Das Fenster wurde von innen geöffnet. Ich hörte Petras Stimme. «Otto? Was ist?»

«Ich muss dich was fragen.»

«Willst du reinkommen?»

«Nein.» Er legte die Fingerspitzen auf die Fensterbank, stellte sich auf die Zehen und flüsterte: «Der Detektiv aus dem Emmental steht vor der Tür. Bergmann, du weisst schon. Er will dich sprechen. Ich darf ihn nicht reinlassen, was soll …?»

Ich war neben ihn getreten, sagte: «Hallo, Petra», und winkte ihr zu.

«Alexander. Was tust du hier?» Sie klang wenig erfreut.

«Ich brauche einen Hinweis. Einen Anhaltspunkt. Irgendetwas. Wie soll ich den Typ finden, wenn ich keine Vorstellung habe, wie und wo ich anfangen soll, nach ihm zu suchen?»

«Ich darf dir keinen Namen nennen. Ich habe alles gesagt, was ich sagen kann und darf.» Sie bewegte den Kopf entschlossen hin und her.

Ein Mann in ihrem Rücken rief nach ihr. Sie wendete sich ab. Ich sah nur noch ihre Hand und hörte: «Warte», dann wurde der Fensterflügel angelehnt.

Zwei Frauen kamen aus der Gasse und steuerten auf die Tür zu. Otto war sofort bei ihnen.

Er grüsste sie, schwang das Lesegerät und gestikulierte mit der anderen Hand. Das hiess wohl, sie sollten ihre Ausweise vorzeigen.

Die jüngere zeigte ihre Karte auf der flachen Hand, sodass Otto sie mit seinem Gerät mühelos erfassen konnte.

Die ältere Frau war hager, hatte schwarze, ungekämmte Haare, schwarz umränderte Augen, zu grosse Ohrringe, verschmierten Lippenstift um den Mund, war bleich und wackelig auf den Beinen.

Sie bettelte: «Lass uns rein, Otto.»

«Ich muss zuerst deine Karte scannen.»

Die jüngere lehnte sich an die Tür. «Mach schon, Lara, ich will nicht den ganzen Abend hier stehen.»

Die ältere wickelte sich eine Strähne um den Finger, schob die Hüfte vor, platzierte die andere Hand drauf. «Was ist los, Otto, kennst du mich nicht mehr?»

«Doch, Lara, ich kenne dich.»

«Also, sei nicht stur. Lass uns rein. Otto, bitte.» Ihre Stimme kratzte wie eine Vinylplatte aus dem Antiquariat, und sie redete einen Tick zu laut.

Otto blieb ungerührt. «Sie kann rein. Du kannst auch rein, Lara, aber vorher muss ich deine Karte sehen und scannen.»

«Dein Herz ist so kalt wie die Emme an einem Wintermorgen», klagte Lara.

Die jüngere ging zu Lara, legte beide Hände an ihre Handtasche und fingerte am Verschluss. «Komm, ich helfe dir.»

Lara drehte sich ruppig weg, riss die Handtasche an sich und fauchte ihre Kumpanin an. «Finger weg!» Sie wäre hingefallen, wenn Otto nicht einen Arm aufgehalten und sie aufgefangen hätte.

Die Strassenlaternen gingen an. Über dem Schild an der Hauswand blinkte eine Neonlampe auf und streute kaltes Licht auf den Platz und über die drei Menschen.

Lara klappte die Handtasche auf, fing an, darin zu wühlen, hustete, schniefte, schimpfte und verwarf beide Hände. «Die verdammte Karte ist nicht da. Jemand hat sie mir gestohlen.»

Otto leuchtete mit einer winzigen Taschenlampe in Laras Tasche, ging näher und näher und sagte seelenruhig. «Ist sie das vielleicht?»

Lara langte mit spitzen Fingern zu, zog daran, zeigte sie Otto und fragte: «Ist sie das?»

Otto kniff die Augen zu. «Glaub schon.» Er scannte die Karte, hörte den Piepston und sagte: «Danke, Lara. Jetzt kannst du reingehen.»

Er zog die Tür weit auf und stellte sich daneben wie ein Portier.

«Hey, Alexander.» Petra war zurück, das Fenster wieder offen.

Ich hatte gewartet und sagte leise: «Du *musst* mir helfen. Gib mir einen Hinweis.»

Sie schüttelte den Kopf.

Ich konnte und wollte nicht aufgeben. «Ist er jetzt da drinnen?»

Sie strich sich mit der gewohnten Bewegung die Haare hinters Ohr. Ich sah, wie sie nachdachte, abwog und nach einer Weile verhalten nickte.

«Ist er allein gekommen? Oder mit einem Freund? Zu zweit, wie die beiden Damen?»

«Er hat einen Hund.»

7

Ich hörte Stimmen vom Hof her, der neben dem Haus lag, und näherte mich aufmerksam der Hausecke. Hören konnte ich die Personen von Weitem, weil sie miteinander zankten. Mal lauter, mal leiser, doch unablässig. Auch riechen konnte ich sie, bevor ich an der Ecke angelangt war, oder besser gesagt: den Rauch ihrer Joints.

Ich drückte mich an die raue Hauswand und spähte zwischen den Gitterstäben hindurch. Sehen konnte ich minutenlang kaum etwas, denn es war dunkel geworden und ich war zuvor von den Deckenlampen im Zimmer hinter Petra geblendet worden.

In der Stadt brannten überall die Lichter.

In diesem Bereich blieb es hingegen düster und kalt, weil keine einzige Lampe oder Laterne Helligkeit spendete. Aus der weit offenen Verbindungstür und dem Fenster daneben fielen gelbe Lichtschimmer in den Hof, sie erzeugten von den insgesamt fünf Personen flüchtige Schattenrisse.

Nach und nach konnte ich alles erkennen. Die versteckte Örtlichkeit hatte die Grösse eines Schrebergartens und den Charme eines Gefängnishofes. Betonboden. Blechdach. Auf drei Seiten eine Sockelmauer und darauf ein solides Metallgitter. Drei Meter vom Metallgitter entfernt, gegen die Strasse hin, diente eine vier Meter lange und mannshohe Bretterwand als Blickfang. Sie schirmte auch das Licht der Strassenlaternen ab. Zwischen dem Uferweg der Aare und dem Gitter schützte eine Hecke vor neugierigen Blicken der Spaziergänger. Sie schirmte auch das Licht der Uferweglaternen ab.

Der Zugang zum Hof führte aus dem Haus durch eine schmale Tür und über eine Betonstufe. Ich sah kein anderes Tor, keinen separaten Zu- oder Ausgang.

Otto entging nicht, dass ich zur Ecke geschlichen war. Er durchschaute meine Absicht freilich von Anfang an und hätte mich stoppen und zurückrufen, zumindest ermahnen können, wenn er gewollt hätte. Er verzichtete indes auf jegliches Einschreiten.

Ich begann ihn zu mögen. Der Mann hatte ein ausserordentliches Taktgefühl, und ich würde mich nicht wundern, wenn er im Emmental aufgewachsen wäre.

Nach und nach erkannte ich drei Männer und eine Frau, die abwechselnd eine fünfte Person bedrängten. Die Stimme der Frau erinnerte mich an Lara, die anderen waren mir unbekannt.

Die bedrängte Person war gross und schlank und trug eine Kapuze über dem Kopf. Ihre Hände waren schmal, ihre Bewegungen schlaksig, ihre Stimme pendelte von gemässigt zu herablassend. Ich hätte nicht mit Bestimmtheit sagen können, ob es sich um einen Mann oder eine Frau handelte. Sie trug schwarze Jeans und Schnürstiefel mit markanten Sohlen; auch dies rechtfertigte keinen Rückschluss auf ihr Geschlecht.

Die Gruppe bewegte sich unentwegt im Kreis, wie ein Knäuel junger Katzen.

Ich hörte sie husten, sich räuspern und zur Seite spucken, sah abwechselnd ihre Zigaretten aufglühen und hin und wieder die eine oder andere Gesichtshälfte. Verstehen konnte ich beliebige, verwirrende Wortfetzen, weil das Gerede, das aus dem Haus erschallte, die Lautstärke im Hof anheizte.

Die Worte, die herauszuhören waren, stammten vorwiegend aus dem Vokabular der Strassen-Fakultät. Abgesehen davon redeten sie ausnahmslos von Koks, Stoff oder Schnee und Klotz, Kohle oder Stutz. Wobei jeder – die Kapuze ausgenommen – jeden bezichtigte, der hinterhältigste, habgierigste und gemeinste Lügner zu sein. Und angeblich schuldeten alle allen eine Summe Geld.

Ein Hund mittlerer Grösse mit spitzer Schnauze und grossen Ohren, biberbraun, vermutlich ein Mischling, kreiste in sicherer Distanz um das Knäuel und kläffte ab und wann. Er wandte den Kopf gleich zu Beginn in meine Richtung, spitzte die Ohren, schnupperte und entschied sich, brav bei der Gruppe zu bleiben.

Wenn ein Auto aus der Hauptstrasse in die Nebenstrasse einbog, waberten die Lichter seiner Scheinwerfer durch die Ritzen und Astlöcher der Bretterwand.

Die Frau schnorrte von einem der Männer eine Zigarette, und beim Aufflammen des Feuerzeugs vor ihrem Gesicht erkannte ich sie: Es war Lara.

Die drei Männer einigten sich mit der Person mit der Kapuze. Drei winzige Plastikbeutel und drei Bündel Geldscheine wechselten nacheinander die Besitzer so schnell, gewieft und getarnt, dass ich es kaum mitbekam. Die drei Männer verschwanden im Haus, der letzte zog die Tür hinter sich zu.

Es wurde still um Kapuze und Lara. Der Hund trabte in die entfernte Ecke und schnupperte ausgiebig am Gitter und an den Zweigen, die zwischen den Stäben in den Hof wuchsen.

Die Kapuze schwenkte ein Beutelchen mit weissem Pulver vor Laras Nase. «Komm schon, Lara, drück zwei Hunderter ab, und das gehört dir.» Er streckte zwei Finger hoch, um die Forderung optisch zu unterstreichen. «Das reicht für mindestens viermal Kopfreise vom Feinsten.»

Lara schmetterte den Zigarettenstummel vor seine Füsse. «Du spinnst ja.»

Er schnippte an den Beutel. «Wenn ich es sage. Ist pur wie Hohgantschnee. Nicht dieser Dreck, den der Neue auf der Schanze vertickert.»

«Hohgantschnee. Hohgantschnee. Weisst du was? Ich scheiss auf deinen Hohgantschnee.»

«Check ihn wenigstens mal. Ist voll die Krone», sagte die Kapuze.

Der Hund pinkelte in die Ecke, kehrte zu dem Paar zurück, drehte eine Runde um die beiden herum und schaute in meine Richtung. Kapuze nahm ihn an die Leine, wandte sich wieder Lara zu und schlenkerte erneut mit dem Beutel. «Pass auf: Ich geb dir 'n Rabatt. Hundertfünfzig. Weil du's bist. Mein letztes Angebot.»

«Ich habe gesagt, ich scheiss auf Hohgantschnee. Ich will dir sagen, warum. Ich hab den Hohgant satt bis obenhin. Hohgant, pah. Ich bin in seinem Schatten aufgewachsen. Sechs Monate Winter, drei ohne Sonne.»

Er zuckte mit den Schultern. «Willst du mich müde lafern und dann anbetteln? Hä? Vergiss es. Ich bin nicht der Weihnachtsmann.»

«Nein. Nein, ich meine Bumbach. Liegt direkt unter dem Hohgant. Verstehst du? Wenn ich das Wort Hohgant schon höre …» Sie spie den Namen des Berges aus wie einen Fluch und erschauderte.

Die Kapuze liess die Hand sinken. «Ich weiss, wo Bumbach liegt. Ich bin aus Trubschachen.»

«Was? Hast du nie erzählt.»

«Geht's dich was an?»

Lara lachte auf. «Trubschachen. Sag bloss, du wohnst noch in dem Kaff.»

«Ja. Nicht wahr, Fidel? Wir wohnen da.» Der Hund spitzte die Ohren und schwänzelte.

«Mein Gott, Räs. Kaufst du den Scheissstoff dort? Im hintersten Emmental? In dem Scheisskaff? Wer verkauft dir das Zeug? Etwa der Bäcker? Ahhh, ich verstehe, es ist reiner Milchzucker!» Sie lachte und hustete.

«Willst du mich beleidigen? Ich sage dir, der schlägt alles, was du je probiert hast.»

«Hohgantschnee. So ein Quatsch, Räs von Trubschachen. Du kannst von dort aus den Hohgant gar nicht sehen.» Sie hustete ekelhaft, geriet völlig ausser Atem.

«Na und? Ich sage ja bloss, der Stoff ist *pur* wie Hohgantschnee. Du hörst nie zu.»

Lara fing am ganzen Körper an zu beben. Sie lechzte nach dem Beutel, gieriger als der Junge im Kinderwagen nach den Biskuits auf dem Bahnhof in Langnau.

Räs trat seitlich an Lara heran, legte den Arm so um ihre Schultern, dass er mit der Hand den Beutel wenige Zentimeter vor ihr Gesicht halten konnte. «Komm, check ihn und erzähl es weiter. Ja? Dir glauben sie's.»

Sie grapschte mit beiden Händen danach, entwand sich seinem Arm, schniefte, schloss die Faust um den Beutel, drückte sich die Faust mit dem Beutel an die Brust, überlegte eine Weile und flüsterte Räs etwas ins Ohr.

Räs lächelte breit und nahm sie an der Hand, elegant wie ein Prinz, der eine Prinzessin zum Tanz führt. «Gut. Da sage ich nicht nein.»

Er ruckte sanft an der Leine, sagte: «Komm, Fidel», und stolzierte mit beiden im Schlepptau zum Eingang.

Vor der Tür liess er Laras Hand los, öffnete, hielt den Hund an der Leine zurück und gewährte Lara mit einem übersteigerten Wink den Vortritt. Sie gab sich einen Ruck, stieg die Stufe hoch und verschwand im Haus.

Fidel folgte ihr, Räs folgte seinem Hund und warf, bevor er die Tür zuzog, einen prüfenden Blick zurück in den Hof. Ich zog den Kopf ein.

8

Otto vertrat sich die Beine wie gewohnt.

Er sah mich kommen, drehte sich in meine Richtung, stützte die Hände in die Hüften und empfing mich mit der Frage: «Bist du jetzt schlauer?»

Ich wartete, bis ich nahe genug war, um mit gedämpfter Stimme berichten zu können. «Einer hat den anderen Koks verkauft.»

Er dämpfte seine Stimme gleichermassen. «Bist du sicher?»

«Ich habe es gesehen. Sie haben offen darüber geredet und verhandelt. Er hat kleine Beutelchen mit weissem Pulver an drei Männer und an Lara verkauft. Für mehr als ein paar lausige Franken. Ich bin ganz sicher, er hat den anderen Kokain verkauft.»

«Und jetzt? Willst du eine Anzeige machen?» Er setzte eine Miene auf wie jemand, der sich zum wiederholten Mal über eine Lappalie amüsiert. Hätte Leonardo da Vinci einen Mann gemalt statt Mona Lisa, der Mann hätte auf dem Bild genauso geguckt und gelächelt wie Otto eben guckte und lächelte.

Ich glaubte zu hören, wie er zweimal gluckste, und sah zu, wie er die Mütze abnahm und mit dem Ärmel die Plakette an der Stirnseite polierte. Das tat er spielerisch, zur Tarnung seiner Erheiterung. Er nahm mich nicht ernst, er verbiss sich wahrhaft das Lachen.

Ich bekam den Eindruck, meine Erregung amüsierte ihn zwar, meine Beobachtung an sich juckte ihn dagegen nicht im Geringsten. Sollten die Typen doch mit Kokain dealen, es war ihm egal. Das war nicht sein Bier. Seine Aufgabe bestand darin, keine Unbefugten in die Fixerstube zu lassen. Diese Pflicht war ihm heilig, darin war er unschlagbar. Aber was diese Typen im Hof taten, das kümmerte ihn nicht. Am besten gar nicht hinsehen.

Ich ärgerte mich über alle Massen und redete lauter. «Petra hat gesagt, das sei verboten. Sie dürfen da drinnen keinen Handel betreiben.»

«So, hat sie das gesagt?»

«Konsumieren ja, aber nicht dealen. Es müssten alle den Stoff, den sie konsumieren, selbst mitbringen.»

Er setzte die Mütze auf, zu weit auf den Hinterkopf, nach meiner Einschätzung, sah mich milde an und plauderte in väterlichem Ton. «Ich vermute, Petra hat gesagt, wer herkommt, um Drogen zu konsumieren, müsse seine Ration mitbringen. Das hat sie gesagt, habe ich recht? Die Stiftung verkauft keine Drogen.»

«Das sage ich ja die ganze Zeit.»

«Du vergisst eines: Die Fixerstube ist ein geschützter Ort. Die Einrichtung ist geschaffen worden, um den Drogenmarkt von der Strasse wegzuholen. Mit Ausnahme von Petra und ihren Kollegen sind da drin lauter ... du weisst schon. Jedenfalls keine ahnungslosen Kinder. Dafür stehe ich hier und gebe acht. Nur wer registriert ist, darf hinein.»

«In der Beziehung bist du ein wahrer Meister.»

«Nun, was denkst du, wo wird Lara versuchen, an Stoff zu kommen, wenn sie dringend welchen braucht, in den Gassen jedoch keinen gefunden hat? Es ist nicht mehr so einfach wie früher.»

«Willst du mir sagen, untereinander dürfen sie dealen?»

«Dürfen ist ein Wort, das klare Regeln und Grenzen voraussetzt. Die Stiftung spricht von tolerieren. Das trifft es besser. Lara kommt regelmässig her und kauft ihre Ration von einem Kleindealer. Dazu ist der Hof da – und für das Rauchen von Zigaretten. Das ist drinnen nämlich verboten. Was ich sagen will, Alex: Alles, was in der Fixerstube abläuft, geschieht unter Aufsicht. Der Konsum wie auch der Handel. Dafür sind Petra und ihre Kollegen da.»

«Dealen wird also toleriert.»

«Wie gesagt, im Hof und in kleinen Mengen. Lara und ein paar andere kommen fast täglich her. Sie kaufen sich ihre Ration oder helfen sich gegenseitig aus, konsumieren das Zeug und gehen wieder.»

«Ich verstehe. Darum hast du mich nicht zurückgepfiffen.»

«Bilde dir bloss nichts ein. Ich habe es für Mandy getan.»

«Hast du sie gekannt?»

«Natürlich. Alle haben sie gekannt. Mandy ist anders gewesen. Wie soll ich sagen? Eine Frohnatur. Sie war immer für ein Spässchen bereit. Sie hat viel gelitten in ihrem Leben, trotzdem war sie meistens guter Dinge. Keine Nervensäge wie Lara. Hat dir Petra das nicht erzählt?» Er rang mit der Stimme. «Im Grunde leiden alle unter ihrer Sucht. Und doch kenne ich keine, die so hart dagegen angekämpft hat wie Mandy. Alle paar Monate hat sie zu mir gesagt: ‹Heute bin ich das letzte Mal hier, Otto. Morgen fahre ich in die Kur. Danach siehst du mich nie wieder. Ehrenwort.› Ich habe sie geliebt wie meine beiden Söhne. Ich hätte mich sehr gefreut, wenn sie nie mehr hergekommen wäre. Ich meine, nicht so wie jetzt, du weisst schon. Es wäre schön, wenn sie es geschafft, wenn sie eine Arbeit, einen Freund, einen Weg zurück in den normalen Alltag gefunden hätte. Soviel ich weiss, hat sie längstens drei Monate ohne Drogen durchgestanden. Und mich dünkt, nach jedem Rückfall ist es ein bisschen schlimmer geworden. Jetzt hat sie den Kampf verloren. Für immer. Endgültig.» Er schluckte leer. «Sie hat recht behalten, ich sehe sie nie wieder.»

«Das tut mir leid.» Ich streckte ihm die Hand hin, aus Mitleid und um mich zu verabschieden.

Er rückte seine Mütze an den richtigen Platz, streckte sich, schlug ein und sagte: «Alex, schau zu, dass du etwas für sie tun kannst.»

Die Tür wurde aufgestossen. Räs, die Kapuze immer noch auf dem Kopf, kam mit Hund Fidel heraus. Fidel zog an der Leine und zielte schnurgerade auf Otto zu.

Otto freute sich über den Hund und griff dem Tier mit beiden Händen ins Fell. «Braver Hund.»

Fidel warf sich mit der Schulter regelrecht an Ottos Beine, schaute zu ihm hoch, hechelte und wedelte kräftig mit dem Schwanz. Otto kraulte ihn ausgiebig und wünschte Räs eine gute Nacht.

Räs taxierte mich unterdessen für die Dauer von zwei Atemzügen und erwiderte mein unverbindliches «Adieu» mit einem Kopfnicken.

Er verströmte ein Gemengsel von aufdringlichen Gerüchen, eine Wolke aus kaltem Kifferrauch, Kaffee und einen Anflug von Bettschweiss; obendrein litt er unter Mundgeruch.

Er wandte sich seinem Hund zu, zerrte schwach an der Leine. «Komm, Fidel, wir müssen.»

Er fragte Otto noch schnell: «Bald Feierabend?»

«Sobald sie dichtmachen», antwortete Otto.

«Um zehn?»

«Jawohl.»

Räs schaute auf sein Handy. «Da bin ich längst zu Hause. Machst du eigentlich nie eine Pause?»

«Nein.»

«Echt jetzt?»

«Kleiner Scherz.» Otto lachte.

«Ach so. Tschüss.» Räs berührte ihn flüchtig am Arm und schlurfte davon, quer über den Platz zur Kreuzung. Fidel trippelte munter neben ihm her. Vor dem Fussgängerstreifen blieben sie stehen. Die Ampel stand auf Rot.

Ich hatte mir während des Spähens an der Hausecke vorgenommen, dem Typ zu folgen, sollte er bald herauskommen.

Die Zeit war gekommen. Ich hielt ein Auge auf ihn, bat Otto um seine Handynummer und überreichte ihm meine Karte. «Ruf mich an, wenn du etwas erfährst, das ich wissen muss. Jederzeit.»

Otto nahm die Karte, trat von einem Bein aufs andere und gestand: «In deinem Alter habe ich die gleiche Absicht gehabt wie du.»

«Was?»

«Ich hätte gerne als privater Ermittler gearbeitet.»

«Wirklich?»

«Ja. Ich war voll Zuversicht. Ich hatte schon eine Lizenz beantragt, eine Pistole gekauft, sonst ein paar Dinge und ein Büro gemietet und eingerichtet.»

«Im Emmental?»

«In der Oberstadt in Burgdorf. Die Pistole und einen Feldstecher besitze ich noch heute.»

«Wieso hat es nicht geklappt?»

«Familie. Meine Frau ist schwanger geworden. Nur ein erfahrener Ermittler erzielt ein gesichertes Einkommen, haben die auf der Amtsstelle zu mir gesagt. Auf dem Lande werde man generell nicht reich. Stimmt das? Kannst du davon leben?», fragte er.

«Ich komme gut über die Runden», log ich und fügte hinzu: «Der wahre Lohn sind das Abenteuer und ein Glorienschein.»

«Ha, siehst du, das haben meine Frau und ich befürchtet.» Er setzte wieder diese bekannte Miene auf.

Ich wollte Kapuzen-Räs nicht aus den Augen verlieren. Er hatte eben die Kreuzung überquert und latschte hinter Fidel her die Gasse hoch.

Ich brauchte nicht gleich loszurennen, denn das ungleiche Paar war auffällig und legte ein gemässigtes Tempo vor. Sein schleppender Gang erlaubte mir eine letzte Frage an Otto. «Kommen deine Söhne auch regelmässig hierher? Machst du deswegen diese Arbeit?»

«Oh nein. Wir haben Glück gehabt, meine Frau und ich. Die Buben haben ihren Weg gemacht und sind heute erfolgreich in der Computerbranche. Sie sind in deinem Alter.» Er legte den Kopf schräg und hob die Schultern an wie zu einer Entschuldigung. «Ich schätze, sie sind nicht besonders stolz auf mich.»

«Da täuschst du dich. Darauf würde ich wetten.»

Es wurde höchste Zeit, Räs zu folgen. Ich verabschiedete mich, eilte über den Platz davon und schaute, weil die Ampel an der Kreuzung rot leuchtete, zum Firmament empor. Kein Mond, kein Nachtblau, keine Wolken, nur Schwärze und eine Handvoll Sterne.

Die Ampel beharrte auf Rot.

Ich nutzte die Wartezeit und sah ein letztes Mal zu Otto zurück. Er stand breitbeinig da, die Augen auf mich gerichtet, und zupfte am Saum der Ärmel wie ein Filmstar an der Oscarverleihung.

«Frag deine Frau», rief ich ihm zu. «Sie weiss Bescheid über deine Söhne und ihre Meinung. Frag sie.»

Er hob die Hand zum Gruss bis über den Kopf.

Die Ampel schaltete auf Grün.

Ich musste mich sputen, denn in der Gasse gegenüber flanierten rund zwei Dutzend Erwachsene in beiden Richtungen an den erleuchteten Schaufenstern vorbei. Einige durcheilten die Gasse mit schnellen Schritten, andere blieben stehen oder wechselten die Seiten. Wenige betraten ein Geschäft, und ein Junge im Schulalter kurvte auf dem Velo spielerisch um die neuzeitlichen Schlafwandler. Diese Geschöpfe, die im Gehen unentwegt und selbstvergessen in ihr Handy glotzen.

Von der Kreuzung aus hatte ich eine prima Übersicht bis zur Querstrasse hinauf und vermochte weder einen Mann mit Kapuze noch einen Hund auszumachen: Räs und Fidel waren verschwunden.

9

Wer beabsichtigt, eine Person zu beschatten und in dem Vorhaben erfolgreich sein will – oder muss –, der befolge vier goldene Regeln.

Regel eins: Bewege dich so weit wie möglich hinter dem Objekt. Es ist gleichgültig, wann, wie und wohin du dem Objekt folgst, ob zu Fuss im Gelände, in einem Gebäude oder durch einen Menschenauflauf; ob du ihm mit einem Fahrzeug folgst, im selben Transportmittel wie Bahn, Bus oder Schiff, behalte stets die grösstmögliche Distanz.

Regel zwei: Verstecke dich nicht. Allein der Versuch, sich zu verstecken, kann den Erfolg der Aktion kosten.

Regel drei: Bewege dich unauffällig und verhalte dich natürlich. Was immer geschieht, achte mit grösster Wachsamkeit darauf, in keiner Weise aufzufallen, und zeige in jeder Lage ein normales, natürliches Verhalten.

Regel vier: Sieh dem Objekt nie in die Augen. Absolut nie.

Regel vier hatte ich bereits gebrochen. Räs war aus der Tür getreten, hatte mich von Kopf bis Fuss taxiert und mir am Ende blasiert und indifferent in die Augen gestarrt.

Was hätte ich tun sollen? Ich hatte keine Chance, auszuweichen, wegzusehen, die Augen zu verschliessen oder es anderweitig zu verhindern, ohne die Regeln zwei und drei auch noch zu verletzen.

Im Moment brach ich die Regel Nummer drei: Ich rannte an einem ruhigen, trockenen Freitagabend in der prachtvollen Berner Altstadt durch eine mässig belebte, mit weihnachtlichen Glanzlichtern ausgestattete Einkaufsgasse.

Für Lauffreudige jeden Alters organisierte ein Berner Sportclub Sommer für Sommer den Grand Prix sowie den Frauenlauf mit Start und Ziel im Zentrum der Stadt. Wer ausserhalb dieser Wettkämpfe durch eine Einkaufsgasse hetzte, noch dazu während der Öffnungszeiten, fiel nicht nur auf, er machte sich verdächtig.

Ich rannte, weil ich Räs verdächtigte, der Kleindealer zu sein. Die Ameise, die Petra beschrieben hatte. Der Kerl, der Mandy das Kokain mit der tödlichen Reinheit verkauft hatte. Davon war ich überzeugt.

Um Räs und Fidel unauffällig zu folgen, hätte ich mich eine Minute früher von Otto lösen müssen. Weil ich den richtigen Zeitpunkt versäumt und die Verfolgung zu spät aufgenommen hatte, sah ich mich nun gezwungen, einen Spurt durch die Menschen auf dem Einkaufsbummel hinzulegen.

Wenige Meter bevor die Gasse in die Querstrasse mündete, verlangsamte ich die Schritte, blieb wie zufällig an der Hausecke stehen und hielt nach ihnen Ausschau.

Ich atmete durch und ersparte mir die Mühe, hinter mich zu sehen. Soweit ich während des Laufens hatte feststellen können, wunderten sich verblüffend wenige Passanten über mein Gehetze. Einerseits peilte ich breite Lücken an und versetzte somit niemanden in Schrecken, andererseits waren die meisten mit sich und ihren Absichten und Vorfreuden beschäftigt und bemerkten mich erst, als ich an ihnen vorbeisauste.

An der Ecke beruhigte ich mich sogleich: Die schwarze Kapuze und der biberbraune Hund waren nicht zu übersehen.

Räs tappte mit der Langsamkeit eines Seiltänzers die Stufen in die Bahnhofsunterführung hinunter. Fidel treu an seiner Seite.

Unten angekommen, schwamm die schwarze Kapuze inmitten der mannigfaltigen Frisuren, Mützen und Hüte der Zugreisenden dahin.

Ich folgte in sicherer Entfernung. Es war ein Kinderspiel, sie von nun an beständig im Blickfeld zu behalten.

Sie gingen zielstrebig durch das hallenartige Zentrum mit dem Treffpunkt und wandelten weiter in den langen Schlauch unter den Geleisen.

Beim ersten Aufgang schwenkte zuerst Fidel, dann Räs links ein. Sie stiegen die Treppe hinauf auf das Perron zwei und betraten den RegioExpress nach Luzern.

Ich bestieg den Zug im nächsten Waggon und hockte mich ins vierte Abteil hinter Räs. Von meinem Platz aus konnte ich ihre

Reise bestens überwachen und würde ihr Aussteigen rechtzeitig mitbekommen.

Der Zug rollte an, nahm wacker Fahrt auf, sauste durch den Vorort Ostermundigen, zweigte ab und ratterte ins Emmental. Die Dunkelheit verschluckte die Landschaft vor den Fenstern, wir brausten zügig durch die Nacht.

In Konolfingen stoppte der Zug erstmals. Ein paar Leute stiegen aus.

Räs blieb sitzen. Fidel schlief eingerollt vor seinen Füssen.

Die Ansage kündigte die nächste Station an. «Ohne Halt bis Langnau.»

Die Türen schlossen, der Zug fuhr an, die Lichter der Strassen und Häuser schwanden dahin, wir tauchten erneut in die Dunkelheit ein.

Ich lehnte mich zurück und dachte an die vier goldenen Regeln. Sie waren reine Theorie.

Im Februar vor drei Jahren leistete ich mir in England eine Einführung in die Praxis. Zwei Detektive einer landesweiten Privatagentur instruierten mich in der Stadt Birmingham im Beobachten, Überwachen und Verfolgen einer verdächtigen Person. Ich hatte den Ausbildungskurs von der Schweiz aus gebucht.

Die beiden Männer waren ausgekochte Profis, über dreissig Jahre im Geschäft. Sie hatten die gleiche Grösse, waren schlank und mustergültig angezogen: Jackett, weisses Hemd und silberne Krawatte. Sie rauchten die gleichen Zigaretten, erschienen täglich rasiert und benutzten das gleiche Rasierwasser. Nichts Blumiges, sondern Düfte von Leder, Grapefruit, Birkenrinde, in der Art.

Deshalb hielt ich sie für Zwillinge, obgleich beide mehrfach versicherten, ich läge falsch mit meiner Vermutung.

Sie hatten schrecklich britische Manieren. Rückte man ihnen beispielsweise näher als zwei Armlängen auf den Leib, reagierten sie unverhofft grantig und mit einem stechenden Blick, der auf gut Deutsch Löcher in Beton brannte. Dieses Verhalten legten sie gegen jedermann und jederfrau an den Tag, beliebigen Alters.

Sie waren pedantisch darauf bedacht, keine Spuren zu hinterlassen. Sie schmissen ihre Zigarettenstummel nicht etwa in die

Gosse, sie verstauten sie fein säuberlich in kleinen verschliessbaren Aschenbechern, die sie mit sich trugen.

Sie sahen sich ähnlich, doch der eine war schweigsam wie ein Mönch, der andere ein Schwätzer wie ein betrunkener Kutscher.

Der Schweigsame berichtete, erklärte oder kommentierte nie etwas von sich aus. Auf mein gelegentliches Nachfragen antwortete er einsilbig. Das heisst, er überlegte lange, klemmte sich ins Ohrläppchen, seufzte und presste schliesslich ein Wort tief aus der Kehle. Entweder ein *Yes*, ein *Maybe* oder ein *No*.

Ich bekam von ihm während der ersten drei Tage, die wir zusammenarbeiteten, ausschliesslich diese drei Ausdrücke zu hören. *Yes*, *Maybe* und *No*.

Zunächst glaubte ich, er könne mich nicht ausstehen, und beschloss, mich damit abzufinden, bis ich hörte, wie er eine Frage der Agenturleiterin ebenfalls mit einem Griff zum Ohrläppchen, einem Seufzer und einem zerquetschten *Maybe* beantwortete.

Er konnte nicht anders. Er öffnete seinen schmalen Mund nur, wenn er rauchte, trank, ass oder wenn ihm jemand eine Frage stellte, die er beantworten musste.

Der andere Detektiv war zwei Fingerbreit kleiner, zugänglicher und redete, wie gesagt, ununterbrochen. Er äusserte sich oft auch belehrend in diesem verslangten Englisch und bewegte die Lippen minimal beim Sprechen. Das alles führte dazu, dass ich ihn selten auf Anhieb verstand.

Zum Glück wiederholte er praktisch jede wichtige Aussage. Entging mir beim ersten Durchgang der Sinn seiner Worte, erfasste ich, dank seiner Gewohnheit, Wichtiges wiederholt auszusprechen, den Zweck der Mitteilung letztlich immer.

Die beiden Detektive hatten mich gelegentlich genervt und mir gleichwohl eine Menge Tipps und Tricks beigebracht.

Schon am ersten Abend besuchten sie mich im Hotel, in dem ich zu Gast war. Ich trank ein Bier in der Hausbar, die beiden leisteten mir Gesellschaft.

Der Kleinere schilderte in Einzelheiten, wie sie in ihren Anfängen Autodiebe bis hinunter nach Portsmouth verfolgt hatten. Wenn ich ihn richtig verstand, hatten die Schelme in erster Linie

Land Rover geklaut, aber auch drei Austin und einen Bentley. In einer Werkstatt im Hafen wurden die Fahrzeuge umlackiert, neu bereift und für den Export nach Indien auf ein Schiff verladen.

Nach dem Bier bestellten wir Whisky, und nach dem dritten Drink schwatzte er in dem Birmingham-Slang, den jenseits der Stadtgrenze, ausgenommen von berufenen Sprachforschern, niemand verstand.

Die beiden Typen nahmen mich in die Mitte, und ich betrachtete es als meine ehrenvolle Pflicht, ihnen die Trinkstärke eines Emmentaler Detektivs unter Beweis zu stellen. Deshalb wurde es mir bald zu anstrengend, das Gerede des Kleineren zu entschlüsseln, und ich weiss noch genau, dass ich irgendwann aufhörte nachzufragen.

Ich lauschte auf die Musik von Van Morrison aus den Deckenlautsprechern und zählte die Flaschen hinter der Bar, schätzte ab, wie viel Inhalt das gesamthaft ergäbe und wie lange wir drei bräuchten, um die Spirituosen wegzusaufen.

Gesetzt den Fall, wir bestellten viertelstündlich einen Drink, wir würden uns den letzten Schluck ungefähr in der zweihundertneunzigsten Stunde genehmigen.

Bei der Zahl verfiel ich in philosophisches Schweigen, besser gesagt, in fruchtloses Grübeln über Alkohol und seine Wirkung im Menschen, und antwortete, wenn der Kleinere mich anstupste und mir eine Frage stellte, mit den Wörtern seines mundfaulen Kollegen: *yes*. Oder *maybe*. Und selten mit einem ausdrücklichen *No*.

Die Seufzer und auch den Griff zum Ohrläppchen liess ich wohlweislich weg.

Ich erwachte am nächsten Morgen um halb acht in meinem Hotelbett.

Offen gestanden: Ich wurde geweckt. Die Dame von der Rezeption hatte mich angerufen und mehrmals freundlich meinen Namen ausgesprochen. Sie nannte die Uhrzeit und wünschte mir mit ihrer sanften Stimme einen wunderschönen Tag. Wie wenn sie gewusst hätte, dass gellende Laute die pulsierenden Schmerzen in meinem Kopf verschlimmerten.

Ich erwachte bekleidet, ohne Schuhe, mit einem Brummschädel und einem extremen Durst.

An den weiteren Verlauf des Abends und an die Stunden nach Mitternacht bis zum Erwachen kann ich mich beim besten Willen nicht mehr erinnern.

10

An die vier Kurstage in Birmingham erinnere ich mich hingegen gut.

Am ersten Morgen, nach einer langen Begrüssung durch die Agenturleiterin und einem bitteren Kaffee aus dem Kartonbecher, stürzten wir uns aus der Agentur hinaus in den strömenden Regen.

Der Kleinere stelzte wie der letzte Tourist in Stiefeln, Regenmantel und unter einem grossen schwarzen Schirm durch die Innenstadt.

Er bewegte sich scheinbar ohne Ziel, besah sich ein Reiterdenkmal und bekam von einem Jungen in einer weitherum sichtbaren orangen Pelerine einen weissen Umschlag im Format C4 überreicht.

Der Junge verschwand, und der Kleinere stiefelte im menschenleeren Cathedral Square rund um die Kathedrale, kehrte unvermittelt um, trank in einem Café einen Orangensaft, blätterte in einer Zeitung, faltete sie zusammen und schob das Couvert unter das Blatt. Er zählte die geschuldete Summe ab, beschwerte die Zeitung mit den Münzen, griff nach dem Schirm, eilte mit offenem Mantel durch den Regen zur nächsten U-Bahnstation und fuhr zum Ausgangspunkt zurück.

Die Aktion hatte zwei Stunden gedauert.

Die Agenturleiterin hatte mir einen olivfarbenen Knirps geliehen und ein Papier mit meinem Auftrag ausgehändigt. Gemäss dem Auftrag – auf dem Papier stand *«Order»* – sollte ich dem Objekt unbemerkt folgen und festhalten, an welchem Ort und von wem es eine Nachricht erhalte. Danach sollte ich feststellen, wohin das Objekt ging und an wen und zu welcher Zeit es die Nachricht überreichte.

Das Wichtigste: Ich solle, wenn möglich, von der Übernahme des Umschlags wie auch von der Übergabe Fotos schiessen.

Was mir füglich gelang.

Der grössere Detektiv begleitete mich während der Übung. Er presste ein *«Yes»* heraus, wenn ich mich vorausblickend in eine bessere Position brachte, um brauchbare Fotos zu schiessen. Er knurrte ein *«No»*, wenn ich seinem Kumpel zu nahe kam, und zischelte ein *«Maybe»*, als ich mich etwas übereilt hinter einem parkierten Lieferwagen vor dem Jungen in der Pelerine zu verbergen suchte.

Zu schaffen machten mir in dieser ersten Übung, nebst dem Dauerregen, die Fontänen, verursacht von den vorbeirauschenden Fahrzeugen. Ich wurde wiederholt bis zu den Hüften eingenässt. Die grässlichen, schmutzigen und eiskalten Regenpfützengüsse strapazierten meine Nerven, ruinierten beinahe meinen Fotoapparat und durchnässten meine Schuhe.

Nachdem ich mich zum zweiten Mal an dem Tag geduscht hatte, trafen wir uns zur Besprechung in der Agentur. Der Kellner und der Junge mit der Pelerine fanden sich ebenfalls ein.

Die Agenturleiterin wollte kaum glauben, dass ich den Kleineren nicht verloren hatte: «Sie sind ihm gefolgt bis ins Café?»

«Ja.»

«Haben Sie Fotos gemacht?»

«Selbstverständlich.» Ich gab ihr den Fotoapparat.

«Oh, grossartig.» Sie übertrug die Bilder in ihr Datensystem und befragte den Kleinen. «Haben Sie Mister Bergmann entdeckt? Haben Sie bemerkt, dass er Ihnen folgt und Sie fotografiert?»

«Aber sicher», antwortete er. «Sicher habe ich gespürt, dass mir jemand folgt. Dass jemand einem folgt, merkt man, wenn man lange genug im Geschäft ist, nicht wahr, Ashly? Wenn man so lange im Geschäft ist wie wir zwei, spürt man das im Nacken, habe ich recht, Ashly?»

Die Antwort des mundfaulen Kumpans kam frappierend schnell. *«Yes.»*

Der Kleinere fuhr fort. «Das kann man nicht erklären. Oder, Ashly? Kannst du das erklären? Ich kann's nicht erklären.»

«No.»

«Zu Ihrer Frage, ob ich ihn entdeckt habe: Ich fürchte, nein.

Ich habe Mister Bergmann nicht ein einziges Mal gesehen. Gespürt ja, entdeckt nein. Ich würde es sagen, wenn ich ihn gesehen hätte.»

Der Junge meldete sich. «Mister Bergmann hat sich hinter einem Lieferwagen versteckt, einem schwarzen Bedford. Ich habe ein Stück von dem Schirm gesehen. Nur den Schirm. Diesen Schirm dort.»

Die Agenturleiterin freute sich. «Wirklich? Gut beobachtet, mein Junge. Grossartig.»

Der Kleinere war mit ihr einig. «Ja, in der Tat. Das ist toll, Junge. Gut gemacht. Wer spielt morgen den Kurier? Was meinst du, Ashly? Du hast Mister Bergmann begleitet, du kennst ihn. Du weisst, wie er sich anstellt, du bist mitgelaufen. Willst du morgen den Kurier spielen? Ich hätte nichts dagegen.»

«No», sagte Ashly.

«Gut. Dann mache ich es nochmals. Gleich wie heute. Wollen Sie uns allein lassen, Mister Bergmann? Wir müssen die Route und die Übergaben festlegen. Glaubst du, dass er wieder so viel Glück hat, Ashly? Was meinst du?»

«Maybe.» Ashly grinste.

Die Aufgabe an diesem ersten Kurstag schien mir zu einfach. Der Kurs war für blutige Anfänger, oder sie wussten es nicht besser. Ich fühlte mich ein gutes Stück unterfordert.

Vielleicht lag es daran, dass ich bei der Anmeldung verschwiegen hatte, dass ich vor sieben Jahren eine Polizeiausbildung absolviert hatte. Ich dachte damals, das würde ein falsches Bild vermitteln. Das wäre unter Umständen sogar hinderlich, denn in der Schweiz ist im herkömmlichen Polizeidienst das Ausspionieren von Bürgern untersagt und wird deshalb nicht einmal ansatzweise geschult. Im Gegenteil. Verlassen uniformierte Polizeibeamte die Wache, sollen sie offen in Erscheinung treten.

Ich wollte gehen, der Kleine hielt mich zurück. «Darf ich fragen, wie die Fotos geworden sind? Sie haben Fotos gemacht. Können wir uns die ansehen?»

«Die Bilder sind grossartig», warf die Agenturleiterin ein. «Sehen Sie sich das an.»

Sie drehte den Bildschirm. Der Kleine, Ashly, der Kellner und der Junge steckten die Köpfe zusammen.

Die Agenturleiterin klickte nach und nach alle Fotos durch und kommentierte hier und dort. «Sehen Sie die Übergabe? Da, dein Gesicht, Junge. Ha, und wie man dich erkennt.»

Es folgten die Fotos vom Kellner. Ihn hatte ich mehrfach in kurzen Abständen abgelichtet. Nachdem er den weissen Umschlag unter der Zeitung gefunden hatte, zählte er das Geld und sackte es mit einem Gesicht der Zufriedenheit ein. Sein schönes Lächeln konnten nun alle bewundern.

«Sie spielen Ihre Rolle famos. Haben Sie früher als Kellner gearbeitet? Ja? Ist das wahr? Ha-ha. Das ist gut. Solche Leute brauchen wir. Ich kann es gar nicht glauben.»

Sie besprachen den Plan und verteilten die Aufgaben.

Ich fuhr ins Hotel.

Der RegioExpress stoppte in Langnau und holte mich unvermittelt in die Gegenwart.

Der Waggon leerte sich. Bis auf Räs, Fidel und mich strömten alle Reisenden zu den Türen und stiegen aus.

Räs blieb sitzen. Fidel hob den Kopf und spitzte die Ohren.

Beim Gedanken an den Bahnhof in Trubschachen wurde ich nervös, denn der Ort lag am Rande des Emmentals, an der Grenze zum Entlebuch. Das Entlebuch war noch abgelegener als das Emmental und lag im Kanton Luzern.

Die Bahnstation in Trubschachen bestand aus einem schmucklosen Gebäude und zwei schlichten Perrons.

Beide Perrons glichen schmalen, dreihundert Meter langen Laufstegen unter freiem Himmel. Sie waren aus Beton und parallel zu den Geleisen in eine Wiese hineingegossen worden.

Am unteren Ende stand das Bahnhofsgebäude. Gegenüber den Geleisen und am oberen Ende verhüteten Zäune, dass Tiere wie Rinder oder Schafe von der Wiese auf die Perrons sprangen und dort und auf den Geleisen herumlungerten und den Bahnverkehr behinderten oder gar lahmlegten.

Die Türen schlossen sich, der Zug schnurrte aus Langnau hinaus und stoppte wenige Minuten später in Trubschachen.

Äusserlich bemühte ich mich, Gelassenheit zu bekunden, aber innerlich geriet ich in erhebliche Aufregung.

Räs erhob sich und ging mit Fidel zur Tür. Fidel konnte kaum erwarten, bis die Tür sich öffnete. Er war mit einem Satz draussen. Räs hinterher.

Was jetzt? Sollte ich bei dieser Station aussteigen, auf dass Räs mich bemerkte, erkannte und Verdacht schöpfte?

Es gab kein Wartehäuschen, keine Plakatwand, keinen dicken Signalträger, hinter denen ich mich hätte verbergen können. Bloss eine Reihe schlanker Beleuchtungsmasten, deren LED-Birnen annähernd schattenfreies Licht auf den Steg zauberten.

Sollte ich im Zug sitzen bleiben, an der nächsten Station, in Escholzmatt, aussteigen und die Verfolgung am nächsten Morgen fortsetzen?

Nein, ich wollte hier und heute diesem Räs auf der Spur bleiben. Ich lief durch den Zug – an Räs vorbei – und schlüpfte in letzter Sekunde durch die übernächste Tür ins Freie.

11

Es war saukalt. Ich hatte vergessen, wie frostig die Novembernächte in Trubschachen sein konnten. Das war kein Vergleich zu der Temperatur vor zwei Stunden in Bern.

Fidel pinkelte an einen Lichtmast, und Räs zündete sich einen Joint an.

Der Zug fuhr weiter, wir waren allein.

Ich befand mich rund zwanzig Meter hinter ihnen auf dem Perron, band mir den rechten Schuh, spielte auf Zeit und dachte an den Kurs in Birmingham.

Was täten Ashly und der Kleine in dieser Situation? Wüssten sie einen Rat? Wie sollte ich mich rechtfertigen, wenn Räs sich jetzt umwandte, mich erspähte, blossstellte und eine Erklärung verlangte? Er handelte mit Kokain, und er hatte mich vor der Fixerstube getroffen. Das musste ihn stutzig machen.

Hätten Ashly und der Kleine eine hilfreiche Idee für einen Moment wie diesen? Sie waren lange Jahre vor mir in das Geschäft eingestiegen und hatten fraglos einen ähnlichen Fall erlebt. Ich hätte zu gern gewusst, was sie in meiner Situation tun würden.

Der Lehrgang hatte ganze vier Tage gedauert und eine schöne Stange Geld gekostet. Am Ende war ich mit gemischten Gefühlen nach Hause gefahren.

Doch eines wurde mir während der vier Tage klar: Einen Menschen zu beschatten stellt in jedem Fall ein mühevolles, aufreibendes und riskantes Unterfangen dar. Die Bedingungen sind in einer Stadt wie Birmingham weder einfacher noch anspruchsvoller als auf dem Lande.

Die Aufträge waren an allen Kurstagen in derselben Reihenfolge angeordnet, und die Beschattung lief deshalb immer gleich ab. Als Erstes fand die Übernahme einer Nachricht oder Botschaft statt, dann erfolgte die Übergabe. Wie bei einer Stafette.

Bei meinem Fall hier und jetzt war die Reihenfolge vertauscht. Ich hatte zuerst die Übergabe beobachtet, ich hatte gesehen, wie

Räs das Kokain den Junkies verkaufte. Nun galt es herauszufinden, wo er das Kokain herhatte. Ich folgte ihm quasi zur Quelle, zum Grosshändler.

Räs entsprach nicht dem Bild eines Grosshändlers. Die hielten sich verdeckt und vertrauten den Verkauf kleiner Mengen den Ameisen an.

Räs war eine Ameise. Das hatten Petra Kürri und Otto angedeutet.

Ich hatte keine Zweifel, dass er sich schon bald neues Kokain beschaffen würde, und verspürte eine verbindliche Tatkraft und den Willen, die Antwort auf die Fragen zu finden: Wer verkauft ihm das Kokain? Wo steckt dieser Grosshändler?

Es dürfte nicht allzu schwer sein, das herauszufinden. Räs würde mich früher oder später zu ihm führen. Vielleicht noch heute Nacht?

Räs behielt Fidel an der Leine. Fidel strebte leichtfüssig und zügig voran, den Schwanz waagrecht und die grossen Ohren straff bis in die Spitzen.

Aus Respekt vor seiner Wachsamkeit folgte ich ihnen mit grösster Vorsicht.

Räs schien müde, und er fror wie ich, das dürfte der Grund gewesen sein, weshalb er vornübergebeugt und bemerkenswert flott hinter Fidel hertrottete.

Seine Unaufmerksamkeit war sprichwörtlich. Er nahm auf dem ganzen Weg keinerlei Notiz von seiner Umgebung. Die Kapuze, die er auch im Zug nicht abgestreift hatte, dürfte nicht die alleinige Ursache dafür gewesen sein. Ich war überzeugt, seine Verschlossenheit lag in überwiegendem Masse an seiner Kifferei. Er kam mir vor wie verkapselt.

Die Strassenbeleuchtung in Trubschachen war behaglich. Kein Blendwerk, sondern zurückhaltende, fast nüchterne Genügsamkeit. Oder war es emmentalische Sparsamkeit?

Hin und wieder fuhr ein Auto durchs Dorf und leuchtete mit den Scheinwerfern die menschenleere Strasse aus.

Räs achtete nicht auf sie, er ignorierte die Fussgängerstreifen, überquerte mit Fidel die Fahrbahnen auf dem direktesten Weg und hielt zielstrebig auf das Quartier mit den Einfamilienhäusern hinter dem Gasthaus zu.

Sie fielen in einen Garten ein, und Räs schloss die Haustür auf. Fidel hüpfte über die Schwelle ins Dunkel.

Räs machte Licht und zog die Tür hinter sich ins Schloss.

Ich wanderte auf der Strasse Richtung Trub und wartete hundert Meter weiter unter dem Vordach der Holzbrücke.

Die Trub, die unter der Brücke durchfloss, gluckerte leise und glänzte schwarz wie Tinte.

Ruhe herrschte im Quartier. In den meisten Häusern brannten Lichter hinter ein, zwei oder drei Fenstern. Alle Fenster und Türen waren zu, von nirgendwoher drang Musik durch die Nacht oder das dumpfe Gezischel eines laufenden Fernsehgeräts. Kein Ehestreit, kein Hundebellen, kein liebeskranker Kater waren zu hören. Es war eine herrliche Nacht, angefüllt mit Stille.

Die Turmuhr schlug neunmal. Die Glockenklänge schwangen wie aus einer anderen, unvergänglichen Welt durch die Dunkelheit.

Ich nahm an, Räs war hier zu Hause. Würde er sein Haus heute nochmals verlassen? Wohl kaum.

Ich trat aus dem Schatten und schaute in den Himmel. Wie die Sterne funkelten, es war eine Pracht.

Ein eisiger Windstoss löste einen Schüttelfrost aus, meine Zähne begannen zu klappern. Um warm zu bekommen, begann ich zu hüpfen und schlug die Arme um die Brust.

Es half wenig. Ich musste an die Wärme, also vergrub ich die Hände in den Taschen und schritt die Strasse hinunter und an dem Haus vorbei.

Ein Auto rumpelte über die Brücke und überholte mich.

Drei junge Frauen sassen darin, sie waren dem Anschein nach auf der Suche nach einem Tanzlokal oder sonstiger Unterhaltung an diesem angebrochenen Freitagabend. Sie hörten Reggae-Musik in schlagender Lautstärke und hatten es bestimmt warm in ihrem Fahrzeug.

Sie bogen auf die Strasse in Richtung Langnau ein. Die roten

Schlussleuchten verglühten in der Ferne, der Bass hallte zwischen den Häusern lange wider.

Von Räs war nichts zu sehen. Er hatte in zwei Räumen Lichter angeknipst und die Vorhänge zugezogen.

Was hatte die Agenturleiterin in Birmingham am Ende des Kurses behauptet? «Abbrechen ist kein Fehler. Manchmal muss man die Verfolgung einstellen und später neu starten. Aufgeben, das ist immer eine schlechte Wahl, damit macht man sich zum Verlierer.»

Am Ende händigten sie mir ein Diplom aus und den versiegelten und mehrfach herumgereichten weissen Umschlag. Er enthielt eine kunstvolle Lithografie mit den vier goldenen Regeln.

Ich ergänzte die Regeln im Geiste mit einer fünften: Gib niemals auf.

Es war sinnlos, länger vor Räs' Haus auszuharren. Ich beschloss, abzubrechen, mit dem nächsten Zug nach Langnau zu fahren und die Verfolgung morgen früh wieder aufzunehmen.

12

Um neun Uhr vormittags fand ich mich neben der Holzbrücke in Trubschachen ein. Um der Morgenkälte zu widerstehen, hatte ich mich warm angezogen. Jacke, Mütze, Schal, Handschuhe und so weiter.

Auf dem Weg vom Bahnhof zur Brücke war ich an Räs' Haus vorbeigekommen und hatte mit Freude festgestellt, dass er noch daheim war. Aus dem Kamin stieg Rauch auf, und hinter einem schmalen Milchglasfenster brannte Licht.

Fidel schnüffelte im verwahrlosten Garten herum.

Die frostige Kälte hatte den Tau des Abends in einen Raureif verwandelt. Die in meinem Rücken aufgehende Sonne übergoss die Strasse, das Wohnquartier, die Hügel und den Wald im Hintergrund mit einem orangen Licht, und dieses frühe Licht in der reinen, klaren Luft hob die Farben der Fassaden, der roten oder grünen Fensterläden und der Ziegeldächer fabelhaft hervor. In den zahlreichen Vorgärten waren die niedlichen Zäune, die abgeblühten und vertrockneten Blumen, die Büsche ohne Laub und die verblichenen Rasen mit einem silbernen, filigranen Reif überzuckert. Besonders Räs' verwilderter Umschwung glitzerte märchenhaft. Das umzäunte Stück Natur sah aus wie beseelt.

Das Licht im Haus erlosch. Räs rief Fidel herein.

In kurzen Abständen rollten Autos über die Brücke. Die Räder polterten über die Planken, und je schwerer das Fahrzeug war, desto geräuschvoller knarrten die Stützbalken, Pfosten und Dachstreben. Bei einem Lastwagen spürte ich gar die Erschütterungen des alten Fundaments.

Hätte ich bei Räs klingeln und ihn ausquetschen sollen? «Sie handeln mit Kokain, ich weiss Bescheid. Sperren Sie Ihren Köter weg, oder ich erschiesse ihn. Sie sind eine Ameise. ‹Pur wie Hohgantschnee›, so preisen Sie das Koks an, das Sie verkaufen, habe ich recht? Sie können es ruhig zugeben. Sagen Sie mir, wer Ihnen den Stoff verkauft, und ich lasse Sie in Ruhe. Los, reden Sie! Ich gehe nicht weg, bevor Sie mir sagen, wo Sie das Koks herhaben. Wer verkauft Ihnen das Zeug? Nun reden Sie schon! Oder soll ich die Polizei rufen? Nein? Nennen Sie mir den Namen. Jetzt. JETZT.»

Mit der Polizei zu drohen war lächerlich. Ich verwarf die Idee wieder. Aber freiwillig würde er die Adresse seines Lieferanten niemals preisgeben. Ganz bestimmt nicht einem Schnüffler wie mir.

Ich hatte nichts in der Hand, um ihn einzuschüchtern oder zu ködern. Keine Beweise und somit kein Druckmittel. Ich konnte ihm auch kein Tauschgeschäft anbieten im Sinne einer Strafmilderung bei einer Verurteilung – falls die Polizei in seinem Haus überhaupt Kokain sicherstellen würde.

Ob er käuflich wäre? Würde er die Adresse herausrücken, wenn ich ihm Geld dafür böte? Dazu müsste er mir vertrauen, und dies dürfte Zeit in Anspruch nehmen. Nein, das benötigte viel zu viel Zeit und bräuchte viel zu viel Geld.

Sosehr ich die Sache im Kopf hin und her wälzte, ich wusste nicht, wie ich ihn zur Kooperation hätte bewegen können.

Bliebe noch die Anwendung von Gewalt. In dieser Hinsicht schien mir der Bursche abgestumpft und zäh, geradezu immun. Ein bisschen Armdrehen, die Nase brechen und ans Schienbein treten brächten ihn kaum zum Singen. Man müsste weitergehen und ihm so richtig schmerzhafte Prügel verpassen. Und Fidel? Wie könnte man sich den Hund vom Leib halten? Einsperren, am besten in den Keller. Ja, Fidel müsste in den Keller.

Die Haustür ging auf. Fidel hüpfte heraus. Räs folgte ihm, die Kapuze auf, bereit für den Tag.

Den Hund führte er an der Leine.

Sie marschierten zum Bahnhof, Räs schob eine Stempelkarte zweimal in den Automaten und bestieg mit Fidel den Zug nach Bern.

Ich setzte mich einen halben Waggon weit hinter ihnen in ein leeres Abteil und schaltete die Reise-App auf dem Handy ein. Das Programm zeichnete die Fahrt auf, die Kosten wurden mir später belastet.

Geschätzte zwei Dutzend Passagiere reisten mit. Die älteren Personen redeten miteinander oder betrachteten die Gegend, die jüngeren beschäftigten sich mit ihren Handys.

In Langnau, nach nur neun Minuten Fahrt, stieg Räs mit Fidel aus.

Er flanierte an der Schalterhalle vorüber und setzte sich auf die Bank neben dem Brunnen.

Fidel begann den Boden unter der Bank und rundherum nach Krümeln abzusuchen.

Die Sonne schien Räs ins Gesicht. Er zog die Kapuze tiefer in die Stirn und telefonierte.

Fidel fand nichts Fressbares. Er setzte sich vor die Bank und hechelte.

Räs strich ihm über den Kopf und meldete sich am Telefon mit seinem Namen. Dem Vernehmen nach stellte er eine Frage, sprach zweimal ein gedehntes «Jaaa» und beendete das Gespräch mit einem kurzen «Okay». Es hatte keine dreissig Sekunden gedauert.

Er behielt das Telefon in der Hand, latschte die Bahnhofstrasse hinunter und am Restaurant Pöstli vorbei.

Fidel beschnüffelte jeden Baum. Er setzte jeweils eine Duftmarke an den Stamm und eilte zum nächsten.

Räs überquerte den Platz neben dem Güterschuppen und blieb vor dem Eingang eines Mehrfamilienhauses stehen, drückte die zweitoberste Klingel, trat zwei Schritte zurück und tauschte das Handy mit einem Bündel Geldnoten aus.

Im zweiten Stock wurde ein Fenster geöffnet. Das rundliche Gesicht eines Mannes mit gepflegtem schwarzen Bart erschien. «Hey. Ich hab dir schon mal gesagt: Samstagmorgen ist schlecht. Normalerweise muss ich arbeiten. Verstehst du? *Arbeiten.*»

Räs streifte die Kapuze ab, um den Mann besser zu verstehen. «Jetzt bist du ja da.»

«Ausnahmsweise. Verstehst du? Heute hast du Glück.»

«Kann ich raufkommen? Ich brauche zehn.»

«Wie sieht es damit aus?» Er streckte die Hand aus und rieb den Daumen am Zeigefinger.

Räs öffnete die Faust vor seiner Brust und zeigte das Bündel Geldnoten.

Der Bärtige beugte sich weiter vor und grunzte zufrieden. «Gut. Komm rauf.»

Das Gesicht verschwand. Das Fenster ging zu.

Die Haustür summte.

Räs zog sie auf, Fidel schlüpfte hinein, Räs hinterher, die Tür fiel ins Schloss.

Ich hockte mich auf den untersten Tritt der Treppe zur Passerelle und wartete.

Es dauerte ein kurzes Weilchen, nicht länger. Fidel kam heraus, dann Räs. Er zerrte die Kapuze über den Kopf und schlurfte mit seinem Hund in Richtung Bahnhof.

Ich geduldete mich, bis die schweren Bahnhofstüren sie verschluckten, und ging zum Eingang des Hauses.

Auf dem Schild neben dem zweitobersten Klingelknopf stand: «Alois Bärner».

Ich drückte auf den Knopf, trat zwei Schritte zurück und legte den Kopf in den Nacken.

Das rundliche, bärtige Gesicht tauchte im Fenster auf. «Was wollen Sie?»

«Ich will kaufen.»

«Was?»

«Nur für mich.»

«*Was* wollen Sie? Ich verstehe Sie nicht.» Seine Augen funkelten, sein Körper ragte wie ein nasses Kissen über das Sims hinaus.

«Ich wohne in Langnau. Ich habe es satt, immer nach Bern zu fahren. Gestern hat Räs zu mir gesagt, ich soll dich fragen. Er meint, du verkaufst mir, was ich brauche, und du machst mir einen fairen Preis. Er hat mir die Hand drauf gegeben. Was ist?»

«Was wollen Sie von mir?» Seine Stimme wechselte übergangslos in den Bereich der geballten Obertöne. «Sind Sie von der Polizei? Dann sagen Sie es.»

«Sehe ich so aus?»

«Äh, ja. Sie … Sie sehen aus wie ein Bulle.»

Seine Wangen und seine gekrauste Stirn verfärbten sich stark ins Rosige.

Ich musste lachen. «Ist das ein Kompliment?»

Er wollte sich zurückziehen, war schon nicht mehr zu sehen, da legte ich die Hände wie einen Trichter an den Mund und rief: «Pur wie Hohgantschnee!»

Das Gesicht war prompt wieder da.

Ich raunte: «Die Qualität hat mich umgehauen. Echt. Ich meine, Räs hat es behauptet, aber … Wow. Richtig gut. Darum bin ich hier. Ich will mehr davon.»

Sein schräger Blick, die verzerrten Lippen, die Runzeln: Sein Gesicht offenbarte grösstes Unbehagen.

Ich schwafelte weiter. «Ich habe Räs nicht geglaubt, du kennst ihn, er redet nicht viel, aber da muss ich ihm recht geben. Er hat allen gesagt, *es* sei pur wie –»

«Kein Wort mehr! Komm rauf.» Er pfefferte das Fenster zu.

Ich hörte das Summen der Haustür, zog sie auf und trat ein.

Schnelle Tritte von der Strasse her schreckten mich auf; ein Mann in Pullover, aber ohne Jacke kam herangerannt. Er griff nach der Klinke, bevor die Tür einrastete, und riss sie weit auf.

13

Der Mann im Pullover machte den Weg frei für ein Mädchen, es trampelte an ihm vorbei in den Vorraum.

Der Pullovermann drängte mit immer kleiner werdenden Schritten zusätzlich in den beschränkten Vorraum und schubste das Mädchen unabsichtlich näher zu mir.

Grosse Augen guckten an mir hoch. Es trug Stiefeletten, einen Schal, eine gelbe Mütze mit einer grünen Troddel, Fausthandschuhe und einen Rucksack.

Die Haustür fiel ins Schloss.

Der Raum zwischen Kellerabgang, Wohnungstür, Haustür, Seitenfenster und Treppe bot wenig Platz für drei Personen und einen prall gefüllten Rucksack.

Ich grüsste das Mädchen mit einem netten Hallo und wandte mich an den Pullovermann: «Entschuldigen Sie, ich habe Sie nicht kommen sehen.»

Das Mädchen stand gebückt da und fixierte mich wie versteinert.

Er schaute an mir vorbei, murrte: «Schon okay», und stupste das Mädchen sanft zur Treppe hin. «Nu mach schon, Aurelia. Ich habe nicht viel Zeit.»

Es begann mit seiner Last Stufe um Stufe der hölzernen Treppe zu erklimmen. Der Mann hängte sich an sie ran.

Ich stieg langsam hinterher.

Im zweiten Stock klingelte das Mädchen an der Wohnungstür von Alois Bärner.

Der Bärtige öffnete und tat überrascht. «Aurelia!»

Aurelia stürmte hinein und warf sich ihm mit einem Freudenschrei an den Hals. «Onkel Wisi.»

Bärner legte seine dicklichen Arme um das Mädchen, hob es samt Rucksack vom Boden hoch und keuchte: «Wie geht es dir?»

Der Pullovermann realisierte, dass ich ebenfalls zu Bärner wollte, rückte zur Seite und gewährte mir den Zutritt zur Wohnung.

Bärner, Wange an Wange mit dem Mädchen, wich in die Garderobe aus und liess mich mit einem missbilligenden Blick vorbeigehen.

Ich trat ein, stand nach wenigen Schritten in der Wohnküche und wartete.

Es roch nach Zigarettenasche und Pfefferminztee. Ein Krug, eine bauchige Tasse und ein Aschenbecher standen auf dem Tischchen. Eine ähnliche Tasse und ein paar schmutzige Teller lagen im Spültrog. Der Gesamteindruck der Küche war ordentlicher, als ich es, ehrlich gesagt, vermutet hätte.

Bärner wankte mit Aurelia zur Tür hinaus und streckte dem Pullovermann im Gang die Hand hin, ohne Aurelia loszulassen. «Salü, Ralph.»

Der Pullovermann schlug ein: «Salü, Alois», und fuhr fort: «Ich habe Nachschub mitgebracht. Für dein Geschäft.»

Der Bärtige stellte Aurelia zurück auf den Boden und bat sie, kurz in der Wohnung zu warten. Die Tür schob er bis auf einen Spalt zu.

Aurelia stand im Durchgang zur Küche, legte die Hände übereinander und strahlte mich schüchtern an.

Draussen redete der Pullovermann auf Bärner ein. «Ich habe fünf Kilo mitgebracht. Ist das genug? Ich habe ihn im Wagen gelassen, weil ich dachte, du lagerst ihn im Keller.»

Bärner wehrte ab. «Du kannst ihn wieder mitnehmen. Ich habe noch mehr als genug.»

Ich fragte Aurelia: «Möchtest du den Rucksack ausziehen und abstellen? Sieht schwer aus. Soll ich dir helfen?»

Aurelia hakte die Daumen in die Träger und zeigte sich stark. «Nein. Meine Mutter holt mich ab. Sie wird gleich kommen.»

«Deine Mutter? Holt sie dich nach Hause?»

«Nein, sie holt mich zu sich. Ich darf bei ihr sein. Heute und morgen.»

«Verstehe. Du wohnst normalerweise bei deinem Vater?»

«Mhhh.» Sie nickte halb bedrückt, halb erfreut.

«Aber die Mütze kannst du ausziehen. Und die Handschuhe.» Sie rührte sich nicht.

Draussen fragte der Pullovermann: «Du hast noch mehr als genug? Was heisst das? Hast du nichts verkauft? Ist etwas nicht in Ordnung damit? Verkaufst du ihn zu teuer?»

Bärner klagte: «Nein. Nein, es ist alles in Ordnung. Es läuft einfach schlecht. Ich verkaufe im Moment fast nichts.»

Der Pullovermann war nicht enttäuscht, machte Bärner sogar Mut. «Ich nehme die fünf Kilo wieder mit, kein Problem. Ein Bekannter aus Luzern hat angerufen. Er führt einen Bioladen. Er sagt, er habe bald alles verkauft. Ich fahre am Montag hin, mal sehen, wie viel er haben will. Und du: Ruf mich an. In sieben Wochen ist Weihnachten. Du wirst sehen, in ein paar Tagen zieht es auch bei dir wieder an.»

Bärner bedankte sich.

Der Pullovermann reagierte gelassen. «Ich habe gedacht, ich tu dir einen Gefallen.»

«Ja, ich weiss», sagte Bärner und fragte: «Wann holst du Aurelia wieder ab?»

«Morgen Abend. Judith weiss Bescheid. Ich hoffe, sie hält sich daran und bringt sie wieder her.»

Er steckte den Kopf herein. «Tschüss, Aurelia.»

Aurelia lief ihm entgegen. «Wo gehst du hin?»

«Nach Hause. Warum?»

«Wartest du nicht auf Mama?»

«Nein, ich muss mich beeilen. Richte ihr einen lieben Gruss aus.» Er küsste sie und lief die Treppe hinunter.

Aurelia beugte sich über das Geländer und rief ihm nach: «Tschüüüss, Papa.»

Bärner kam mit ihr in die Wohnung. Er wollte die Tür schliessen.

Ich trat ihnen entgegen. «Warte. Ich muss auch gehen.» Ich hatte ihn von der Strasse aus geduzt. Um seinen Argwohn nicht neu zu entfachen, fand ich es ratsam, ihn weiterhin zu duzen.

«Ist gut», murmelte er, zog seinen Bauch ein und billigte meinen Abgang ohne eine Frage oder einen Einspruch.

Er entsprach bei Weitem nicht meiner Vorstellung eines Drogenhändlers, und einen Wimpernschlag lang verspürte ich sogar den Drang, ihm die Hand zu schütteln, unterdrückte das Bedürfnis und sagte schlicht: «Ich komme am Abend wieder. So gegen sechs Uhr. Geht das?»

«Ist gut», wiederholte er.

Auf mein Tschüss reagierte Aurelia unsicher, vielleicht war sie aussergewöhnlich schüchtern.

Ich flitzte die Treppe hinunter und rannte auf die Strasse.

Der Pullovermann steuerte seinen Wagen aus der Parklücke und fuhr auf die Kreuzung vor dem Hotel Emmental zu.

Ich prägte mir seine Autonummer ein, sie war im Kanton Luzern registriert.

Er blinkte nach rechts, bog in die Strasse nach Trubschachen ein, und ich trabte zum Bahnhofplatz.

In Langnau gab es ein Taxiunternehmen mit einem Fahrzeug. Es stand bereit.

«Guten Tag», sagte ich zum Mann hinter dem Steuer und setzte mich neben ihn.

Er schaltete das Radio aus und startete den Motor. «Guten Tag, Herr Bergmann. Wo soll es hingehen?»

Er war ein Riese. Seinen Sitz hatte er abgesenkt und definitiv bis zum Anschlag nach hinten geschoben. Dennoch berührten seine Ellbogen das Lenkrad, und seine Knie ragten links und rechts herauf und berührten die Hebel für Scheinwerfer und Blinker.

«Nach Trubschachen.» Ich schnallte mich an und warf einen zweiten Blick an ihm hoch. Sein Gesicht, sein gewaltiger Kiefer, seine altmodischen Koteletten kamen mir bekannt vor. «Kennen wir uns?»

«Ich weiss immerhin, wer Sie sind», antwortete er.

«Stimmt. Fast hätte ich es vergessen. Ein guter Taxichauffeur kennt die wichtigsten Leute und die schönsten Plätze in seinem Kreis.»

«Und die hübschesten Frauen.» Er hob sein Kinn und schielte zu mir herunter. Seine Mundwinkel zuckten. «Verfolgen wir jemanden? Soll ich in den Sport-Modus schalten?»

«Nein. Riskieren Sie nichts, gleich werden wir das Ziel kennen.» Ich holte mein Handy aus der Tasche und sendete die Autonummer per SMS an eine kostenpflichtige Telefonnummer.

Die Antwort auf meine Anfrage traf postwendend ein. «Ich habe die Adresse. Der Mann wohnt im Kanton Luzern. Soll ich die Daten in Ihr GPS tippen?» Ich deutete auf sein Navigationsgerät.

«Wie lautet die Adresse?», fragte er.

Ich las vor: «Ralph Gassheimer, Hintere Steinmatte, Gemeinde Flühli.»

«Ich weiss, wo die Hintere Steinmatte liegt. Da wollen Sie hin? Ist ziemlich weit.»

«Ja. Egal. Fahren Sie.»

«In Ordnung.»

Er fuhr schweigend die Bahnhofstrasse hinunter und bog an der Kreuzung ab nach Trubschachen.

Ich war gespannt. «Sie sagten, Sie kennen die Hintere Steinmatte. Demnach ist es ein schöner Ort?»

«Ein schöner Ort? Was soll ich sagen?» Er wiegte den Kopf, murrte und kratzte sich am Kinn.

«Also kein schöner Ort», hielt ich fest.

«Das habe ich nicht gesagt.»

«Was dann?»

«Es ist ein Bauernhof. Liegt mitten im Nirgendwo. Eine Familie bewirtschaftet den Betrieb mit drei oder vier Jugendlichen. Sie betreuen und beschäftigen die jungen Leute für eine gewisse Zeit. Ich weiss nicht; sechs Monate vielleicht. Das heisst für die jungen Leute: früh aufstehen. Gras mähen, Kühe melken, Zäune reparieren, Mist ausbringen.»

«Und Schweine füttern und Holz hacken», sagte ich.

«Exakt. Arbeiten, die wir nur vom Hörensagen kennen. Die meisten Jugendlichen kommen aus einer Stadt und sind sich ein anderes Leben gewohnt. Für die liegt ein schöner Ort wohl eher am Meer. Vielleicht auch im Zentrum von Berlin oder London.»

«Sind das schwer erziehbare Jugendliche?»

«Nein. Ehemals Drogensüchtige. Die armen Teufel machen auf dem Hof ihren Entzug.»

14

Der Taxifahrer war ein Routinier; bis Trubschachen kamen wir flüssig voran. Am Ausgang des Dorfes geriet der Verkehr zunehmend ins Stocken, und vor der Kambly-Fabrik stauten sich die Autos in beiden Fahrtrichtungen. Der Parkplatz für Besucher war dem Anschein nach belegt.

Die Firma Kambly lockte mit ihrem Feingebäck ganze Sippschaften ins Emmental. In der Verkaufshalle durfte man die unterschiedlichsten Guetzli sozusagen frisch ab dem Fliessband degustieren, und zwar so viel man vertragen konnte. Das war für Naschkatzen und Schleckermäuler ein aussergewöhnliches Erlebnis und der Betrieb speziell an Samstagen für Familien ein hochbeliebtes Ziel.

Nach Trubschachen flogen wir in dem Mercedes praktisch ungehindert über die Landstrasse, durch die Weite des Tals und an dem einsamen kalkweissen Kirchlein vor Wiggen vorbei.

Der Fahrer sagte, er rechne damit, das Ziel in weniger als dreissig Minuten zu erreichen.

Danach schwieg er und konzentrierte sich ganz auf die Strasse. Das Radio blieb ausgeschaltet.

Auf meine Frage, ob er die Hintere Steinmatte persönlich kenne, ob er schon einmal dort gewesen sei, gab er bereitwillig Auskunft. «Ich habe einen jungen Mann hingefahren. Ist ungefähr einen Monat her. Er war von dort abgehauen und in Langnau gestrandet. Die Polizei hat ihn im Pärklein unter der reformierten Kirche aufgegriffen. Er hat die Polizisten angefleht, ihn nicht in Handschellen und einem Polizeiauto zurückzubringen. Er fürchtete, sie würden ihn abliefern wie einen streunenden Hund, und bangte um sein Ansehen, seine Würde. Ich konnte ihn verstehen und habe mich anerboten.»

«Sie haben ihn im Taxi zurückgefahren?»

«Ja.»

«Alleine?»

«Ja. Warum?»

«Hat er auf der Fahrt seine Meinung geändert? Hat er rebelliert?»

«Doch, hat er. Ein bisschen.» Er lachte nicht.

«Ist er nüchtern gewesen? Oder berauscht?», fragte ich.

«Das kann ich nicht beurteilen.»

«Ist ihm übel geworden? Hat er unterwegs gekotzt?»

«Nein, hat er nicht.»

«Wie alt ist der Junge gewesen?»

«Weiss ich nicht. Was wollen Sie von mir? Ich frage meine Fahrgäste nicht nach ihrem Alter. Auch nicht nach ihrem Befinden oder ihren Absichten. Ich fahre. Dafür werde ich bezahlt.»

Der Taxameter zeigte dreiundsechzig Franken, und wir waren noch nicht am Ziel.

«Wer hat Ihnen jene Fahrt bezahlt?»

«Oh, wir verpassen den Wetterbericht.» Er drehte das Radio an.

Ich schaltete das Radio aus. «Die Polizei hat Sie bestimmt nicht bezahlt. Wer also? Hat dieser Ralph Gassheimer oder sonst wer auf der Hinteren Steinmatte Ihnen das Geld für die Fahrt gegeben?»

«Berufsgeheimnis.» Er schaltete das Radio wieder ein. Der lokale Sender neo1 spielte die neuste Single der Berner Band Patent Ochsner.

Ich drehte das Radio leiser. «Eine junge Frau ist an einer Überdosis Kokain gestorben. In Bern. Vor drei Tagen. Sie hat in unerwarteter Weise hochreines Kokain geschnupft. Das hat sie umgebracht. Der Junkie, der ihr das Kokain angedreht hat, hat den Stoff in Langnau gekauft. Kokain in Langnau. In unserem Dorf. Kokain in Reinform. Stellen Sie sich das vor. Ich will wissen, wer Sie bezahlt hat, verdammt noch mal!» Es wurde mir zu warm im Wagen. «Können Sie die Heizung zurückdrehen?», bat ich. «Mir ist zu heiss.»

«Natürlich, klar.» Er drehte an einem Knopf und sagte kein Wort.

Ich brauchte eine Weile, um mich zu beruhigen. «Der Kerl,

der das Kokain in Langnau verkauft, heisst Alois Bärner. So viel steht fest. Ich will wissen, woher er das Kokain hat. Wer ihm das Kokain liefert. Ich will wissen, wer dahintersteckt.»

«Sie wollen wissen, wer dahintersteckt? Ha-ha. Ich kann Ihnen sagen, wer dahintersteckt. Ein Netzwerk. Ein weltweites, gut organisiertes, verdecktes Netzwerk mit ein paar sehr reichen Köpfen. Kokain ist überall. Nicht nur in Langnau und nicht erst seit gestern. Sie werden die Verbreitung dieser illegalen Droge nicht stoppen. Nichts werden Sie erreichen. Im Gegenteil. Sie werden der Polizei in die Quere kommen. Sie werden alles nur noch schlimmer machen. Nur zu, nur frisch drauflos. Am Ende werden Sie darin umkommen.»

«Ich will nicht die Welt retten oder dergleichen. Es geht mir nicht um das kriminelle Netzwerk. Es geht mir nicht um den Drogenhandel an sich. Ich will nur diesen einen fiesen Grosshändler aufspüren. Bärner ist kein Grosshändler. Da steckt jemand anders dahinter. Den Kerl will ich finden. Den Kerl, der Bärner mit dem reinen Kokain beliefert.»

«Und dann? Was machen Sie mit ihm?»

«Das weiss ich noch nicht.»

Er hämmerte den Daumen auf die eigene Brust. «Dann tun Sie, was Sie für richtig halten, aber lassen Sie mich aus dem Spiel. Ich will auf keinen Fall in die Sache reingezogen werden.»

Seine Pranken umklammerten das Lenkrad, dass ich dachte, er breche es in Stücke.

An der grossen Kreuzung vor Schüpfheim bog er rechts ab. Die Strasse stieg sachte an und führte schnurgerade hinein in die bewaldeten Hügel und die hellen, schroffen und felsigen Bergkämme des Entlebuchs. Neben der Strasse, in einem Flussbett der gröberen Art, rauschte uns ein Wildbach entgegen.

Er fuhr durch das Dorf Flühli, bog ausserhalb des Dorfes links ab und fuhr an einem Teich und an mehreren Grünflächen eines Golfplatzes vorüber.

Bei der Clubhütte reduzierte er die Geschwindigkeit und tippte mit dem Zeigefinger ans Seitenfenster. «Das nenne ich einen schönen Ort.»

«Golfclub Flühli-Sörenberg» stand auf einer Tafel.

«Mein Geheimtipp», ergänzte er schwärmerisch.

«Danke. Den werde ich mir merken.»

Er beschleunigte und lenkte das Taxi bergan auf eine mit Kies bedeckte Nebenstrasse. Der Wagen schlingerte weich in der Kurve. Die Räder verursachten auf den Kieseln ein Geräusch zwischen Knistern und Rascheln.

Wir durchflogen einen Waldstreifen, danach war weit und breit kein Haus mehr in Sicht. Die Wiesen fielen steil ab, schienen mager und waren von glitzernden Bachläufen durchzogen. Wettertannen standen an exponierten Stellen und warfen koboldartige Schatten. Der Himmel über den nahen Felsen leuchtete blau wie ein Bergsee im späten Frühling.

Die Strasse führte erneut in einen Wald.

«Sie kennen die Hintere Steinmatte nicht, trotzdem wollten Sie unbedingt herkommen. Warum? Verdächtigen Sie diesen Ralph Gassheimer? Folgen Sie seiner Spur?», fragte er.

«Eben haben Sie gesagt, ich soll Sie aus dem Spiel lassen», sagte ich.

«Ich frage, weil Sie vielleicht falschliegen.»

«Das werden wir bald wissen. Bei Alois Bärner liege ich nicht falsch. Er hat dem Junkie das Kokain verkauft, das habe ich gesehen. Allerdings halte ich Bärner, wie gesagt, nicht für den Grosshändler. Jemand beliefert ihn. Bärner hat nicht das Format zum Schurken, dazu ist er viel zu unbedarft. Der verkauft doch nur kleine Mengen.»

«Da mögen Sie recht haben.»

Seine Bemerkung brachte mich zur nächsten Frage. «Kennen Sie ihn?»

Er atmete tief durch und lockerte jeden Finger einzeln. «Ich habe ihn zwei Mal nach Burgdorf gefahren.»

«Was wissen Sie über ihn?»

«Sie mit Ihren endlosen Fragen. Zum Glück sind wir bald da.» Er schüttelte den Kopf und grinste. «Also gut. Bärners Vater hat in Burgdorf ein Teegeschäft geführt. Er hat Tee aus Indien importiert, Cafés und Restaurants beliefert und an die hundert Tees in seinem Teeladen feilgehalten. Vor etwa einem Jahr ist er verstorben. Alois Bärner hat das Geschäft geerbt und mir während der Fahrt erzählt, er habe den Import und Vertrieb eingestellt. Weil es sich schon länger nicht mehr rentiert habe. Er habe den Laden aufgegeben und in ein Bistro umgebaut. Wenn Sie mich fragen, Bärner ist nicht nur unbedarft, er ist einfallslos und träge.»

«Er verkauft immerhin Kokain», entgegnete ich.

Wir gelangten auf eine ansehnliche Hochebene, die auf drei Seiten von Wald und gegen Osten von einer senkrechten, fünf Stockwerke hohen Felswand eingeschlossen wurde. Die Strasse endete auf dem Vorplatz einer Bauernsiedlung, die sich an Gesteinsbrocken unter dem Felsen schmiegte. Weisslicher Rauch stieg aus dem Kamin des Wohnhauses, wurde vom Wind fortgerissen und an der Felswand aufgerieben.

Wenige Schritte unterhalb des Wohnhauses befanden sich eine neuere Scheune mit Stall und ein älterer Wagenschopf. An der Scheune hing ein grosses Plakat: «Biohof Hintere Steinmatte».

Der Taxichauffeur fuhr durch ein offenes eisernes Tor auf den umzäunten, trockenen Kiesplatz vor dem Haus. An den Rändern wuchsen niedere Kräuter.

Er parkierte den Wagen neben dem Miststock unter einer Linde und schaltete den Motor aus. «Soll ich warten?»

«Es könnte sich hinziehen.»

«Wir sind in einem weiten Bogen hierhergelangt. Wenn Sie zum Ende der Felswand laufen – sehen Sie den Wasserfall dort drüben? – und dem Wanderweg folgen, steil hinunter durch den Wald, kommen Sie direkt zum Clubhaus des Golfplatzes. Noch weiter unten, auf der Hauptstrasse, fährt jede Stunde ein Postauto vorbei. In beide Richtungen.»

«Also dann ...» Mehr als die Hälfte von Kürris Vorschuss ging für die Taxifahrt drauf.

Er zählte das Retourgeld heraus, nahm die beiden zerknitterten Hunderter, faltete sie akkurat, legte sie fein säuberlich ins Portemonnaie, das er im Handschuhfach verwahrte.

Ich wollte aussteigen.

Er bat mich, einen Moment zu warten, griff zwischen seinen

Knien tief unter das Lenkrad und brachte eine Pistole zum Vorschein. «Wenn Sie möchten, kann ich Ihnen die hier leihen. Ist geladen. Zu Ihrer Sicherheit.»

Es war eine Beretta. Ein älteres Modell als meine Beretta, die ich in der Agentur gelassen hatte. Auf seiner flachen Hand sah die Pistole aus wie ein Kinderspielzeug.

15

«Ralph Gassheimer wird mich kaum am nächsten Baum aufknüpfen», sagte ich und lehnte sein Angebot entschieden ab. «Aber es freut mich, dass Sie sich um mich sorgen.» Mein Handy zeigte das Netz an. «Wenn etwas schiefläuft, kann ich immer noch die Polizei rufen.»

Er schien nicht erleichtert, versorgte die Waffe unwillig unter dem Lenkrad und drängte mir stattdessen seine Karte auf. «Rufen Sie mich an, wenn Sie Unterstützung brauchen. Und wenn es pressiert, rufen Sie die Feuerwehr. Die erste Mannschaft kommt aus Flühli und steht in zwölf Minuten auf dem Platz. Bis zwei Leute von der Polizei aus Schüpfheim hier sind, dauert es viermal länger.»

Ich nahm die Karte, las sie und musste schmunzeln. Der Riese trug einen Namen, den man sich mühelos einprägen konnte: Franz Grossniklaus.

Ich reichte ihm die Hand. «Alexander.»

Wieder zuckten seine Mundwinkel. «Franz. Mach's gut.»

«Letzte Frage: Was ist deine Schuhgrösse?»

«Was?»

«Was ist deine Schuhgrösse?»

«Sechsundvierzig. Warum?»

«Nur so. Wir sehen uns.» Ich stieg aus.

In dieser Höhe war die Luft, trotz wolkenfreiem Himmel und der Sonne im Zenit, genauso empfindlich kalt wie am Morgen in Trubschachen. Schuld war nicht zuletzt der Wind, der steif und bissig aus dem Tal heraufwehte.

Die freie Fläche zwischen dem Miststock, der nach Kuhdung und Urin stank, und dem Brunnen unter dem Vordach erlaubte Franz, sein Taxi innerhalb der Umzäunung mit einer Kreisfahrt zu wenden. Danach hielt er auf das offene Tor zu und drückte auf die Tube.

Der Motor dröhnte kraftvoll. Der Mercedes schoss aus dem

Areal hinaus und schaukelte auf der ausgemergelten Zufahrtstrasse wie ein Schnellboot auf dem Thunersee bei Gegenwind und zünftigem Wellengang.

Die Räder wirbelten tüchtig Staub auf. Es entstand eine lange, sehr lange Puderfahne, die der Wind anhob, aufblähte und gegen den Wald hintrieb.

Neben der Eingangstreppe zum Wohnhaus befanden sich zwei hölzerne Briefkästen der Marke Eigenbau. In das Türchen unter dem Briefeinwurf des ersten Kastens hatte jemand mit einem Beitel «Stiftung Hintere Steinmatte» eingeschnitzt. An der Tür des zweiten Kastens stand in derselben Prägung: «Ralph + Judith Gassheimer-Bärner».

Ich stieg die drei Tritte hoch. Die Steinstufen waren gefährlich glatt abgescheuert und das Holz der Eingangstür arg verwittert.

Nach allem, was ich bisher gesehen hatte, musste die Stiftung haushälterisch mit ihrem Geld umgehen.

Auf mein Klopfen öffnete eine Frau, die meine Mutter hätte sein können. Sie öffnete augenblicklich und vollständig, stand gelassen im Rahmen, faltete die Hände vor der Schürze, sah mich freundlich an und fragte: «Was wünschen Sie?»

Ich war bass erstaunt über die fixe Reaktion, fasste mich indessen rasch wieder. Im Grunde konnte ich ihr nachfühlen, in dieser Abgeschiedenheit waren Besuche rar. Sie musste das Taxi bemerkt haben, war hinter das Guckfenster neben der Tür getreten, hatte uns beobachtet und mein Klopfen abgewartet. Sie zeigte keinen Argwohn, im Gegenteil, sie freute sich offenbar. Ein Mann kam an einem Samstag zur Mittagszeit auf den Hof, schickte das Taxi weg, stieg die Treppe hoch und klopfte an ihre Tür. Dass dieser Mann Böses im Schilde führen könnte, war undenkbar.

Ich nannte ihr meinen Namen und verlangte Ralph Gassheimer zu sprechen.

«Ralph ist im Stall. Gehen Sie ruhig zu ihm.»

«Ich habe Zeit und kann hier warten», sagte ich.

«Ach, woher. Sie sind alle im Stall. Gehen Sie hinüber, Sie stören nicht.»

Ich schritt zum Stall, zögerte vor der ersten grossen, geschlossenen Doppeltür und sah zu ihr zurück.

Sie war über die Schwelle getreten, gestikulierte mit beiden Händen und rief: «Nein, nein. Nicht *diesen* Eingang. Nehmen Sie die nächste, die nächste Tür. Wenn Sie da eintreten, wo Sie jetzt stehen, gelangen Sie in den Laufgang der Kühe. Da bräuchten Sie Stiefel.»

Ich bewegte mich zur nächsten, ebenfalls geschlossenen normalen Stalltür.

«Ja.» Sie gestikulierte wieder, gutheissend diesmal. «Gehen Sie hinein. Sie ist offen. Gehen Sie. Sie können Ralph nicht verfehlen.»

Ich trat ein. Die Wärme, das beruhigende Schnauben der Kühe und dieser aufdringliche, unbenennbare, voll und breit durchmengte, ja förmlich überladene tierische Geruch versetzten mich unverzüglich in meine Kindheit.

Es war in der sechsten Klasse. Ich durfte in den Sommerferien einen Tierarzt auf seinen Krankenbesuchen zu den Bauernhöfen und in die Ställe begleiten.

Eine Kuh hatte Beschwerden, weil sie, wie er mir anvertraute, vermutlich einen oder mehrere rostige Nägel verschluckt hatte. Er verabreichte der Kuh einen gitterartigen Behälter mit einem Magnet in der Mitte. Der Tierarzt hoffte, der Magnet würde die Nägel langsam, aber sicher in den Behälter ziehen und damit die Gefahr von weiteren Verletzungen an der Pansenwand verhüten.

Seit jenem verregneten Sommertag wollte ich Tierarzt werden.

Hier und jetzt befand ich mich in der Futtertenne auf der Hinteren Steinmatte und suchte einen gewissen Ralph Gassheimer, weil ich den Verdacht hegte, er beliefere Alois Bärner in Langnau mit Kokain.

Vor mir erstreckte sich die Futterkrippe mit dem Fressgitter bis zur gegenüberliegenden Wand.

Im Stall tummelten sich mindestens zwanzig Kühe. Drei dieser imposanten Grosstiere leckten die letzten Heublumen und Kleeblätter aus der Wanne. Etliche Kühe lagen dösend in ihren Buchten. Ein paar wenige standen wie gelangweilt in den Gängen und käuten wieder.

Rechts lag ein kolossaler Heuwalm, und in der hintersten Ecke lehnten zwei junge Männer an einer Abschrankung aus Brettern, die Arme über die Kante gelegt. Ich konnte die Stimme eines Mannes aus der Ecke hören. Die jungen Herren guckten gebannt ins Innere der abgeschirmten Ecke. Da war wieder diese Stimme. «Gleich geht's los.»

Ich gesellte mich zu den zwei Guckenden. Sie waren auf das Geschehen vor ihnen fixiert und bemerkten mein Kommen nicht.

In der Kammer lag eine braune Kuh mit einem gewölbten Bauch ausgestreckt auf der Seite in einem frisch aufgeschichteten Strohbett. Sie schnaufte atypisch und strampelte ab und wann mit den Beinen. Die goldenen Halme raschelten bei jeder Bewegung.

Ich erkannte Ralph Gassheimer. Er kniete am Hinterteil der Kuh.

Eine junge Frau kauerte neben ihrem Kopf, sie strich dem Tier mit der Hand über die Stirn und ordnete die Fransen zwischen den Hörnern.

Anscheinend hatte überhaupt niemand mein Kommen bemerkt.

Ich sagte laut und deutlich: «Ich wünsche Glück im Stall.»

Alle vier Augenpaare richteten sich auf mich. Gassheimer zeigte sich überrascht, nickte und widmete sich wieder der Kuh. Auch die anderen senkten sofort wieder ihre Köpfe.

Die Kuh streckte beide Hinterbeine, ihr Körper verkrampfte sich vom Schwanz bis zum Schädel, und alle, die junge Frau, Gassheimer und die beiden neben mir, hielten im Einklang mit dem Tier ihren Atem an. Jedenfalls kam es mir so vor.

Der Krampf löste sich, die Kuh atmete intensiver. Beim nächsten Pressen öffnete sich ihr Geschlecht, eine Schnauze, ein zwergenhaftes Flotzmaul, zeigte sich. Es verschwand, erschien beim nächsten Pressen wieder, blieb sichtbar, rutschte weiter heraus. Eine rosa Zunge ragte seitlich aus dem kleinen Flotzmaul. Zwei Klauenfüsse tauchten auf, eng unter dem schmalen Kiefer, nicht grösser als die eines Rehs.

Die Kuh presste ungestümer, hitziger, mit aufgerissenen Augen und in kürzeren Abständen. Der Kopf des Kalbes klemmte, die

Kuh presste, dass ich befürchtete, etwas an ihr könnte bersten. Jetzt, der Kalbskopf bewegte sich Zentimeter um Zentimeter, kam heraus, der Hals, die Schultern folgten, die Kuh stöhnte, presste mit letzter Kraft, und das Kalb flutschte in einem Zug ins Strohbett.

Gassheimer säuberte mit den Händen geschwind und geübt die Nüstern, die Augen, strich mit der Hand durch das Maul, reinigte die Ohren von der Schleimhaut.

Das Kalb lag mit ausgestreckter Zunge wie tot auf dem blutverschmierten Stroh. Gassheimer packte mit beiden Händen eine Handvoll saubere Halme und rieb ihm den Rücken ab. Es lag schlaff und reglos vor ihm.

Endlich, es bewegte sich, strampelte, schüttelte den Schädel und tat einen tiefen Atemzug, zog die Zunge ein, seiberte und schloss das Maul.

Alle, mich eingeschlossen, atmeten auf.

Die folgenden zwei Versuche des Kalbes, sich aufzurichten und auf den eigenen Füssen zu stehen, schlugen fehl. Zu unkoordiniert waren die Bewegungen seiner überlangen, fast spinnenartigen Beine. Es war grau und nass und peitschte mit dem Schwanz das Stroh.

Gassheimer wandte sich an die junge Frau. «Komm und hilf mir. Wir legen es der Mutter hin.»

Gemeinsam hievten sie das Kalb hoch und legten es vorne ab. Die Kuh richtete sich halbwegs auf, schnupperte an dem feucht glänzenden Flotzmäulchen, an den Nüstern und fuhr dem Kleinen mit der Zunge in rhythmischen Bewegungen über die Stirn, die Ohren, den langen Hals, den Nacken und den Bauch. Das Kalb erwachte vollends, schlug die grossen Augen auf, schüttelte den Kopf, wieder und wieder, wackelte mit den Ohren und schnupperte an seiner Mutter.

Gassheimer beugte sich über die Kuh und tätschelte sie an Hals und Schulter. «Gut gemacht. Jaaa. Priiima.»

Die Kuh gurrte wie ein satter Bär.

Er öffnete die Pforte und trat aus der Ecke. «Gehen wir. Zeit zum Essen.»

16

Alle vier wuschen sich am Brunnen die Hände mit Seife. Gassheimer als Letzter. Er wusch sich sogar das Gesicht mit dem eiskalten Wasser.

Er wies die drei jungen Leute an, ins Haus zu gehen. «Mutter wartet schon lange mit dem Essen. Geht. Wir kommen gleich nach.»

Als die drei ausser Hörweite waren, wandte er sich an mich. «Ich kann mich an Sie erinnern. Sie haben heute Vormittag meinen Schwager Alois in Langnau besucht.»

«Ja, richtig.»

«Sind Sie im Auftrag von Judith hier? Will sie die Scheidung?», fragte er.

«Nein. Ich bin wegen Ihnen hier.»

«Wegen mir?» Er stutzte.

«Ja. Alois Bärner verkauft Kokain.»

Er erstarrte. «Wer verkauft Kokain? Alois? Das ist nicht wahr.»

«Doch. Das wissen Sie genau. Tun Sie nicht so. Er verkauft Kokain in kleinen Mengen an Junkies.»

«Was reden Sie da?»

«Aus seiner Wohnung heraus. Ich habe ihn dabei beobachtet. Kokain, das Sie ihm geliefert haben.»

«Ich?» Er blickte mich finster an.

«Ja, Sie. Heute Morgen haben Sie ihm Nachschub angeboten. Sie beliefern ihn mit Kokain, deshalb bin ich hier.»

«Schickt Sie der Stiftungsrat?», fragte er barsch.

«Nein.»

«Sind Sie von der Polizei?»

«Nein.»

«Was wollen Sie?» Er stützte die Hände in die Hüfte.

«Was ich will? Heute Morgen habe ich gehört, wie Sie ihm fünf Kilogramm Kokain angeboten haben. Und jetzt fragen Sie mich, was ich von Ihnen will? Die Wahrheit, nichts als die Wahrheit.»

Er ballte die Fäuste und stierte mich grimmig an. «Sie kommen auf meinen Hof und behaupten, ich verkaufe meinem Schwager Kokain? Das ist nicht Ihr Ernst, oder?»

«Doch. Was denn sonst?» Ich versuchte, ruhig und entschlossen zu bleiben.

«Wissen Sie, was wir hier tun?»

«Mehr oder weniger schon, ja.»

«Kommen Sie, ich will Ihnen etwas zeigen.» Er stapfte in seinen Stiefeln zornig zum Wagenschopf hinauf.

Ich folgte in sicherer Distanz.

Es war ihm egal. «Sehen Sie den Felssturz dort hinten? Ich habe Sanddorn zwischen die Gesteinsbrocken gepflanzt. Sehen Sie die Holzkästen nah an den Sträuchern? Wissen Sie, wozu die Kästen gut sind?»

«Sind das Bienenstöcke?»

«Bravo!»

Er machte auf den Fersen kehrt, stapfte immer noch zornig zu seinem Auto, das unter dem Schleppdach stand, öffnete die Heckklappe und nahm ein Glas aus einem Korb. «Und was ist das?» Er warf es mir zu.

Ich fing das Glas auf. «Honig.» Ich wusste es, bevor ich es auf der Etikette las.

«Bravo! Zwei Punkte. Wenn Sie mir jetzt noch verraten, wie viel Honig sich im Korb befindet, kriegen Sie den dritten und letzten Punkt.»

Er trat zur Seite, und ich zählte neun volle Gläser. Mit dem Glas in meiner Hand waren es zehn. Zehn Gläser mit je fünfhundert Gramm Honig. «Fünf Kilogramm Honig.»

«Bravo! Fünf Kilogramm Bienenhonig aus der Biosphäre Entlebuch. Das ist der Nachschub, den ich Alois angeboten habe. Für sein Bistro in Burgdorf. Aber doch kein Kokain. Pah.» Er knallte die Heckklappe zu. «Was der Hof abwirft, reicht nicht. Mit der Milch und dem Honig allein kann ich keine Familie ernähren. Die Stiftung ist für uns eine wichtige finanzielle Stütze. Seit zehn Jahren arbeiten wir mit denen zusammen und nehmen Menschen auf, die einen Weg aus der Sucht suchen. Sicher, es ist manchmal zum Davonlaufen mit diesen Leuten, aber denken Sie ernsthaft, ich würde das alles so leichtsinnig aufs Spiel setzen? Ich bin kein Vollidiot.»

Er wollte zum Haus hinunter. Ich blieb stehen.

Er sagte mit halbwegs normaler Stimme: «Kommen Sie, ich habe einen Bärenhunger. Behalten Sie das Glas, ich schenke Ihnen den Honig.»

Ich war unschlüssig und unfähig, einen Schritt zu tun.

Er milderte seinen Ton noch mehr und verringerte auch seine Dringlichkeit. «Kommen Sie, wir reden bei Tisch weiter.»

Ich setzte mich mechanisch in Bewegung.

Er wartete vor der Treppe auf mich. «Sie sollten Ihr Gesicht sehen. Wie wenn eine Biene Sie in die Stirn gestochen hätte.»

Ich sagte ausweichend, ich wisse nicht, was ich sagen solle.

«Wie sind Sie eigentlich hergekommen? Zu Fuss?»

«Mit dem Taxi.»

«Von wo aus? Von Langnau?»

«Ja.»

«Hat sicher eine Stange Geld gekostet.» Er klopfte mir auf die Schulter. «Ich weiss nicht, wer Sie sind und was Sie wollen, aber wenn das stimmt, was Sie sagen, wenn Alois wirklich Kokain verkauft, dann sind Sie nicht vergebens hergekommen. Das macht uns nämlich zu Verbündeten. Er ist mein Schwager. Erzählen Sie alles, was Sie wissen. Keine Hemmungen. Wir können bei Tisch offen reden. Jeder der drei jungen Erwachsenen versteht mehr von Drogen als wir beide zusammen. Die haben ihre Erfahrungen gemacht. Die sind hier, um darüber hinwegzukommen. Wir tun, was wir können. Wir begleiten sie ein Stück. Sie haben einen schwierigen Weg zu gehen, hinein in ein neues Leben. Am Ende müssen sie alle wieder ihren Platz finden in der Gesellschaft. Und vor allem: die Kraft, den Drogen in schweren Zeiten zu widerstehen.»

Während er die Stiefel auszog, rief er: «Wir haben einen Gast, Mutter. Kannst du ein Gedeck für ihn auflegen?»

«Schon gemacht», antwortete die Frau.

Es war herrlich warm in der geräumigen Küche, und es roch

nach Sauerkraut und geräuchertem Fleisch. Ich stellte das Glas auf ein Möbel, zog die Jacke aus und massierte meine kalten Finger.

«Wir haben bereits gegessen.» Seine Mutter wies mich auf einen Platz auf der Eckbank an dem langen Holztisch und streckte mir die Hand hin. «Wie heisst dein Freund, Ralph?»

«Alexander», antwortete ich an seiner Stelle.

«Ich bin Martha, und das sind Vera, Roger und Marc.»

Die drei grüssten knapp.

Ralph hockte sich oben an den Tisch und sagte zu seiner Mutter: «Es ist ein Kuhkalb.»

«Ich weiss, Vera hat es mir verraten», sagte sie.

Sie überreichte mir und Ralph je einen vollen dampfenden Teller. «Ich hoffe, du magst Sauerkraut, Salzkartoffeln und Speck. Wie gesagt, wir haben gegessen. Es ist ja schon fast zwei Uhr.»

Die drei Mitbewohner tauschten ihre Eindrücke aus, die sie bei der Geburt eingefangen hatten. In mindestens zwei Dingen waren sie sich völlig einig: Das Kalb sei sehr schön und die Geburt ein Wunder.

Wir speisten, und Ralphs Mutter setzte sich mit einer grossen Tasse Kaffee dazu. «Was führt dich zu uns?», fragte sie.

Diesmal antwortete Ralph an meiner Stelle: «Er kommt aus Langnau und hat schlechte Nachrichten. Stell dir vor, Alois verkauft neuerdings Kokain an Strassendealer.»

«Alois? Was für ein Dummkopf!» Sie stellte die Tasse hart ab. «Schade um ihn. Und Judith?» Sie richtete die Frage an mich. «Steckt Judith mit drin?»

«Das weiss ich nicht. Leider», sagte ich.

Sie geriet immer stärker in Aufruhr. «Das musst du sofort der Polizei melden, Ralph.»

«Er ist mein Schwager, Mutter.»

«Ja, Kokain verkaufen, das kann er, das ist leicht. Unseren Honig verkaufen, das kann er nicht. Den weist er zurück. So habe ich ihn immer eingeschätzt, vom ersten Moment an. Er ist ein Lump.»

«Mutter, bitte. Judith ist immer noch meine Frau und Aurelia unsere Tochter. Alois ist und bleibt mein Schwager.» Er legte die

Gabel ab und sprach die drei Mitbewohner an. «Alexander ist gekommen, um uns zu informieren. Wir werden versuchen, Alois davon abzubringen, Kokain zu verkaufen. Bevor er im Knast landet. Das versteht ihr doch, oder? Dazu wüssten wir gerne, wer ihn beliefert. Könnt ihr uns helfen? Was meint ihr, wie finden wir heraus, wer ihm das Kokain nach Langnau liefert? Wie und wo finden wir den Grosshändler oder Importeur? Wenn wir das wüssten, könnten wir ihn einfacher stoppen.»

Alle drei drückten sich um die Antworten und lächelten verlegen.

Ralph munterte sie auf. «Ihr müsst uns helfen. Bitte. Es bleibt in der Familie. Was meint ihr, wo kommt der Stoff her?»

Die Antwort platzte aus Marc heraus. «Aus Kolumbien.»

Alle grinsten.

«Ja, aus Kolumbien, das ist uns klar. Aber wer liefert Alois den Stoff nach Langnau?»

Marc schien ihr Sprecher zu sein. «Niemand.»

«Was?»

Vera beantwortete Ralphs Frage ausführlicher. «Niemand liefert einem Zwischenhändler Kokain nach Hause. Er muss ihn sich holen, verstehst du? Er muss ihn sich beschaffen.»

«Wo beschafft man sich grössere Mengen Kokain?»

Die Jugendlichen lachten jetzt offen.

Roger sprach in die entstandene Stille mit der Besonnenheit eines Chorleiters: «Ich denke, er kauft es im Darknet.»

Marc und Vera gaben ihm recht.

Marc sagte es so: «Ja, wenn Alois schlau ist, bestellt er das Kokain im Darknet.»

17

Ralph und Martha redeten gleichzeitig. Sie wollte wissen, was das Darknet sei, und Ralph stellte die Frage, wie Roger auf das Darknet komme.

Marc versuchte, stellvertretend für die beiden anderen, ihre Sicht darzulegen. «Die Banden, die Kokain in die Schweiz schmuggeln, bunkern die Ware in den Städten. Alois müsste nach Bern reisen, um sich mit einem Pfund oder so einzudecken. Er müsste den Stoff bei einer dieser Schmugglerbanden kaufen und – nicht vergessen – bar bezahlen.»

«Oder in Zürich, in Basel, in Lausanne, je nach Preislage», warf Vera ein.

«Ja, auf jeden Fall in einer Stadt. Es spielt keine Rolle, wo oder bei wem er sich eindecken würde. Er wäre dumm, wenn er das täte», fuhr Roger fort.

Ich fragte: «Warum?»

«Es ergibt keinen Sinn. Er würde auf der Ware sitzen bleiben.»

Ralph hakte nach. «Kannst du uns das besser erklären?»

Marc schaltete sich wieder ein. «Kein Strassendealer reist für ein paar Portionen nach Langnau. Alois könnte lange warten. Die Strassendealer benötigen jeden Tag frischen Stoff in kleinen Portionen. Keiner von denen hat Bares für ein ganzes Pfund oder so. Wieso soll einer von denen für ein paar Gramm so weit aufs Land fahren, wenn er die gleiche Qualität in der Stadt haben kann? Natürlich verkaufen die Banden liebend gern ein Pfund Koks aufs Mal. Am liebsten an jemanden wie Alois. Das Risiko ist klein, und die Kasse stimmt. Niemand meckert, wenn in einem Pfund Koks zwei Gramm fehlen. Im Normalfall verkaufen sie jedoch Tag für Tag ein paar einzeln abgepackte Gramm an die Strassendealer. Das ist stressig für beide Seiten. Die Dealer sind unpünktlich, laut, frech, reklamieren und feilschen ständig. Manchmal reicht das Bargeld für die Menge, die sie haben wollen. Meistens wollen sie mehr und haben zu wenig

Geld dabei. Oft gibt es Streit, weil das Gewicht nicht stimmt. Ein Gramm ist selten ein Gramm. Trotzdem würde kein Dealer für ein paar Gramm Koks tief ins Emmental reisen. Er müsste damit wieder zurück nach Bern, denn nur in der Stadt verkauft er das Koks an …» Er machte eine Handbewegung, die man als «an solche wie wir» deuten konnte.

Vera übersetzte: «Er meint die Verbraucher.»

Roger nickte. «Der Dealer müsste jeden Tag hin- und herreisen. Und das für stinknormales Koks. Das macht keiner. Zumindest keiner von denen, die ich kenne. Das braucht Zeit, erhöht das Risiko und damit den Stress.»

Ralph fragte: «Wo liegt der Unterschied, wenn Alois das Kokain im Darknet bestellt?»

Marc reagierte umgehend. «Du musst einmal koksen. Zieh dir von beiden eine Linie rein, dann kennst du den Unterschied.»

Alle lachten, Martha eingeschlossen.

Es war Vera, die uns aufklärte. «Die Banden strecken das Kokain. Sie verdoppeln die Menge, sobald es in der Schweiz ist. In einem Gramm Koks, das sie verkaufen, steckt nur ein halbes Gramm Kokain. Höchstens.»

«Stimmt das also? Die andere Hälfte ist Milchzucker?», fragte ich.

«Ja, im besten Fall. Wenn du Pech hast, ist es Kreide», enthüllte Marc.

Roger führte uns die Vorteile des Darknets vor Augen. «Nicht so im Darknet. Dort bekommst du sauberes, reines Kokain. Du kaufst die Ware über eine Plattform, ähnlich wie eBay oder Amazon. Auf der Plattform hat der Kunde die Möglichkeit, die Lieferung zu bewerten. Maximal fünf Sterne für beste Qualität. Ihr kennt das. Manche schreiben Bemerkungen zur Verpackung, zur deklarierten Menge, zur Versandfrist. Das Übliche. Betrügt der Verkäufer im Darknet mit dem Gewicht, verkauft er gestrecktes Koks, verpackt er das Pfund schlampig oder schummelt sonst wie, bekommt er miese Bewertungen – und ist weg vom Fenster.»

Marc ergänzte: «Wenn ein Strassendealer ins Emmental reist und Alois ein paar Portionen abkauft, dann kann das nur heissen: Alois bietet reines Kokain an. Darum hat Roger recht: Das bekommt er nur im Darknet.»

«Warum kauft der Strassendealer das Kokain nicht selbst im Darknet?» Ralph stellte die Frage, und Vera antwortete: «Weil er selbst süchtig ist. Süchtige haben gute und schlechte Tage. Und sie sind immer knapp bei Kasse. Im Darknet bezahlst du mit Bitcoin. Das ist einem Strassendealer in der Regel zu hoch, zu anspruchsvoll.»

«Kann mir jemand endlich erklären, was das Darknet ist?», fragte Martha.

Ralph erklärte es seiner Mutter so: Das sei der Schwarzmarkt im Internet. Da könne man im Geheimen illegale Sachen bestellen oder in Auftrag geben: Drogen, Waffen, rezeptpflichtige Medikamente für Menschen und Tiere und vieles mehr. Weil alles über mehrere Stationen ablaufe und jedes Mal neu verschlüsselt werde, könne die Polizei fast nichts machen.

«Im Computer? So wie ich die Strickwolle bestelle? Zwei Tage später bringt mir der Postbote ein Paket mit der Wolle und der Rechnung.»

«Ja. Ungefähr so.»

«Das Paket mit der Wolle kommt aus dem Wollparadies in Huttwil. Woher kommt das Paket mit dem Kokain? Aus dem Kokainparadies in Kolumbien?»

Vera, Roger und Marc sahen sich an und prusteten.

Roger versuchte eine Antwort darauf zu geben. «Aus Holland. Aus Belgien. Aus Italien. Aus Litauen. Niemand weiss das so genau. Die Adressen, die als Absender angegeben werden, sind immer fiktiv. Fängt der Zoll ein Paket ab, können die Drogenfahnder wenig damit anfangen.»

«Sie könnten das Kokain zu Geld machen. Das würde uns Steuern sparen», scherzte Vera.

Marc fragte: «Können wir jetzt gehen?»

«Selbstverständlich», sagte Ralph. «Ihr habt uns sehr geholfen. Danke. Um fünf beginnen wir mit dem Melken. Nicht vergessen.»

Die drei standen auf. Marc und Roger wollten sich ins Innere des Hauses zurückziehen.

Vera hatte bereits wieder Sehnsucht nach dem Kalb im Stall.

Martha beschloss, sie zu begleiten.

Veras, Rogers und Marcs Erfahrungen entsprachen den von mir aufgedeckten Sachverhalten. Weiter war ich mit meinen Ermittlungen allerdings nicht gekommen. Nun begann mich ein unschöner Gedanke zu beschäftigten. «Ihr könntet recht haben», begann ich. «Alois verkauft tatsächlich reines Kokain. Der Strassendealer, der das Zeug weiterverkauft, hat behauptet, es sei ‹pur wie Hohgantschnee›. Er hat das mehrmals betont. Ich bin in der Nähe gewesen und habe ihn gehört.»

Roger lächelte, und Marc bemerkte: «Na, also. Das sagt alles.»

Vera meinte: «Ein viel zu schöner Name für die blutigste aller Drogen.»

Ich fragte: «Sagt euch der Begriff Ameise etwas?»

Sie nickten. Roger erläuterte, das sei ein Ausdruck der Mitarbeitenden der Stiftung Tresen. Sie bezeichneten Strassendealer als Ameisen. Alle von der Stiftung Tresen würden generell Wörter wie Fixer, Junkie, Trip, Gun, giftelen und so weiter vermeiden. «Sie reden von Sucht, Krankheit, Spritze, Stoff, konsumieren und eben Ameisen.»

Vera fügte an: «Ich kann es laut sagen, ich verdanke den Frauen und Männern dieser Stiftung mein Leben. Ohne sie wäre ich tot.»

Ich hatte noch eine dringliche Frage. «Was ich wissen möchte, ist Folgendes: Gibt es in Bern nur eine oder mehrere Banden, die Kokain verkaufen? Wisst ihr das?»

«Ich weiss von einer Gruppe aus dem Kosovo», sagte Marc, und Vera wusste: «Ja, und eine Gruppe stammt aus Nigeria oder Kamerun. Das sind die auffälligsten. Die bieten unmögliches Zeug an, hin und wieder auch Kokain. Ich glaube, bei denen hat eine Zeit lang eine Frau den Ton angegeben. Und dann ist da einer, den nennen sie den Effendi.»

«Richtig, der Effendi», entfuhr es Marc. «Seine beiden Dealer sind die aufdringlichsten von allen.»

«Ich habe gehört, der Effendi sei abgehauen.» Der Einwurf kam von Roger.

Marc fragte: «Abgehauen? Wann?»

Roger antwortete: «Ihr wisst doch, die Leiche, die sie aus der Aare gezogen haben.»

Ich erinnerte mich. Vor drei Wochen wurde ein toter Mann aus dem Rechen geholt. Er war an die Aareschwelle geschwemmt worden und blieb im Rechen hängen. Im Polizeibericht stand, ein Gewaltdelikt könne nicht ausgeschlossen werden.

«Das war einer von Effendis Dealern», behauptete Roger. «Seither gibt's in Bern praktisch nur noch eine Qualität von Koks.»

«Halt», sagte Ralph scharf. «Woher willst du das wissen? Du bist schon früher zu uns gekommen.»

Roger schwenkte sein Handy. «Freunde.»

Martha fragte, ob er das der Polizei gemeldet habe.

Die Frage löste bei allen drei ein zerknirschtes Lächeln aus.

«Was ist? Meldet ihr so was nicht der Polizei?», fragte Ralph.

«Jeder von uns ist im Gefängnis gewesen», gab Vera zur Antwort. Sie sagte es verschämt.

Marc fühlte sich freier. «Da machst du einen Fehler, und sie finden zwei Gramm in deiner Tasche. Sie fassen dich hart an und steckten dich in den Knast wie einen Schwerverbrecher. Da gehst du automatisch auf Distanz, ob du willst oder nicht.»

Aus all dem ergab sich eine neue letzte dringliche Frage. «Das heisst, jetzt beherrscht ein Grosshändler den Markt in Bern. Ist das so? Ich frage, weil Alois neu im Geschäft ist. Früher oder später fällt das dem Grosshändler in Bern auf, oder? Ist der Markt gross genug für einen kleinen Fisch aus Langnau? Oder reizt Alois damit den Händler in Bern?»

Es wurde still in der Küche.

Ich schaute in die Runde. «Wisst ihr, was ich meine?»

Marc hatte die Tür ins Wohnzimmer bereits aufgestossen, ich hörte das Ticken einer Pendule.

Er brach die Stille. «Schwer zu sagen. Alle Grosshändler stehen ständig unter Druck. Sie machen sich nicht nur gegenseitig das Leben schwer. Die Drogenfahnder sind ihnen auch dauernd auf den Fersen. Das kann sich schnell wieder ändern.»

«Oh nein», sagte Roger. «Für Rivalitäten haben die alleweil

die Kraft. Der Effendi ist bekannt gewesen. Seine Gesellen sind am schlimmsten aufgetreten. Immer zu zweit, immer drohen, immer Stress und ohne Rücksicht auf Frauen oder so. Nun hat jemand einen seiner Gesellen ausgeschaltet, und ohne die ist er nichts. Wer immer jetzt das Monopol hat, er wird es nicht hinnehmen, dass jemand bessere Ware anbietet. Er wird seine Fühler ausstrecken. Wenn er dahinterkommt, dass die Ware von Alois kommt und wo er zu Hause ist, wird er seine Gesellen nach Langnau schicken. Das würde mich nicht überraschen. Wer zuerst zuschlägt, gewinnt. Das ist eine der Regeln, die ich auf der Strasse gelernt habe.»

Martha verstand nicht, was er meinte. «Seine Gesellen? Was meinst du mit Gesellen?»

Vera sagte: «Er meint *üble* Gesellen.»

Marc ergänzte: «Schlägertypen, die Alois eine Botschaft überbringen. Sie werden Alois den Kopf in die Kloschüssel drücken und so lange spülen, bis er schwört, die Finger vom Kokain zu lassen. Wenn sie ihn nicht gleich in den Fluss werfen und ertränken.»

Das fuhr Martha in die Glieder. «Uhhh, was redet ihr da! Hoffentlich steckt Judith nicht mit drin. Ich habe es immer gewusst, Alois ist ein Dummkopf. Mir tut Judith leid. Und Aurelia erst. Komm, Vera, ich will mir das nicht länger anhören. Zeige mir das Kälbchen. Ich will sehen, wie es ihm geht.»

Die Tür fiel hinter ihnen mit einem Knall ins Schloss.

Roger und Marc verabschiedeten sich, verschwanden durchs Wohnzimmer und flitzten eine Treppe hoch. Der Holzboden über uns knarrte an verschiedenen Stellen. Sie trennten sich, dann wurde es ruhig im Haus.

Ralph stand auf, räumte die Teller weg und machte Kaffee.

Ein paar Augenblicke später steckte Martha den Kopf zur Tür herein und rief: «Alois muss damit aufhören, hört ihr? Er muss sofort damit aufhören. Ralph, Alexander, ihr müsst ihn warnen.»

18

Das Feuer im Ofen drohte auszugehen. Ralph legte zwei Scheite Holz auf. Danach brachte er einen Thermoskrug mit heissem Wasser, Pulverkaffee, Zucker, Rahm und zwei Tassen an den Tisch.

Er hockte sich hin, stützte den Kopf auf und machte einen niedergeschlagenen oder benommenen Eindruck. Weder mir noch sich selbst bereitete er einen Kaffee zu.

Ich übernahm das Amt. Er verfolgte, wie ich Kaffeepulver in beide Tassen löffelte und Wasser darübergoss. Er nickte, als ich auch seiner Tasse Zucker und Rahm im Mass beigab.

Während ich meine Brühe schlürfte, schaute ich aus dem Fenster. Ein knorriger Baum stand in der Aussicht. Seine Äste waren von Flechten überwuchert, und in der buschigen Krone klammerte sich ein kümmerlicher Rest von dürren Blättern an die Spitzen der Zweige. Die weisslichen Flechten und die rotbraunen Blätter glühten in der Sonne. Der tiefblaue Himmel dahinter bildete einen phantastischen Kontrast.

Ich trank aus, mass erneut einen Löffel Pulver ab, füllte meine Tasse bis zur Hälfte mit Wasser und gab Zucker dazu. «Ist das ein Zwetschgenbaum vor dem Fenster?»

«Nein. Ein Pflaumenbaum. Warum?»

«Nur so», sagte ich.

«Wir haben keine Zwetschgen. Wir haben Sanddorn, Äpfel, Birnen und diesen einen Pflaumenbaum.»

«Was machst du mit den Früchten, die reif vom Baum fallen?»

Er verstand auf Anhieb und holte eine halb leere Literflasche mit klarem Inhalt aus dem Küchenschrank. «Du meinst das hier?»

Auf einer blau umrandeten Etikette stand das Wort «Pflümli».

Ich goss von dem Pflümligeist in den Kaffee und kostete. «Schmeckt fruchtig.»

Aparter Duft vergorener Pflaumen stieg aus der warmen Tasse und breitete sich aus.

Ralph träufelte ebenfalls Schnaps in seinen Kaffee, rührte um und hob die Tasse.

Wir stiessen an. «Prost.»

«Auf die Viehzucht», sagte ich.

«Auf unser Bündnis», sagte er.

Nach einer Ewigkeit von schätzungsweise fünf Minuten fragte er: «Was schlägst du vor?»

«Morgen ist Sonntag. Das ist der beste Zeitpunkt, um mit Alois zu reden. Ich werde ihn am Vormittag aufsuchen.»

«Kannst du auch bei Judith vorbeigehen? Die beiden arbeiten zusammen, da habe ich keine Zweifel. Ich halte es sogar für möglich, dass sie ihn zu dem Handel angestiftet hat. Morgen Abend hole ich Aurelia bei ihr ab. Es wäre gut, wenn du vorher mit ihr sprechen könntest, auf mich hört sie im Moment nicht.»

«Wo finde ich sie? Warum ist sie nicht hier bei dir?»

«Das ist eine lange Geschichte.»

Ich bereitete mir seelenruhig eine dritte Tasse Kaffee mit Zucker und Pflümligeist zu und sagte: «Du kannst mich getrost in deine Familiengeschichte einweihen, ich habe keine Eile. Morgen kümmere ich mich um Alois.»

Er erzählte, wie er Judith kennengelernt hatte. Demnach kam sie vor neun Jahren auf den Hof. Eine Ärztin und eine Pflegeperson brachten sie aus der Klinik, in der sie ein Entzugsprogramm durchmachte. Vera, Marc und Roger kamen aus derselben Klinik. Die jungen Leute blieben drei bis maximal sechs Monate auf dem Hof Hintere Steinmatte. Dies wurde jedes Mal vertraglich vereinbart.

Ralph und Judith verliebten sich. Judith wurde schwanger, sie heirateten und wurden glücklich.

Aurelia kam zur Welt. Judith war der Haushalt auf dem Hof trotz Aurelia zu wenig. Hühner füttern, Eier ausnehmen, den Garten jäten, solche Arbeiten waren nie ihr Ding. Den Haushalt besorgte die Schwiegermutter. Judith suchte sich eine Arbeit und fand in Schüpfheim eine Teilzeitstelle in einer IT-Firma. Sie spezialisierte sich auf den Internethandel und erstellte für manche kleinere Firmen in der Region Onlineshops. Natürlich auch für die Hintere Steinmatte. Abends verpackte sie Honig und Sanddornsaft. Morgens brachte sie die Pakete zur Post.

Es lief gut an. Mit dem Zusatzverdienst kauften sie sich einen Wohnwagen. Genau genommen einen hellblauen VW Bus T2a. Nach Ralphs Ansicht das schönste Auto, das je gebaut worden war. Sie unternahmen, solange seine Eltern noch auf dem Hof lebten, zu dritt manche beglückende Reise durch die Schweiz.

«Und wie hatte sie es mit Drogen?», fragte ich.

«Nichts. Sie hat mir mehrmals gesagt, sie spüre kein Verlangen. Sie hat nie mehr etwas angerührt. Nicht einmal ein Glas Wein getrunken.»

Er zog Fotos aus der Tischschublade. Es waren Bilder der letzten Ferienreise ins Tessin.

Ralph, Aurelia und eine Frau mit kurzen rötlich blonden Haaren sassen verschlafen vor dem VW Bus an einem Klapptisch. Beim Frühstück. «Das ist Judith.» Er legte den Finger auf die Frau. Sie hatte eine Tätowierung unter dem Ohr. Auf dem nächsten Bild räkelten sich alle drei auf einer geblümten Decke am Strand und blinzelten in die Sonne. Dann zeigte er drei Bilder, auf denen sie nacheinander von den abgeschliffenen Steinblöcken ins tiefe türkisblaue Wasser der Maggia hopsten. Auf dem letzten Bild sassen Ralph und Judith halb liegend, warm angezogen und eng umschlungen im Abendlicht vor einer Feuerstelle. Aurelia spielte auf einer Querflöte.

Vor zwei Jahren verstarb Ralphs Vater. Aurelia war gerade sechs Jahre alt geworden. Von dem Tag an sass Mutter immer an ihrem Familientisch. Vergangenen Sommer hielt Judith es nicht mehr aus. Am 3. August packte sie heimlich ein paar Sachen in den VW Bus und setzte sich allein ab nach Sizilien. Nach zwei Monaten kehrte sie in die Schweiz zurück und campierte seither auf dem Campingplatz Mettlen. Das war eine kleine, schmucke Anlage sechs Kilometer oberhalb von Langnau in einem Seitental. Ralph besuchte sie und wollte sie überreden, in die Hintere Steinmatte zurückzukehren. Sie weigerte sich.

Auf seine Fragen nach etwelchen Bedingungen habe er bis heute keine Antworten von ihr bekommen, schloss er.

Martha und Vera platzten fröhlich schwatzend in die Küche. Martha berichtete, Kuh und Kalb seien wohlauf. Das Kalb habe gesaugt und sei schon fast trocken. Vera schwärmte, sie habe nicht gewusst, dass ein neugeborenes Kalb ein so dichtes, volles Fell habe. Es fühle sich megawarm und weich an und glänze wie Seide. Und, so fand sie, das Kalb habe einen ausnehmend schönen Kopf.

Ich nutzte die Gelegenheit und verabschiedete mich von Martha und Vera.

Ralph holte den Wagen aus dem Schopf und brachte mich zur Postautohaltestelle beim Golfplatz.

Den Honig nahm ich mit.

Auf der zehnminütigen Fahrt beschrieb er die Gegensätze der beiden wichtigen Frauen in seinem Leben. «Meine Mutter ist keine schreckliche Schwiegermutter, wie man sich das denken könnte. Die Gegensätze zwischen ihr und Judith liegen tiefer. Der Zwiespalt ist grundsätzlicher Natur. Zwischen dem Entlebuch und dem Emmental verläuft eine jahrhundertalte kulturelle Grenze. Das hat sich in ihren Überzeugungen deutlich gezeigt.»

«Ja, ich weiss. Im Entlebuch sind die Menschen katholisch. Im Emmental sind sie reformiert. Im Entlebuch haben früher viele junge Männer ohne Arbeit das Priesterseminar besucht. Nicht wenige von ihnen sind in den Kongo gereist und Missionare geworden. Die Männer im Emmental haben dagegen das Käsen gelernt. Sie sind nach Lettland, Finnland und Russland gezogen und haben den Emmentaler Käse in Nord- und Osteuropa bekannt gemacht. Das haben wir in der Schule gelernt.»

«Ja, ja, das ist lange her. Darüber spricht niemand mehr. Erhalten haben sich andere Eigenarten. Zum Beispiel züchten wir im Entlebuch Rinder der Rasse Braunvieh. Die Emmentaler Bauern züchten Fleckvieh. Wir klopfen den Jass mit deutschen Karten. Im Emmental und weiter westlich jassen die Leute mit französischen Karten.»

Wir kamen aus dem Wald und sahen auf den Golfplatz hinunter. Ich fragte: «Ist deine Mutter auf der Hinteren Steinmatte aufgewachsen?»

«Nein. In dem Dorf dort oben.»

«In Flühli?»

«Ja. Ihr Vater ist Dorfschullehrer gewesen, ihre Mutter Näherin. Sie hat noch eine Schwester.»

«Wo ist Judith aufgewachsen?»

«In Burgdorf. Ihr Vater ist regelmässig nach Indien gereist. Er hat Tee importiert und Aurelia bei jedem Besuch einen Elefanten und Judith Räucherstäbchen mitgebracht. Judith hat praktisch jeden Sonntagnachmittag im Wohnzimmer welche von diesen Dingern abgebrannt. Kannst du dir vorstellen, wie Mutter reagiert hat?»

«Hast du sie machen lassen?», fragte ich.

«Hätte ich es ihr verbieten sollen?»

«Ich weiss nicht, bin nicht verheiratet», gestand ich.

«Meine Mutter ist nach dem letzten Arztbesuch in die Kirche gegangen und hat die Medikamente, die der Arzt ihr verschrieben hat, vom Pfarrer segnen lassen», sagte Ralph.

«Da sind zwei Extreme aneinandergeraten. Du bist nicht zu beneiden.»

«Die Reibereien haben vielfach zu Tränen geführt. Auf beiden Seiten. Beim Kochen, beim Putzen, beim Heizen, beim Erziehen von Aurelia, beim ... Ach, es hat keinen Wert, alles aufzuzählen.»

Er parkierte unterhalb des Golfplatzes. Es herrschte ein diffuses, glanzloses Licht im Tal. Die Sonne war hinter der Schrattenfluh untergegangen, der Himmel hatte die Farbe von glühendem Eisen.

«Hundert Meter weiter vorne hält der Bus nach Schüpfheim. In Schüpfheim steigst du auf die Bahn um. Ich muss zurück in den Stall. Es ist Zeit, die Kühe wollen gemolken werden. Roger ist am längsten da, er könnte das alleine leisten, aber mit dem Kalb ...»

«Ich komme zurecht, danke.»

Wir gaben uns die Hand.

Er sagte: «Alexander, ich zähle auf dich.»

«Liebst du Judith?»

«Wie am ersten Tag. Ich kann dir gar nicht sagen, wie sehr sie mir fehlt. Aurelia vermisst sie ebenso. Es tut weh, zu sehen, wie die Kleine leidet.»

«Judith kann nicht ewig im Wohnwagen hausen. Bald fällt Schnee, und es wird ungemütlich.»

«Davor habe ich Angst. Wenn sie zu ihren alten Freunden nach Bern zieht, kommt sie im Nu wieder mit Drogen in Berührung. Sie wird abstürzen, und alles wäre umsonst gewesen. Das könnte ich nicht ertragen.»

Ich versuchte, ihn zu beruhigen. «Das muss nicht sein. Sie ist Mutter und bestimmt auch reifer geworden. Wie alt ist sie jetzt? Wie lange seid ihr verheiratet?»

«Sie ist neunundzwanzig, wir sind acht Jahre verheiratet. Achteinhalb.»

«Immerhin.»

«Du kennst sie nicht. Übrigens: Es tut mir leid, dass ich wütend geworden bin.»

«Mein Fehler. Ich habe dich verdächtigt. Das war falsch, das sehe ich ein.»

«Ich muss gehen. Melde dich, ja?»

Ich dankte für den Honig und öffnete die Tür. «Ich kann dir nichts versprechen.»

19

Ich verliess die Bahnstation in Langnau zusammen mit ein paar Jugendlichen durch den Haupteingang. Der gelb markierte Parkplatz lag verlassen da, Franz war mit seinem Taxi unterwegs. Zwei Busse warteten auf Fahrgäste. Überall leuchteten die Laternen.

Ich marschierte die Bahnhofstrasse entlang. Es hatte kaum Verkehr. Ausser mir war niemand zu Fuss unterwegs.

In einem Dorf wie diesem sassen am frühen Samstagabend die meisten Menschen zu Hause. Die älteren legten die Beine hoch und klickten sich durchs Fernsehprogramm; die jüngeren pflegten ihre Kontakte übers Handy und sorgten sich, wo und mit wem sie die nächsten paar Stunden verbringen konnten.

Ich blieb unter Alois' Wohnung stehen. Hinter den drei Fenstern brannte Licht.

Hatte er Besuch? Es würde eine sternenklare, eiskalte Novembernacht werden. Hatte der VW Bus keine Heizung? Würde Judith mit Aurelia wegen der drohenden Kälte die Nacht in seiner Wohnung verbringen?

Es waren weder dunkle Schatten an den Scheiben zu sehen noch dieses flackernde bläuliche Licht eines laufenden Fernsehers. Hören konnte ich genauso wenig, keine Stimmen, keine Musik. Vielleicht sassen sie um den Tisch und spielten Karten.

Ich dachte an unsere Begegnung am Vormittag. Ich hatte Alois vorgemacht, ich wäre scharf auf sein Kokain. Die Bezeichnung «pur wie Hohgantschnee» hatte ich wie ein Codewort benutzt und ihm vorgetäuscht, ich sei auf den Geschmack gekommen. Ich käme abends um sechs nochmals vorbei, so waren wir verblieben.

Jetzt war es zu spät. Die Turmuhr schlug achtmal. Kein anderes Geräusch durchdrang die Nacht nur annähernd so vertraut und doch so beiläufig.

Hatte Alois auf mich gewartet? Sollte ich ihn jetzt aufsuchen und zur Rede stellen?

Ralph hatte mich gebeten, vorher mit Judith zu sprechen. Was würde ich tun, wenn Judith und Aurelia sich tatsächlich bei ihm aufhielten? Wie könnte ich erwirken, dass Alois und Aurelia sich entfernten, damit ich mit Judith ungestört sprechen konnte? Wie würde sie sich aufführen, wenn ich zu dieser Zeit aufkreuzte und sie über Kokain ausfragte? Ich hatte keine Beweise und war kein Drogenfahnder.

Bei Ralph hatte ich voreilige Schlüsse gezogen. Je länger ich über die Sache nachdachte, desto mehr verging mir die Lust, hier und jetzt bei Alois zu klingeln. Im Grunde war ich überhaupt nicht in Stimmung für ein klärendes Gespräch. Der Durst plagte mich, und ich fand, es sei höchste Zeit, nach Hause zu gehen. Der Tag war gelaufen.

Ich fasste den Vorsatz, morgen Vormittag einen neuen Anlauf zu nehmen, selbst wenn sich ein Sonntagmorgen keineswegs besser eignete, um einen Drogendealer zu warnen.

Die Bar und Lounge Roots lag am Weg. Das Verlangen nach einem Burgdorfer Bier hiess mich einzutreten. Ich zog die Jacke aus, hockte mich in der Ecke an die Bar und stellte das Honigglas sicherheitshalber auf die Theke.

Meret rauschte heran. «Alexander. Schön, dich zu sehen.»

«Guten Abend, Meret. Wie geht es dir?», fragte ich.

«Kann nicht klagen. Was trinkst du? Einen Härdöpfeler, wie immer?»

Ich sagte, ich hätte grossen Durst, worauf sie fragte: «Willst du darüber reden oder etwas zum Trinken?»

Ich bestellte ein grosses Bier. Sie zapfte eins, stellte es vor mich hin, sah den Honig und warf einen Blick auf die Etikette. «Honig aus der Biosphäre Entlebuch. Wo hast du den her?»

«Ist ein Geschenk von einem Freund.»

«Ich sage dir was. Das sind echte Freunde, die einem so etwas schenken.»

«Machst du Witze?»

«Ganz und gar nicht. Honig aus der Biosphäre ist Medizin. Schmeckt bloss viel, viel besser. Wirst schon sehen.»

«Du kennst dich aus, was?»

«Aber sicher. Der kommt aus meiner Heimat. Da bin ich geboren.»

«Wo?», fragte ich.

«Genau in der Mitte der Biosphäre. In Schüpfheim.»

«Hast du dort auch im Service gearbeitet?»

«Volle fünf Jahre.»

«Hast du Unterschiede festgestellt zwischen den Entlebuchern und den Emmentalern?»

«In welcher Hinsicht?»

«Anders gefragt, würdest du einen Emmentaler heiraten?», fragte ich.

«Machst du mir einen Antrag? Oder ist das eine hypothetische Frage?»

«Es ist eine Grundsatzfrage. Ich meine, sind dir Besonderheiten unter den Gästen hier und den Gästen dort aufgefallen?»

«Das ist eine blöde Grundsatzfrage. Jeder Gast ist etwas Besonderes. Hier wie dort», sagte sie.

Sie wurde gerufen, schwebte ans andere Ende der Bar und bediente zwei Herren mit einer vornehmen Hingabe, kam zurück und sagte: «Ich weiss nicht genau, was du meinst. Meine Chefin hat erzählt, früher haben die Bars im Kanton Bern an den Wochenenden zwei Stunden früher dichtgemacht als wir im Entlebuch. Erinnerst du dich?»

«Ja, die älteren Kollegen haben oft von den nächtlichen Kontrollgängen erzählt. Und von dem Ärger, den sie sich dabei einhandelten.»

«Zwei Stunden vor Polizeistunde seien die trinkfesten Nachtflügler aus dem Emmental zu uns rübergekommen, hat sie erzählt. Auf die Minute. Sie seien bis zur letzten Sekunde geblieben.»

«Das hat sich für deine Chefin gelohnt.»

«Was willst du? Einer profitiert immer.»

«Ja, da hast du recht.»

«Die Polizeistunde. Eigentlich ein alter, unsinniger Zopf.» Sie warf einen prüfenden Blick durchs Lokal, atmete tief ein und liess die Luft langsam ausströmen. «Ja, ja, die Zeit. Die Zeit verrinnt wahnsinnig schnell. Sie hat kein Erbarmen mit uns Frauen.»

«Du jammerst wie eine Grosstante im Pelzmantel. Nein, schlimmer. Schau in den Spiegel. Du bist jung und hübsch.»

«Herrgott, bist du ein Schmeichler», sagte sie.

«Du bist bestimmt fünf Jahre jünger als ich.»

«Du schmeichelst wie ein Dorfpolizist.»

«Dorfpolizisten gibt es nicht mehr. Das ist auch so ein uralter Zopf. Du redest schon wieder von längst vergangenen Zeiten.»

«Wegen dir, Alexander. Du erinnerst mich an die alten Zeiten, du bist ein Mann von gestern.»

Mein Gesichtsausdruck musste sie erschreckt haben. Sie erkannte und begriff, dass ich eingeschnappt war.

Nach einer kurzen Überlegung stützte sie sich mit beiden Händen auf der Theke ab, beugte sich so weit zu mir herüber, dass ich ihr Parfum riechen konnte, und sprach mit aufrichtiger Stimme: «Alexander, schau mir in die Augen. Das ist ein Kompliment.»

Ich trank mein Bier aus. Sie räumte das Bierglas ab, kam zurück und stellte mir einen doppelten Härdöpfeler hin. «Prost. Der geht aufs Haus.»

«Danke.»

Die Tür ging auf, eine Schar Gäste drängte in den Raum. Schön frisierte junge Männer und junge Frauen, alle mit langen Haaren. Sie flatterten förmlich an die Bar, verteilten sich auf der ganzen Länge wie Tauben auf einem Dachkännel und schwatzten wild und fröhlich durcheinander. Läge Langnau in einem Hafen, man wäre versucht zu glauben, ein Tanzschiff habe soeben angelegt.

Ich trank den Schnaps aus, bezahlte das Bier, verabschiedete mich von Meret in aufgebügelter Freundschaft, nahm die Jacke und den Honig und ging nach Hause.

Am Sonntagmorgen fuhr ich mit meinem Wagen zum Campingplatz Mettlen hinauf. Neben der Einfahrt befand sich das Restaurant Jägerhaus.

Die Wirtin oder eine Kellnerin fegte die Terrasse mit einem übergrossen Besen und sah zu, wie ich den Wagen abstellte. Sie grüsste freundlich und fragte, ob ich jemanden suche.

Die Anlage war übersichtlich, kaum grösser als der Wagenpark des Zirkus Knie. Im oberen Bereich bedeckte eine Reihe Wochenendhäuschen einen sanft abfallenden Südhang. Weiter unten, in der Ebene, hatte es freie Plätze für Wohnmobile und Zelte.

Bei der Herfahrt hatte ich den hellblauen VW Bus von der Landstrasse aus entdeckt. Er stand zuunterst, nahe am Zaun, an der Grenze vor dem Bach.

«Guten Morgen», sagte ich zu der Frau. «Ich komme zu Besuch. Hab sie schon gesehen. Dahinten im blauen VW Bus.»

«Ist gut.» Sie drehte sich weg und wischte weiter.

Niedliche Vorhänge vor den Fenstern verhinderten die Sicht in den Wohnwagen. Musik schepperte weitherum hörbar, französischer Rap. Unverschämt laut.

Ich musste zweimal an die Scheibe der Seitentür klopfen.

Auf das zweite Klopfen entriegelte jemand einen Verschluss, die Schiebetür rasselte zur Seite. Alois stand vor mir. Ungekämmt, der gepflegte schwarze Bart zerzaust.

Er war entsetzt, mich zu sehen. Er verwarf die Arme und begann fürchterlich zu schimpfen. «Was? Du? Spinnst du, hierherzukommen? Was fällt dir ein? Wer hat dir gesagt, wo du mich findest? Judith? Ich habe gestern in der Wohnung auf dich gewartet. *Gestern.* Du hast gesagt, du kommst am Abend wieder. Gegen sechs.»

Er trug einen engen, mausgrauen, schmuddeligen Hausanzug mit roten Bünden. Das Shirt war hochgerutscht, sein fetter Bauch wabbelte bei jeder Silbe.

Er bewegte sich rückwärts, plumpste auf die Sitzbank und fächelte mit einer Hand. «Na los, komm rein. Mach die verdammte Tür zu.»

Ich folgte seiner Anweisung, schlenzte die Schiebetür ins Schloss und sah mich um. Er war allein.

Es war zu warm im Wagen. Die Luft war dämpfig und stank nach Petrolheizung und anderen Dingen. Die Musik dröhnte aus zwei schwarzen Lautsprechern, die so klein waren wie Golfbälle. Sie standen vorne auf dem Armaturenbrett und schmetterten den Beat und die dazu gerappten Worte durch Zeit und Raum.

Im Stehen musste ich den Kopf einziehen.

Er war ausser sich vor Wut. «Wie viel brauchst du? Zwei Gramm? Drei Gramm? Rede! Sag, wie viel du brauchst. Und dann verschwinde.»

Er hatte eine Zeitung auf dem Tisch ausgebreitet. Darauf standen eine Briefwaage und ein viereckiger Pappteller. Im Teller lag ein zierlicher Spachtel. Damit hatte er kleinste Mengen eines weissen Pulvers aus einem trüben, zerknitterten, fast leeren Plastikbeutel in kleinere, neue, saubere Flachbeutel abgefüllt und den Druckverschluss zugemacht.

Eine geöffnete Büchse Bier stand in Reichweite.

Er legte vorsichtig drei Flachbeutel mit Inhalt vor mir auf den Tisch, nahe an die Kante.

«Hier, drei Gramm. Schieb die Kohle rüber und verschwinde. Verschwinde und komm nie wieder hierher. Hast du verstanden? Ich will dich hier nie mehr sehen. Verdammt noch mal.»

«Was ist das?», fragte ich. «Kokain?»

20

«Ja, das ist Kokain, du Volltrottel. Pur wie Hohgantschnee. Und nein, es gibt kein Testen. Du hast gesagt, du kennst das. Wenn du mir nicht traust, lass es. Oder kauf dir ein Gramm und verschwinde.» Er angelte sich zwei von den drei Beuteln zurück.

Ich nahm meine Karte aus der Jackentasche. «Kannst du die Musik leiser machen?»

Er tippte auf sein Handy, das ebenfalls auf dem Tisch lag, schob den Regler nach oben und verschränkte die Arme. «Ich höre Musik, wie und wann ich will.»

Die Musik dröhnte jetzt so laut, dass er brüllen musste. «Ich bin hier der Boss.»

Ich erhaschte sein Handy, öffnete die Schiebetür einen Spalt weit und schleuderte das Gerät über den nächsten Wohnwagen hinaus.

Er sprang auf und wollte mir an die Gurgel.

Ich war gefasst und schubste ihn mit einem flotten, kräftigen Stoss zurück auf seine Bank. Die Rückenlehne schnarrte unter dem Anprall. Sein Atem stank nach Bier.

Die Bluetooth-Übertragung der Musik vom Handy auf den Verstärker hatte abgerissen.

Die Boxen verstummten. Eine wunderbare Stille breitete sich aus im Wagen.

Die Farbe der niedlichen Vorhänge glich der Farbe der Karosserie. Auf der Sonnseite glimmerten sie, filterten das einfallende Licht und tünchten den Tisch, die Zeitung, den Teller und seine Brust und Arme in ein zartes Blau.

Ich schlenzte die Tür zu, setzte mich ihm gegenüber auf die Bank und legte meine Karte neben die Waage. So, dass er sie lesen konnte.

Seine Finger, seine Fratze, sein verkrampfter Nacken drückten eine Wut aus, die mir hätte Bange machen sollen. Trotzdem bemühte er sich, die Karte zu lesen.

Er riss die Augen auf. «Scheisse, ein Schnüffler.» Seine Hände schossen zur Decke, sein Kopf kippte nach hinten. «Himmel, was mache ich bloss? Ein Schnüffler. Verdammte Scheisse!»

Der Ton hatte sich geändert, und die Wut verwandelte sich auf einen Schlag in Furcht. Seine Augenlider, seine Wangen, seine Schultern, sein Bauch, seine Hände, alles an ihm sackte ab.

Er atmete schwer wie die Kuh nach der Geburt. «Was willst du? Mich fertigmachen? Die Polizei rufen? Mich ausrauben?»

Ich antwortete ruhig und bestimmt: «Ich muss mit dir reden.»

«Wer schickt dich?»

«Berufsgeheimnis.» Ich wollte endlich mit meinen Fragen beginnen. «Wo hast du das Kokain her?»

«Berufsgeheimnis.» Er verschränkte zum wiederholten Mal seine feisten Arme vor der Brust. Er schwitzte.

«Kann ich ein Glas Wasser haben?», fragte ich.

«Was?»

«Ein Glas Wasser.»

«Äh ... ja.» Er zeigte auf zwei Schränke hinter mir. «Oben ist der Kühlschrank. Unten sind die Gläser.»

Ich fand im Kühlschrank eine Flasche eiskaltes Wasser, nahm zwei Gläser aus dem unteren Schrank, stellte alles auf den Tisch und schenkte ein. Er trank sein Glas aus. Ich wunderte mich. War das Bier alle geworden? Oder bloss warm?

Ich wiederholte meine dringlichste Frage. «Wo hast du das Kokain her?»

«Das geht dich einen Scheissdreck an.»

Ich schob einen der niedlichen Vorhänge beiseite und öffnete das Schiebefenster. Die frische Luft war eine Wohltat.

«Ich will wissen, wo du das Kokain herhast.»

«Warum?»

«Seit wann verkaufst du dieses Zeug?»

«Von mir erfährst du nichts. Da kannst du lange fragen.» Er verschränkte schon wieder die Arme.

Ich nahm mein Handy heraus und suchte nach einer Telefonnummer.

Er schielte auf das Display. «Wen rufst du an? Die Polizei?»

Ich hielt inne und sah ihm tief in die Augen. «Vor vier Tagen ist in Bern eine junge Frau gestorben. Mandy. Sie hat von deinem Kokain geschnupft. Es hat sie umgebracht. Hast du davon gehört?»

«Äh ... nein.»

«Ihr Vater lebt in Australien. Er hat mit Rohstoffen ein Vermögen gemacht. Er will wissen, wer der Händler ist. Er will unbedingt wissen, wer dieses Kokain ‹pur wie Hohgantschnee› verkauft.»

«Warum? Was hat er davon?»

«Warum? Mandy war seine einzige Tochter. Ihr Tod geht ihm ans Herz. Er hat ein Kopfgeld ausgesetzt. Wer ihm den Händler ausliefert, kriegt den Zaster. Ich bin Privatdetektiv. So etwas lasse ich mir nicht entgehen.»

Ich suchte weiter nach einer Telefonnummer.

Alois rutschte auf seiner Bank hin und her. «Was hat er davon? Will er mich vor Gericht bringen? Sie können mir nichts anhaben.»

«Ich glaube, er will die Sache selbst in die Hand nehmen.»

«Was?»

«Er hat gesagt, mit der Polizei wolle er nichts zu tun haben. Ich sage es ungern, aber ich habe in seiner Vergangenheit geschnüffelt. Der Mann hat die Schweiz nicht freiwillig verlassen. Hausfriedensbruch. Sachbeschädigung. Freiheitsberaubung. Schwere Körperverletzung. Die Liste hat es in sich. Wenn du mich fragst: Der Typ ist nicht zimperlich.»

In einem Anfall von Verzweiflung raffte er die Flachbeutel, die Kokain enthielten, zusammen, legte alle in den Pappteller, patschte den trüben Beutel mit dem Rest darauf und bot mir den Teller an. «Hier. Das ist alles, was ich habe. Nimm es, du kannst es haben. Mach damit, was du willst, aber lass mich in Frieden.»

«Glaubst du wirklich, ich sei an dem bisschen Kokain interessiert?»

«Du kannst mich doch nicht einem ... einem ... Unmenschen ausliefern.»

«Unmensch? Wer ist hier der Unmensch? Du hast seine Tochter umgebracht. Nein, nein, das Kopfgeld gehört mir. Ich habe den Auftrag erfüllt und den Händler gefunden. Hat mich zwei anstrengende Tage gekostet. Das Kopfgeld habe ich mir redlich verdient.»

«Das kannst du nicht machen.» Er bettelte fast.

«Warum nicht? Ich habe nichts zu verlieren. Und wer will mich daran hindern? Du vielleicht?»

«Warte. Warte. Ist er in der Schweiz? Kann ich mit ihm reden?»

«Wozu? Das ändert nichts. Mandy ist tot, und er lebt in Australien. Er hat einen Verbindungsmann in der Schweiz. Er hat gesagt, ich soll den anrufen, sobald ich weiss, wer der Händler ist. Ich habe dich gefunden, also rufe ich ihn jetzt an. Ich muss nur noch die Nummer suchen, habe sie gleich. Dann mache ich ein Foto von dir und dem Kokain.»

Er schnellte vor und versuchte mein Handy zu ergattern.

Ich schüttete ihm das kalte Wasser ins Gesicht. Das brachte ihn endgültig aus der Fassung.

Er schrumpfte zu einer Jammerknolle wie ein Schneemann im Föhnsturm und begann jämmerlich zu flennen.

Die Zeitspanne, die es bedurfte, bis Alois wieder ansprechbar war, hätte mir gereicht, vorne im Restaurant Jägerhaus ausgiebig zu frühstücken. Ein Emmentaler Brunch mit Rösti, Rührei und allem.

Er wischte sich mit einem verklebten gebrauchten Stofftaschentuch das Wasser und den Rotz aus dem Gesicht und dem Bart.

Mir wurde speiübel. Ich füllte mein Glas neu mit Wasser, trank es aus und wartete.

Er nuschelte ein paar Worte ins Taschentuch.

Ich fragte: «Was? Ich kann dich nicht verstehen.»

Er holte tief Luft und wurstelte das Tuch zurück in die Tasche. «Es gibt keinen Händler.» Wasser tropfte aus seinem Bart.

«Du bist der Händler.»

«Nein. Judith –»

«Du bist ein Schwein!» Ich konnte mich kaum halten, der

Kerl widerte mich solchermassen an. «Lass deine Schwester aus dem Spiel.»

Er schüttelte heftig den Kopf und hielt mir sein leeres Glas hin.

Ich schenkte ein, er trank es aus. Aus seinem feuchten Mund kamen die Worte: «Judith hat das Kokain aus Italien mitgebracht.»

«Du lügst. Ich glaube dir kein Wort.»

Er hob die Hand wie in der ersten Klasse. Ich dachte, er wolle schwören, doch er winselte: «Ich muss pinkeln.»

«Ich komme mit. Wenn du versuchst abzuhauen, breche ich dir beide Beine.»

21

Alois zog einen anthrazitfarbenen Wollmantel an und schlüpfte barfüssig in rote Crocs. Meine Befürchtung, er könnte versuchen, mir zu entwischen, erwies sich dadurch als haltlos. Selbst auf einem Fahrrad würde er eine schlechte Figur abgeben.

Wir verliessen den VW Bus gemeinsam und begaben uns zu den Toiletten.

Er watschelte wie ein Pinguin neben mir den Kiesweg hinauf und redete unaufhörlich und kurzatmig auf mich ein. Ich liess ihn plappern, auch wenn ich vieles von dem, was er aussagte, bereits in Erfahrung gebracht hatte.

Judith habe ihren Mann verlassen und sei mit dem Bus nach Sizilien gereist. Allein. Sie habe geplant, ein halbes Jahr wegzubleiben. Damit ihr Mann Ralph ihre Spur nicht verfolgen könne, habe sie statt der Kreditkarte ziemlich viel Euro abgehoben und mitgenommen. Nach sieben Wochen sei sie wieder in Langnau eingetroffen. An einem Samstag, nachts um eins habe sie bei ihm geklingelt. Sie habe bis zum Morgengrauen am Küchentisch geweint und lamentiert. Die Zeit auf Sizilien sei schwieriger gewesen, als sie sich das vorgestellt habe. In der Stadt sei sie sich verloren vorgekommen, und am Meer habe sie sich gelangweilt. Am meisten aber hätten ihr Ralph und Aurelia gefehlt. In den Nächten habe sie sich auf die Hintere Steinmatte zurückgesehnt.

Alois meinte, Judith habe das Leben auf dem Hof mit Aurelia, Ralph und den Tieren regelrecht glorifiziert. Es sei das Paradies, wenn die Schwiegermutter, diese Hexe, nicht ständig rumnörgeln würde.

Später, so ungefähr nach zwei Wochen, habe sie ihm erzählt, auf der Heimfahrt, auf der Fähre von Sizilien aufs Festland, habe ihr jemand Kokain angeboten. Zuerst habe sie abgelehnt. Der Junge habe nicht nachgelassen. Er sei zu ihr in den Bus geklettert und habe sie im Hafen von Gioia Tauro zu einer Kneipe gelotst.

Dort, in einem Hinterzimmer, habe sie davon versucht und festgestellt, dass es sich um Kokain erster Güte handelte.

Wir waren bei den Toiletten angelangt. Nachdem wir uns erleichtert hatten, standen wir auf dem windgeschützten Vorplatz, der Sonne zugewandt. Sie wärmte unsere Körper. Niemand trieb sich in der Nähe herum.

Er zündete sich eine Zigarette an und erzählte weiter. «Judith hat Erfahrung mit Kokain.»

«Ich weiss, ich kenne ihre Vergangenheit.»

«Äh ... ja?»

«Ja. Ich bin ein Schnüffler. Schon vergessen? Ich weiss mehr, als du denkst», gab ich an.

«Dann glaubst du mir, wenn ich sage, sie hat das Kokain in Italien gekauft?»

«Ja, schon. Aber warum hat sie es gekauft? Einfach so? Kokst sie wieder? Regelmässig?»

«Nein. Judith ist clean.»

«Hat sie es für dich gekauft? Kokst du?»

«Ich rauche und trinke Bier. Das reicht vollauf.»

«Es muss doch einen Grund geben, dass sie Kokain gekauft hat. Das ist illegal. Sie hätte am Zoll verhaftet werden können.»

«Der Junge hat einen Superpreis für sie ausgehandelt. Sie hat ausgerechnet, dass der Profit ihre Reisekosten deckt. In Bern ist Koks auf der Gasse fünfmal so teuer. Je nachdem.»

«Das ist der Grund? Das hat sie dir angegeben? Die Aussicht auf ein bisschen Profit?»

«Nein, sie hat angegeben, sie habe ein schlechtes Gewissen. Sie wolle nicht abgebrannt nach Hause kommen. Ralph arbeite viel und hart. Trotzdem werfe der Hof zu wenig ab für eine Familie. Mit der Milch und dem Honig lasse sich keine Ferienreise nach Sizilien finanzieren. Nicht für eine ganze Familie.»

«Aha, sie denkt, Kokain ist die Lösung.»

«Kannst du sie nicht verstehen?», fragte er.

«Nein. Kokain ist nicht die Lösung. Es wird sie nicht retten, sondern ruinieren. Wie viel hat sie gekauft? Weisst du das?»

«Äh ... ja. Den Beutel.»

«Wie viel Gramm, will ich wissen.»
«Äh … hundert Gramm.»
Er blickte auf die Uhr.
«Ist das alles?», fragte ich.
«Ja. Ich habe dir gesagt, es gibt keinen Händler.»
«Wie viel habt ihr davon übrig?»
Er entsorgte den Zigarettenstummel im Aschenbecher neben der Tür. «Ich bin am Abfüllen. Du hast mich aufgehalten.»
«Sage mir, wie viel.»
«Schätzungsweise acht Gramm. Vielleicht zehn.»
Ich verstand nicht viel davon, aber bei den Pülverchen, die auf dem Tisch herumlagen, dürfte das hinkommen. «Was machst du jetzt?»
«Ich muss mein Handy suchen. Hoffe, es funktioniert noch. Dann wiege ich den Rest ab.»
«Was machst du damit?»
«Ich nehme es mit nach Langnau. In meine Wohnung. Ich muss duschen.»
«Die Beutel? Nimmst du sie mit? Kommt Räs heute vorbei?»
«Äh … ja.» Er blickte wiederholt auf seine Uhr. «Um zwölf, hat er gesagt. Aber auf den ist kein Verlass.»
«Fährst du mit dem VW Bus?», fragte ich.
«Nein. Der VW Bus bleibt da. Ich habe ein Elektrovelo.»
«Hast du hier geschlafen?»
«Ja.»
«Warum haben deine Schwester und Aurelia nicht hier übernachtet?»
«Sieh dich mal um. Es sind alle weg. Es ist tot hier. November, Mann. Gestern ist sie mit Aurelia in die Kletterhalle, heute gehen sie ins Hallenbad. Hätte es geschneit, wäre ich auch nicht hier.»
«Du bist hergekommen, damit Aurelia das nicht mitbekommt?»
«Äh … ja, das stimmt.»
«Warum hilfst du deiner Schwester? Warum tust du das?»
«Ich habe es mir nicht ausgesucht.»
Ich wusste nicht, warum, aber ich hatte das Gefühl, an der

Geschichte sei etwas faul. Ich dachte nach, forschte nach Unstimmigkeiten, nach Widersprüchen.

Er fragte: «Was machst du jetzt? Rufst du den Verbindungsmann an?»

«Äh … ja.» Verdammt, ich war schon so weit, dass ich seine Macken kopierte.

«Und was wird aus mir?», fragte er ängstlich.

«Das weiss ich nicht. Ich werde ihm sagen, es gibt keinen Händler.»

«Du verzichtest auf das Kopfgeld?»

«Ich habe einen Vorschuss bekommen. Der Betrag deckt meine Unkosten.»

Das schale Gefühl, ich hätte Ungereimtes übersehen, wurde stark und stärker. Hatte er die Geschichte beschönigt? Verschwieg er wesentliche Fakten? Tat er es absichtlich, böswillig oder ungewollt?

Im Grunde konnten mir seine Lügen egal sein: Petra Kürris Auftrag war erfüllt: Der Kokainhändler war gewarnt.

Er streckte beide Hände aus und wollte sich wie ein korrupter Politiker mit einem doppelten Händedruck, einem seifigen Lächeln und einem Bückling bedanken.

Das gefiel mir nicht. Das gefiel mir ganz und gar nicht. Ich beschloss, auf der Hut sein, und stellte klar, für ein Dankeschön sei es zu früh. «Ich werde alles überprüfen. Wenn du mich angelogen hast, kannst du was erleben. Niemand hält mich ungestraft zum Narren.»

Sein Grinsen gefror, übrig blieb eine rundliche, bärtige Larve. Er richtete sich langsam auf, vergrub die Hände in den Manteltaschen und watschelte den Kiesweg hinunter.

Ich liess mir von der Wirtin des Jägerhauses ein Sandwich geben, setzte mich in den Wagen, fuhr nach Bern, mitten in die Stadt, und fand unweit der Fixerstube einen Parkplatz.

Der Platz vor dem Eingang sah verlassen aus. Otto war noch nicht auf seinem Posten und die Tür zur Fixerstube verriegelt. Auf einer Metalltafel waren die Öffnungszeiten eingraviert: Täglich von vierzehn bis zweiundzwanzig Uhr.

Es war fünf vor halb zwei. Eine Klingel suchte ich vergebens. Durchs Fenster konnte ich einen Mann erkennen, er bewegte sich mal da-, mal dorthin.

Ich klopfte an die Scheibe.

Ein Schlüssel wurde gedreht, die Tür sprang auf.

22

Ein Mann stand im Türrahmen und betrachtete mich stumm.

«Hallo», sagte ich, nannte meinen Namen und erkundigte mich nach Petra Kürri.

«Petra kommt später. Soll ich ihr etwas ausrichten?»

«Kann ich auf sie warten? Ich komme aus Langnau und –»

«Ach, Sie sind der Detektiv.»

«Der Privatdetektiv, ja.»

«Ich heisse Erich. Freut mich. Petra hat von dir erzählt.»

«Alexander.»

Wir gaben uns die Hand, er trat zurück und machte eine einladende Geste. «Komm rein.»

Ich trat über die Schwelle, und er sperrte die Tür hinter mir wieder zu.

Er war gross, jung, athletisch wie ein Handballer und hatte ein freundliches Gesicht. Seine langen Haare hatte er nach hinten gekämmt und zu einem Pferdeschwanz gebunden.

«Wann kommt Petra?», fragte ich.

«Bald, hoffe ich.»

Der Raum war von der Grösse eines modernen Schulzimmers für Oberstufen. In der linken Ecke befand sich ein abgetrenntes Büro für zwei Personen. Einsehbar wie ein Postschalter.

Auf der rechten Seite verlief eine Theke der Holzklasse. Davor standen vier Hocker, dahinter ein mannshoher Kühlschrank. Neben dem Kühlschrank standen auf einer Ablage eine Kaffeemaschine und daneben eine beschränkte Anzahl Tassen und Gläser.

Gegenüber dem Eingang gingen drei Türen ab. Zwei standen offen.

Auf der ganzen Länge gegen das Büro hin erstreckte sich eine Sitzbank ohne Rückenlehne. Das wiederum konnte man der Wand hinter der Bank ansehen: Die Farbe war bis auf Schulterhöhe gründlich abgewetzt.

Es gab keine Bilder an den Wänden, keine Plakate, keine Pinnwand; es gab auch kein Möbelstück mit Blumentöpfen darauf, kein Regal mit Büchern oder Zeitschriften. Der Boden war mit einem sandfarbenen Kunstharz überzogen. Die Wände waren vor Jahren weiss gestrichen und die Holzdecke mit einem blassen Grau übermalt worden.

Kein Wunder, hallten unsere Stimmen beim Reden.

Neben der Eingangstür befanden sich zwei mässig grosse Fenster. Eine ganze Reihe Deckenlampen erzeugte eine schattenfreie Helligkeit bis in alle Ecken. Dieses weissliche Licht verstärkte die Frostigkeit des Raumes.

«Schon mal hier gewesen?», fragte Erich.

«Nein.»

«Ich zeig es dir.»

Er war mit vier riesigen Schritten beim Büro und trat ein. Ich wartete davor.

«Nur registrierte Personen dürfen rein», begann er.

«Ich weiss. Otto hat es mir erklärt.»

«Moment. Du hast gesagt, du bist nie hier gewesen.»

«Ich habe es bis vor die Tür geschafft. Otto hat mich nicht reingelassen. Darum bin ich heute früher gekommen.»

«Ach so. Gut. Ja.»

Er zeigte mir eine Schachtel mit verpackten Spritzen. «Hier können sie gebrauchte Spritzen tauschen, bekommen Auskunft über Amtsstellen, wenn sie möchten, und einen Zettel mit einer Nummer drauf. Wie bei der Post. Das regelt die Reihenfolge.»

Er kam raus, durchquerte den Raum und steuerte auf das mittlere Zimmer zu. Bevor wir eintraten, wies er auf eine Leuchttafel in der oberen Ecke hin, die ich bisher übersehen hatte. «Sie können hinein, sobald ihre Nummer erscheint.»

Er liess mich vorangehen.

Im Zimmer standen sechs schmale Tische mit je einem Stuhl, unmittelbar vor der Wand. Wer sich auf einen Stuhl setzte, blickte auf die weniger als eine Armlänge entfernte Wand.

Nicht nur der Boden, auch die Tische und die Stühle waren abwaschbar. Das Zimmer erinnerte an ein Wahllokal, das ich auf

Fotos aus einem südamerikanischen Staat gesehen hatte. Auf jedem Tisch lagen Utensilien, die jemand bekanntermassen benötigt, der sich selbst eine Spritze in die Vene verpassen will: ein Chromstahlbecken, Desinfektionsmittel, ein Wattebausch, ein Löffel, ein Bunsenbrenner. Alles ordentlich hergerichtet und sauber.

Er sah mein ernstes Gesicht und fragte: «Hast du es dir anders vorgestellt?»

«Das nennt ihr eine Fixerstube? Das ist eine Fixerzelle.»

«Den Menschen, die herkommen, ist es egal. Sie erwarten nicht mehr. Sie wollen ihren Stoff konsumieren. In Ruhe und ohne Zuschauer. Die legen keinen Wert auf Wohnlichkeit. Wir hingegen legen grossen Wert auf Hygiene.»

«Das sieht man.»

«Der Name Fixerstube repräsentiert uns gegen aussen», sagte er.

«Der Name verharmlost die ganze Sache.»

«Wenn du meinst.» Er zuckte mit den Schultern.

«Wo ist der Alarmknopf?», fragte ich.

Er zeigte auf einen Knopf an einer Säule. Der Knopf war knallrot und gross wie eine Kinderfaust. Erst jetzt fiel mir auf, dass es im Zimmer weder einen Lichtschalter noch eine Steckdose gab.

Erich trug schwarze Halbschuhe, Jeans und ein blaues Hemd. Die Hemdsärmel hatte er bis zu den Ellbogen hochgekrempelt.

Nicht nur die Fixerstube selbst, auch ihren Mitarbeiter im Dienst hatte ich mir anders vorgestellt. Er verkörperte nicht im Entferntesten den mustergültigen Samariter in einer weissen Schürze.

Ich fragte: «Warum arbeitest du hier? Ich frage, weil ich mir das schwierig vorstelle. Ist das nicht belastend, jeden Tag diese Süchtigen? Warum tust du das? Was treibt dich an?»

Die Frage musste ihn überrascht haben. Er schaute sich um, wie wenn er die Antwort irgendwo im Zimmer, in dem es übrigens kein Fenster gab, ablesen oder herleiten könnte.

Die Begründung, die folgte, hörte sich an wie eine Liste. Er setzte Denkpausen zwischen die Sätze.

«Das sind Menschen. Ich bin Sozialarbeiter und habe an vielen Orten gearbeitet. Es geht nirgends so ehrlich zu und her wie hier. Die Menschen, die herkommen, sind süchtig. Sie lügen, tricksen und schummeln, bis sie den Stoff haben, den sie brauchen. Das stimmt. Wenn sie hier sind, wollen sie den Stoff konsumieren. Hier sind sie ehrlich mit sich und mit uns. Wer hierher kommt und sich eine Nadel setzt, eine Linie zieht oder eine Pfeife ansteckt, der spielt niemandem etwas vor. Die Jüngste ist achtzehn, der Älteste wird achtzig. Hier sind alle gleich. Alle sind offen und ehrlich, denn es hat keinen Zweck, sich zu verstellen. Alle wissen, wozu sie da sind, es gibt nichts mehr zu verheimlichen. Und wir? Wir verlangen nichts. Wir erwarten nichts, und wir ermahnen niemanden. Sucht ist eine Krankheit. Wir helfen aber auch nicht. Wir bieten ihnen einen geschützten Raum und hygienisches Material an. Das ist alles. Den Stoff müssen sie mitbringen.»

Er sah mich nachdenklich an. Ich spürte, er war noch nicht fertig, und hielt meinen Mund.

Er fuhr ruhig fort. «Wir im Team sehen das alle gleich. Das macht uns stark. Und dann noch dies: Kein Tag verläuft wie der andere.»

Es fiel mir schwer, angemessen darauf zu reagieren, deshalb sagte ich schlicht und aufrichtig: «Danke.»

«Die Zeit wird knapp. Um zwei muss ich dich rauswerfen. Falls Petra zu spät kommt, was wahrscheinlich ist, was soll ich ihr sagen? Du seist hier gewesen? Oder willst du, dass ich ihr etwas ausrichte?», fragte er.

«Haben wir Zeit für einen Kaffee?»

«Gute Idee.»

Wir gingen rüber zur Bar. Er hantierte an der Kaffeemaschine. Ich setzte mich auf einen Hocker.

«Willst du Petra eine Notiz hinterlassen?» Er zog einen Schreibblock hervor und legte ihn auf die Theke.

«Du hast gesagt, Petra hätte von mir berichtet.»

«Das hat sie, ja.»

«Weisst du auch, was sie von mir gewollt hat?»

«Nein. Ich kann es nur vermuten.»

Ich hätte ihn fragen können, wie weit Petra ihn eingeweiht hatte, verzichtete darauf und legte los. Petra habe mir aufgetragen, den Kokainhändler im Emmental ausfindig zu machen, und mich gebeten, ihn zu warnen. Ich hätte ihr entgegnet, einen Dealer zu warnen verstosse gegen meine Prinzipien. Trotzdem hätte ich ihren Auftrag angenommen. Ich hätte am selben Tag begonnen, nach dem Kerl zu suchen. «Schon am nächsten Tag habe ich ihn gefunden.»

«Echt? Du hast ihn gefunden?»

«Mit ein bisschen Glück. Heute Morgen habe ich ihn besucht. Unangemeldet. Der hat Augen gemacht. Vielleicht habe ich ihn nicht im Sinne von Petra gewarnt; ich habe ihm auf meine Art die Hölle heiss gemacht.»

Er stellte zwei Espresso auf die Theke. «Die Hölle heiss gemacht? Wie ein katholischer Priester? Nein, warte! Du hast ihm die Nase gebrochen und ein paar Rippen gequetscht. Wie in einem Drogenkrimi.»

Ich wehrte ab. «Ach was.»

«Erzähl.»

Ich berichtete ihm von meiner Begegnung mit Alois, ohne ihm den Namen zu nennen. Ich schilderte die Situation, die ich im VW Bus angetroffen hatte, und gab wieder, was Alois mir über Judith, über ihre Reise nach Sizilien, die Herkunft des Kokains und die gekaufte Menge verraten hatte.

«Heute Morgen hat er noch acht Gramm besessen. Wenn er die verkauft hat, lässt er die Finger von Kokain, das steht fest», schloss ich.

«Unsinn», knurrte Erich.

«Was? Glaubst du, er macht weiter?», fragte ich.

«Ob er weitermacht, weiss ich nicht. Ich meine, der Kerl hat dich getäuscht. Ich bin überzeugt: Er hat dich angelogen.»

23

Erich überraschte mich mit seiner Direktheit. Sein Fingerzeig und sein Einwand bestätigten das ungute Gefühl, das mich bei Alois beschlichen hatte.

Ich fragte nochmals: «Was stimmt nicht an seiner Geschichte? Der Mann heisst Alois Bärner. Kennst du ihn? Ist er ein bekannter Lügner?»

«Nein, ich kenne keinen, der Bärner heisst. Ich weiss bloss ein paar Dinge über den Kokainmarkt.»

«Und daraus leitest du ab, dass Bärner Unsinn erzählt hat? Dass er mir etwas vorgeschwindelt hat?»

«Kokain ist die Droge der Stunde. Es kommen Unmengen davon nach Europa. Das meiste über die grossen Häfen. Portsmouth. Amsterdam. Marseille. Gioia Tauro. Die Schmugglerbanden sind gut vernetzt und knallhart im Geschäft. In Gioia Tauro ist es die Mafia. Glaubst du wirklich, die Typen verkaufen einer Schweizerin in einem Hinterzimmer hundert Gramm Kokain? So viel wie eine Tafel Schokolade?» Er lachte.

«Warum nicht?», fragte ich.

«Das ist ein Witz. Ein Labor hat in Berns Abwässern aus Kläranlagen nach Kokain gesucht. Über eine längere Zeit hinweg. Die Resultate haben sie hochgerechnet. Demnach werden in der Stadt Bern durchschnittlich achthundert Gramm Kokain konsumiert. Pro Tag. Und das jeden Tag. Am meisten übers Wochenende. Das macht dreihundert Kilogramm reines Kokain im Jahr.»

«Das ist schwer zu glauben. Kommen die zum Koksen alle hierher?»

«Nein, natürlich nicht. Die meisten konsumieren Kokain in einer Gruppe. Kokain ist eine Partydroge. Man trifft sich, man redet, trinkt, flirtet, tanzt, feiert bis in die Morgenstunden. Um Mitternacht packt jemand Kokain aus. Er formt in einer Ecke eine Linie, schnupft – und rückt dann zur Seite. Wer will, nimmt seinen Platz ein. So wird geschnupft. Ganz nebenher. Es gehört einfach dazu. Heute darf Kokain bei keiner tollen Party fehlen. Viele schnupfen auch bei der Arbeit: Banker, Künstler, sogar Ärzte. Kokain ist eine alte Droge in einem neuen Hoch. Heroin ist dagegen am Verschwinden. Das ist das einzig Gute daran. Unsere Fixerstube ist ein Auslaufmodell.»

«Du meinst, die Geschichte mit seiner Schwester ist frei erfunden? Die Sache mit dem Hinterzimmer im Hafen von Gioia Tauro stimmt nicht? Woher hat er das Kokain? Selbst gekauft? Im Darknet?»

«Nein. Die Geschichte mag stimmen. Da ist was dran. Er hat nicht alles erfunden, er hat die Geschichte nur beschönigt. Seine Schwester hat nicht hundert Gramm Kokain gekauft –»

«Sondern?»

«Weiss nicht. Fünf Kilogramm? Im Minimum.»

«Was würde das kosten?», wollte ich wissen.

«Keine Ahnung. Hunderttausend Euro?»

«Das kann nicht sein. So viel Geld hat die Frau nicht bei sich gehabt. Nie und nimmer.» Ich war verwirrt.

Es klopfte an der Eingangstür. Marc eilte hin und schloss auf.

Ich hörte Ottos Stimme. Er meldete sich zum Dienst.

Ich nahm den Block und schrieb auf ein Blatt Papier:

Im Internet (Darknet) kann man Kokain kaufen. Gibt es jemanden, der Kokain mit dem Hinweis «pur wie Hohgantschnee» anpreist? Ich bin froh um jeden Hinweis.

Ich setzte meinen Namen und meine Handynummer darunter.

Erich kam zurück und räumte die Tassen weg. «Du musst gehen, wir öffnen.»

«Was kostet der Espresso?»

«Wir haben eine Kaffeekasse.» Er zog eine Schublade auf. «Gib, was du willst.»

Ich legte einen Betrag hinein, riss das Blatt vom Block, dankte ihm für seine Offenheit und seine Einschätzung und bat ihn, Petra auszurichten, ich würde mich bei ihr melden.

Ich werde es ihr sagen, sagte er, wünschte mir einen schönen Sonntag und begab sich in das Büro.

Ich verliess die Fixerstube.

Otto schirmte mit der Hand seine Augen vor der Sonne ab, zeigte sich verdutzt, rief meinen Namen, lachte und wollte wissen, wie es mir gehe.

Für Erklärungen war der Zeitpunkt ungünstig. Sechs Männer umringten und bedrängten ihn mit gezückten Karten. «Mach schon, Alter.»

Otto kannte jeden. Er scannte eine Karte nach der anderen, konzentriert und ergeben, und hatte nebenbei für jeden von ihnen ein beruhigendes Wort auf Lager.

Räs, der Kapuzenmann, und sein Hund Fidel waren nicht dabei.

Ich stand abseits, wartete, bis Otto die Kontrollen beendet hatte, und ging auf ihn zu. «Tag, Otto. Du arbeitest sogar am Sonntag?»

«Bis um sechs, dann werde ich abgelöst. Sonntags teilen wir uns den Dienst. Und du? Kommst du voran mit deinen Ermittlungen?»

«Geht so. Ich brauche dringend eine Information. Kannst du mir helfen?»

«Kommt darauf an», antwortete er.

«Deine Söhne sind Computer-Spezialisten. Kann einer von ihnen dieser Frage nachgehen?» Ich gab ihm das Blatt Papier.

Er las die Zeilen. Er brauchte keine Brille dazu, ich hatte gross geschrieben.

«Darknet», sagte er. «Der Jüngere hat eine Arbeit darüber verfasst. Er kommt heute Abend zum Essen. Er bringt seine Freundin mit, du weisst schon. Ich werde ihn fragen. Soll er dich anrufen? Auf diese Nummer?»

«Das wäre prima.»

Eine junge Frau kam auf ihn zu. Er steckte das Papier ein und signalisierte der Frau seine Bereitschaft mit dem Scanner.

Ich machte mich auf den Heimweg.

An der Kreuzung stand die Ampel für die Fussgänger einmal mehr auf Rot.

Petra kam aus der Gasse gegenüber angehetzt. Sie stoppte auf der äussersten Trottoirkante, hob die Arme wie Flügel, flatterte hin und her, winkte mir zu und klagte hörbar: «Hallo, Alexander. Huch, ich bin spät dran.»

Die Ampel wechselte auf Grün.

Ich blieb auf dieser Seite stehen, sie flog über den Fussgängerstreifen direkt auf mich zu.

Sie packte mich am Arm und schnappte nach Luft. «Schön, dich zu sehen. Hast du Neuigkeiten?»

«Ja. Geh nur, Erich weiss Bescheid.»

«Hat er dich reingelassen? Lieb von ihm.»

Sie schien aufgewühlt, bestürzt, verhielt sich zappelig und redete wild und schnell. «Gut, dass ich dich sehe. Hast du morgen Nachmittag etwas vor?» Sie erwartete keine Antwort, klagte ohne Pause weiter. «Stell dir vor, die wollten Mandys Asche verstreuen lassen. Einfach so. Im Laufe der Woche. Still und heimlich. Die Verstorbene habe keine Angehörigen in der Schweiz, haben sie gesagt. Mandy habe keine Adresse hinterlegt und schon gar keine hinterlassen. Im Dossier haben sie die Adresse ihres Vaters gefunden. Er ist in Australien. Sie hätten ihn kontaktiert, haben sie gesagt, doch der hätte es kurz gemacht: Für ihn sei Mandy schon vor Jahren gestorben. Sie könnten mit der Asche machen, was sie wollten. Weisst du, was die beschlossen haben? Sie wollten die Asche ins Gemeinschaftsgrab schütten oder unter einem der mächtigen Bäume verstreuen. Kannst du dir das vorstellen? Einer von den Bestattern geht hin und streut ihre Asche unter die Blutbuche; das war's. Nein, so nicht. Das hat mich traurig gemacht. Nein, wütend. Ach, beides. ‹Mandy hat Freunde›, habe ich gesagt. ‹Habt ihr keine Freunde? Gelten Freunde bei euch nichts?› Das können die nicht machen, habe ich recht, Alexander?»

«Was hast du vor?», fragte ich.

Sie war drei, vier Schritte gelaufen, kehrte zurück. «Ich habe eine Abdankung verlangt. Für Mandy und für uns, ihre Freunde. Sie haben es lange nicht einsehen wollen, darum bin ich so spät dran. Am Ende habe ich mich durchgesetzt. Sie haben eingewilligt. Sie haben uns einen Termin angeboten. Schon morgen. Morgen Nachmittag um drei. Kannst du kommen? Bitte.»

«Ja.» Ich nickte.

«Ahhh, ich danke dir.» Sie lief los.

Ich rief ihr hinterher: «Wo? In welcher Kirche?»

Sie blieb stehen. «Keine Kirche. In der Abdankungshalle. Erster Stock.»

«Auf dem Bremgartenfriedhof?»

«Jawohl. Bremgartenfriedhof. Kommst du?»

«Ja, sicher.»

«Echt?»

«Versprochen», sagte ich.

Sie warf mir eine Kusshand zu.

Ich setzte mich in meinen Wagen, fuhr nach Langnau, parkierte auf dem Dorfplatz und ging die Treppe hoch in meine Agentur.

Der üble Geruch im Treppenhaus hatte sich verflüchtigt, die Luft war erträglich.

Ich hatte mir gleich zu Beginn meiner neuen Tätigkeit ein paar Werkzeuge angeschafft. Was man so braucht, um verschlossene Türen zu öffnen. Die Tür eines fünfzig Jahre alten VW Busses zu knacken war einfach. Ich suchte das richtige Ding heraus, steckte es zusammen mit einem Paar Latexhandschuhen ein, setzte mich in meinen Wagen und fuhr zum Campingplatz hinauf.

24

Ich stellte meinen Wagen vor dem Restaurant Jägerhaus auf denselben Besucherparkplatz wie am Morgen. Diesmal lag der Rest des Platzes verwaist da.

Ich stieg aus und schlug den Mantelkragen hoch. Eine kalte Windbö hob eine Handvoll goldene Ahornblätter vom Boden auf, fegte mit ihnen über das weite, sandige, vernarbte und kümmerlich bewachsene Parkfeld und bettete sie in der Ecke vor dem Wiesenbord auf eine Ansammlung von Laub und dürren Ästen. Die Winde hatten auch sprödes Laub von den Büschen gepflückt, über die Terrasse gebröselt und damit die Arbeit der Wirtin vom Vormittag zunichtegemacht.

Im Restaurant brannten mehrere Lichter. Sie verschmolzen hinter den Scheiben zu einem warmen, einladenden Leuchten. Soweit ich erspähen konnte, sass kein Mensch an den Tischen.

Alois hatte gesagt, er wolle vor dem Mittag mit seinem Elektrovelo ins Dorf fahren, um das restliche Kokain zu verkaufen. Er war mit Sicherheit gegangen und dürfte kaum schon wieder zurück sein.

Judith würde mit Aurelia nach dem Besuch im Hallenbad den Rest des Nachmittags und den Abend bestimmt in Alois' Wohnung verbringen. Zumindest bis Ralph aufkreuzte und seine Tochter abholte. Judith würde demnach, wenn überhaupt, kaum vor dem späteren Abend hier eintreffen.

Bevor ich über den Kiesweg zum VW Bus hinunterschritt, durchstreifte ich die sanitären Anlagen. Ich wollte nicht überrascht oder gar erwischt werden und warf deshalb auch einen prüfenden Blick in die Damentoiletten.

Es war niemand anwesend.

Wenn Roger recht hatte, und Alois – oder Judith? – das Kokain im Darknet bestellt hatte, würde ich im VW Bus vermutlich keines mehr finden. Mit etwas Glück würde ich stattdessen auf Unterlagen stossen, auf eine verräterische Verpackung oder sonstige Hinweise. In diesem Fall müsste ich Alois eine gewisse Zeit auf die Finger schauen und sicherstellen, dass er nicht in Versuchung kam und eine neue Lieferung bestellte. Die Rendite war zweifellos verlockend.

Falls Erichs Vermutung zutraf, und Judith in Italien eine grössere Menge Kokain erworben hatte, würde ich eine Restmenge finden.

Je länger ich darüber nachdachte, desto überzeugter war ich, dass Alois so oder so gelogen hatte. Es würde sich bald herausstellen, ob Roger oder Erich recht hatten. Im VW Bus versteckte sich die Antwort. Ich war zuversichtlich. Ja, ich hätte auf meinen Erfolg eine schöne Stange Geld gewettet. Wenn es jemanden gegeben hätte, der die Wette annahm.

Es war halb vier. Der Augenblick war günstig. Es blieb mir reichlich Zeit, den kleinen VW Bus zu durchkämmen.

Mit einer entflammten Entschlossenheit machte ich mich auf den Weg.

Die Wochenendhäuser im oberen Teil und die wenigen Wohnwagen im unteren Teil schienen verlassen. Die Feriengäste hatten die Rollos heruntergelassen beziehungsweise die Läden geschlossen und waren abgereist.

Es war still in der gesamten Anlage. Fast unheimlich still.

Der Wind rauschte durch die kahlen Bäume, die den Bach säumten, und die Kiesel knirschten unter meinen Schuhen. Das waren die einzigen Geräusche, die an meine Ohren drangen. Ich bemühte mich, leiser aufzutreten.

Je näher ich dem VW Bus kam, desto stärker spürte ich diese Spannung in mir. Sollte Erich recht behalten und ich würde eine grössere Menge Kokain finden, würde ich diesen Alois fertigmachen. Ich würde ihm seine Nase demolieren, seinen lügenhaften Mund und seinen Kiefer unter dem Bart so lange bearbeiten, bis ihm das kleinste Lächeln noch wochenlang Schmerzen bereitete. Danach würde ich ihn zur Polizei schleppen.

Ich umkreiste den VW Bus vorsorglich zweimal. Die Vorhänge waren rundherum zugezogen. Nichts rührte sich.

Ich zog die Latexhandschuhe an. Mit dem präparierten flachen

Haken in der Hand näherte ich mich der Beifahrertür. Ich presste das Ding an die Scheibe ... Was war das? Alois hatte vergessen, die Tür zu verriegeln. Ich steckte das Werkzeug in die Tasche und schaute mich um. Es war kein Mensch in der Nähe.

Ich behielt die Handschuhe an, atmete tief durch, riss die Tür mit einem Ruck auf, schwang mich geschwind auf den Sitz und zog die Tür kräftig zu.

Ich spürte Wärme, roch den Petrolofen und hörte eine Frau schreien.

Sie schrie nicht verängstigt, sondern entsetzt, empört und laut. Sie holte Luft und brüllte: «Was machen Sie da? Sind Sie wahnsinnig? Wer sind Sie? Was tun Sie hier?»

Ich setzte mich quer und schaute nach hinten.

«Machen Sie, dass Sie rauskommen!», donnerte die Frau. Sie trug kurze rötlich blonde Haare, sprang von der Bank auf und stürzte mit vorgestreckten Händen auf mich zu.

Ich sah das Tattoo an ihrem Hals.

Sie schrie: «Verschwinden Sie, aber schnell!»

Es war Judith, Alois' Schwester. Ralphs Ehefrau. Aurelias Mutter. Kein Zweifel, sie war die Frau auf den Familienfotos, die Ralph mir gezeigt hatte.

Sie baute sich im Durchgang auf und engte mich auf dem Beifahrersitz ein.

Ich zog die Handschuhe aus, versuchte ruhig zu bleiben und sagte: «Haben Sie keine Angst. Ich tue Ihnen nichts.»

Sie hämmerte mir ihre Faust auf die Schulter. «Ich»-Schlag-«habe»-Schlag-«keine»-Schlag-«Angst»-Schlag.

Sie war kräftig. Ihre Hiebe schmerzten. Ich hob den Arm, nicht zur Gegenwehr, sondern zu meinem Schutz. «Es reicht.»

«Was fällt Ihnen ein? Gehen Sie. Machen Sie, dass Sie rauskommen.» Sie schlug mit der flachen Hand auf meinen Hinterkopf.

«Sie sind Judith, Aurelias Mutter, nicht wahr?»

Sie guckte mich verdattert an. «Wer sind Sie?»

«Alexander Bergmann. Ich bin heute Morgen schon hier gewesen. Ihr Bruder, Alois, hat Ihnen bestimmt von dem Besuch erzählt.»

Die Farbe der Empörung in ihrem Gesicht steigerte sich zur Zornesröte. Ihre Augenbrauen verdunkelten ihre Augen. «Ach, Sie sind das? Sie sind ein Riesenarschloch, wissen Sie das? Warum lassen Sie uns nicht in Ruhe? Wollen Sie uns fertigmachen? Warum tun Sie das? Warum? Was haben Sie davon?»

«Können wir vernünftig miteinander reden?» Ich versuchte sie zu beschwichtigen.

«Reden, reden, reden ... Sie brechen hier ein und wollen reden? Ich will nicht mit Ihnen reden. Hauen Sie ab! Verschwinden Sie aus dem Wagen und aus meinem Leben.»

Sie wich zurück, blieb neben der Bank stehen, auf der Alois gesessen hatte. Sie war eine gross gewachsene Frau. Die niedere Decke zwang sie zu einer gebückten Haltung. Es sah höchst unbequem aus.

Ihr Gesicht hatte nichts mit dem rundlichen, butterweichen und bärtigen Antlitz ihres Bruders gemein. Im Gegenteil. Senkrechte Furchen zerteilten ihre Wangen, die gerunzelte Stirn zeugte nicht von Unbeschwertheit, und zahllose Fältchen um ihre Augen verliehen ihr ein reiferes und geprüfteres Alter. Ihre Haut im Gesicht, am Hals und an den Handrücken war tief gebräunt.

Sie war ausser sich, das war unverkennbar.

Sie trug Jeans, einen dicken Pullover, bunt gestrickte Wollsocken und Ledersandalen an den Füssen.

Ich wunderte mich, warum sie so früh hier war, und fragte: «Warum sind Sie alleine hier? Wo ist Aurelia?»

«Haaa! Gute Frage. Ich bin wegen Ihnen hier. Sie sind schuld.»

«Das verstehe ich nicht.»

«Was haben Sie Ralph erzählt? Dass ich wieder *drauf* sei? Dass ich wieder *kokse*. Dass ich wieder überall rumhänge und deale und mein Leben aufgebe?» Sie bebte am ganzen Körper.

«Das habe ich nie gesagt. Ralph hat –»

Sie liess mich nicht ausreden. «Sie mischen sich in meine Familie ein. Warum? Was habe ich Ihnen getan? Was haben Sie gegen mich und Alois?»

«Was ist passiert?»

«Was passiert ist? Ralph hat Aurelia abgeholt. Das ist passiert. Er hat sie mir weggenommen. Er hat mir gedroht, er werde die Behörden einschalten und die würden mir Aurelia wegnehmen und mich verwahren.»

Sie hockte sich hin, legte sich die Hände auf die Brust und japste.

Ich blieb, wo ich war. «Dafür geben Sie mir die Schuld?»

«Wem denn sonst?», wetterte sie. «Sie haben Ralph das mit dem Kokain aufgetischt. Warum? Warum haben Sie das getan?»

Die Briefwaage stand nach wie vor auf dem Tisch. Sie hatte sie an die Wand geschoben und an ihrer Stelle ein Laptop aufgeklappt. Die Beutel mit dem Kokain und die Bierdose waren weg. Eine Kaffeetasse stand in ihrer Reichweite.

Hätte sie Musik gehört wie Alois am Morgen, wäre ich gewarnt gewesen und hätte an die Scheibe geklopft.

Ich versuchte, das Gespräch auf eine sachliche Ebene zu bringen. «Alois hat Kokain verkauft. Ich habe es gesehen und –»

«Na und? Was geht Sie das an? Sind Sie von der Polizei?»

«Ich habe Ralph verdächtigt. Ich habe angenommen, er sei der Lieferant. Deshalb bin ich ihm gefolgt. Bis in die Hintere Steinmatte», sagte ich.

«Das ist nicht Ihr Ernst, oder?»

«Doch.»

«Ach, das ist aber lustig. Sie haben Ralph verdächtigt? Davon hat er kein Wort gesagt.» Sie bewegte den Kopf hin und her und winselte wie ein Welpe, dem jemand auf den Schwanz getreten ist. «Ralph ein Kokainlieferant. Sie sind witzig.»

Die Sonne war hinter dem nächsten Hügel untergegangen. Das Licht nahm im Wagen rasch ab, die Farben verblichen seltsam. Das Gefühl des Eingesperrtseins wurde schlimmer und die betäubende Wärme unangenehmer.

Sie war offensichtlich erschöpft, legte die Hände wie für ein Gebet zusammen und auf den Tisch. «Sie haben keine Ahnung.» Sie klang wie eine Ärztin, die dem Patienten eröffnet: Sie sind *schwer krank*.

«Sie haben keine Ahnung», betonte sie nochmals. «Sie stolzieren durchs Land, brechen in Autos ein, stellen dumme Fragen und hinterlassen ein Chaos. Mehr können Sie nicht, aber das können Sie prima.»

«Ich will wissen, woher das Kokain stammt, das Alois verkauft. Ich werde nicht ruhen, bis ich das herausgefunden habe. Darauf können Sie –»

«Hat Alois Ihnen das nicht verraten?»

«Schon. Aber das ist gelogen.»

«Sehen Sie, das ist das Problem», schimpfte sie. «Sie glauben Alois nicht, und Ralph glaubt mir nicht. Woran liegt das? Was machen mein Bruder und ich falsch? Warum meinen alle, wir seien Lügner?»

«Entweder Sie oder er haben das Kokain im Darknet gekauft.»

Sie starrte mich an. Die unteren Augenlider schoben sich nach oben, die Lippen entblössten ihre Zähne. Der Ausdruck von Abscheu und die ganze Verzweiflung fielen schlagartig von ihr ab. Noch ein Wort und sie würde mich anspringen, mich zu Tode beissen, auf mich einprügeln, auf mir herumtrampeln oder ihren ganzen aufgeladenen Zorn sonst wie an mir auslassen.

Ich gab mich unbeeindruckt, rutschte vom Sitz, trat an den Tisch und setzte mich ihr gegenüber auf die Bank. Am Morgen hatte ich schon einmal hier gesessen. «Sind Sie dabei, eine neue Lieferung zu bestellen? Darf ich mal sehen?»

«Hören Sie bloss auf!», zischte sie.

Ich drehte das Laptop, sodass ich einen Blick auf den Bildschirm werfen konnte.

Sie hob die Hände über ihren Kopf und biss sich auf die Unterlippe. Die Augen glühten vor innerer Aufruhr.

Auf dem Bildschirm waren vier Fotos von Frauen in Badekleidern zu sehen. Ich überflog die Angaben zu der Seite. Sie hatte sich in einen Kleiderkatalog eingeloggt. Sie stöberte im breiten Angebot von Badekleidern.

Ich schloss eine Weile die Augen, um ihr Gesicht nicht sehen zu müssen.

Sie trank ihren Kaffee aus und sagte mit fester Stimme: «Ich brauche ein neues Badekleid. Die Tage am Meer … Ich habe fünf Kilo zugenommen.»

Ich stand auf und öffnete die Schiebetür. Die frische Luft tat gut, sie nahm mir den Druck von der Brust und brachte mich auf neue Gedanken. «Niemand wird Ihnen Aurelia wegnehmen.»

«Ausgerechnet Sie müssen das sagen.» Sie rollte mit den Augen.

Ich stieg aus, machte kehrt und klammerte mich mit den Fingerspitzen an der Dachkante fest. «Ralph liebt Sie.»

«Woher wollen Sie das wissen?» Sie wandte ihr Gesicht ab.

«Er hat mir Fotos gezeigt. Von Ihren Ferien im Tessin. Erinnern Sie sich? Zwischen den Steinen an der Maggia. Es wird Sie nicht erstaunen, aber ich habe ihn gefragt. Danach, auf der Fahrt im Auto. Er hat mich zur Busstation beim Golfplatz gebracht. ‹Ja›, hat er geantwortet. Er hat keinen Augenblick gezögert. ‹Ja, ich liebe Judith wie am ersten Tag›.»

Judith schaute mich an. «Warum? Warum sagen Sie das?»

«Keine Ahnung», sagte ich, und das war die Wahrheit.

«Warum schickt er die Alte nicht weg? Haben Sie ihn das auch gefragt?»

«Sie ist seine Mutter.»

Ich wandte mich zum Gehen.

Der Wind hatte ausgesetzt. Der Himmel schien in seinem leuchtenden Violett über den eingetrübten Hügeln im Norden mit unermesslicher Energie. Die Stille empfand ich nicht mehr als unheimlich, sondern als einen Segen.

«Ich fahre ins Dorf. Möchten Sie mitfahren?», fragte ich ausdruckslos.

Sie hatte die Unterarme auf den Tisch gelegt. Sie bewegte den Kopf kraftlos hin und her und stammelte: «Ich will … Ich muss … Ach, schwirren Sie ab.» Ihr Kopf sank vornüber, bis ihre Stirn auf den Armen auflag. In dieser niedergeschlagenen Pose raunte sie: «Gehen Sie. Lassen Sie mich in Ruhe. Ich will jetzt allein sein.»

Ich schlenzte die Tür zu, überliess sie ihrem Kummer und fuhr nach Hause.

Am Montagmorgen traf ich Punkt acht erholt und ausgeschlafen in meiner Agentur ein. Ich warf die Gratiszeitung auf meinen Schreibtisch, öffnete die Fenster, griff zum Telefonhörer und wählte die Nummer der Polizei.

25

Ein Mann hob ab und meldete wie beim letzten Mal: «Kantonspolizei, Sebastian Müller.»

Ich grüsste, nannte meinen Namen und ersuchte ihn auch diesmal, mich mit Ursina Trummer zu verbinden.

«Einen Moment, bitte», sagte er und stellte die Verbindung her.

Ursina meldete sich.

Ich grüsste sie und fragte, wie es ihr gehe, ob sie etwas Zeit habe, womit sie gerade beschäftigt sei und solche Dinge.

Sie gab sich ungewohnt wortkarg. «Alexander. Lange nicht gesehen.»

Ich lud sie ohne Umschweife zum Mittagessen ein.

Sie war nicht nur ungewohnt wortkarg, sondern auch ungewohnt skeptisch. «Steckst du wieder in einem Fall fest?»

«Ursina. Ich würde dich gerne wiedersehen. Ein wenig plaudern. Fragen, wie es dir geht.»

«Gut, danke. Es geht mir gut.»

Sie drückte das Telefon dicht an den Kopf, ich konnte einen längeren ausgeprägten Atemzug hören.

Während ich in Gedanken nach einer geeigneten Fortsetzung für das Gespräch suchte, fragte sie: «Wo willst du mit mir hin?»

«Dort, wo du hinmöchtest.»

Sie gab mir zu verstehen, dass sie keine Lust habe, in einem Restaurant zu speisen. Wörtlich sagte sie statt keine Lust: keinen Bock.

Auf meine Frage, ob sie mit Sandwiches vom «Eichibeck» zufrieden sei, sagte sie überraschend zu und wollte wissen, wo wir damit hingehen könnten. «Für eine Parkbank ist es mir zu kalt.»

«Wir könnten in meiner Agentur essen», schlug ich vor.

«Von mir aus. Ich komme um Viertel vor zwölf.»

Ich lief zur Manufaktur Eichenberger, kaufte acht verschiedene kleine Brötchen-Sandwiches und zwei Johannisbeer-Quarkschnitten, lief zum Frischmarkt hinüber und besorgte mir je eine Packung Kaffee, Rahm und Servietten.

Um Viertel vor zwölf klopfte sie zweimal an die Tür und trat ein.

Bei ihrem Anblick setzte mein Herz zwei Takte aus, darauf beschleunigte sich der Puls um einige Schläge pro Minute. Mir gefielen ihre Bewegungen mit den langen Armen, ihre lebhaften Augen, ihr schelmisches Lächeln, ihr mittellanger, perfekter Haarschnitt. Die Polizeiuniform, die im Grunde für Männer entworfen und ausgearbeitet wird, verfälschte ihre Weiblichkeit nur unwesentlich. Ihre Ausstrahlung übertraf das intensive Blau der Kluft. Auch die neuen Hochglanzhalbschuhe mit Profilsohlen hinderten sie nicht an ihrem leichtfüssigen Auftreten.

Seit ich sie kannte, fühlte ich mich gut in ihrer Nähe, egal wo und unter welchen Umständen wir uns trafen. Dieses Gefühl liess sich schwerlich verbergen.

Wir tauschten Wangenküsse aus und setzten uns an den Schreibtisch.

Sie legte die Mütze ab, zog die Jacke aus und lockerte die Krawatte.

Ich hatte die Brötchen auf zwei Tellern angerichtet; zwei Gläser, eine Karaffe Wasser und bunte Servietten rundeten den improvisierten Mittagstisch ab.

Wir griffen zu, mampften, lehnten uns zurück, tranken zwischendurch Wasser und redeten über die anhaltende Trockenheit.

Sie klappte ihr zweites Brötchen auf, beschnupperte die Einlage, klappte das Brötchen zu, biss mindestens ein Viertel ab, nickte und schenkte mir ein Grinsen mit vollen Backen.

Ich wollte versichern, dass die Brötchen frisch vom Beck seien, da entdeckte ich den fehlenden Ring an ihrem Finger. Vor einem Jahr hatte sie sich verlobt und mir den Ring bei einem Nachtessen vorgeführt, was mir damals einen Stich ins Herz und bis heute Zeiten der Trübseligkeit bescherte. Nun war der bedeutungsvolle Ring weg.

Vielleicht stutzte ich zu auffällig, zu hoffnungsvoll oder einfach einen Wimpernschlag zu lange; vielleicht hatte sie die ganze Zeit darauf gewartet, dass mir das Fehlen dieses Schmuckstückes auffallen würde.

Sie streckte die Hand vor. «Wie du siehst, habe ich mich von ihm getrennt.»

«Das tut mir leid.»

Sie verzog den Mund. «Muss es nicht.»

«Warum? Hat er dich betrogen?»

«Schlimmer.»

«Ja?»

«Ja. Er ist ein langweiliger Macho.»

Ich vergass zu kauen.

Sie verdeckte sich den Mund mit einer Serviette, schloss die Augen, lachte, ass das Brötchen zu Ende und trank das Glas leer. «Er hat im Haushalt alles mir überlassen. Ich bin doch nicht seine Mutter.»

Mit ihrem eigenen Taschenmesser schnitt sie ein Brötchen entzwei. «Er hat auch nie gekocht. Wenn die Reihe an ihm war, schlug er vor, auswärts zu speisen.»

Sie ass das halbe Brötchen.

«Ist dir darum die Lust vergangen, in einem Restaurant zu essen?»

«Vermutlich.»

«Ich kann Staub saugen, den Müll rausstellen, Betten machen und noch ein paar andere Dinge im Haushalt. Das mache ich bei mir die ganze Zeit. Kochen hingegen kann ich nicht sonderlich gut, das weisst du –»

Sie legte ihre Hand auf meine und bremste mich aus. «Ach, Alexander. Wir haben es versucht. Lass uns Freunde bleiben, ja?»

Ich stand auf, machte Kaffee, brachte die Tassen an den Tisch und zwei Unterteller für die Quarkschnitten.

Sie schob ihre Schnitte zur Seite. «Und du? Was machst du so? Woran arbeitest du?»

«An einem Fall im Drogenmilieu.»

«Drogenmilieu? Wo? Im Emmental?»

«Ja. Genau genommen gibt es hier in Langnau einen Kokainhändler.»

Sie wollte es nicht glauben, und so berichtete ich über Mandys Tod, Petra Kürris Auftrag und Alois' Händeleien, ohne irgendwelche Namen zu nennen. Räs erwähnte ich am Rande. Judith und Ralph verschwieg ich geflissentlich. Ich stellte ihr die Fixerstube vor und zitierte Erich, vor allem sein Bekenntnis zu der Arbeit. Seinen Aufschluss über seine Triebfeder, über seine Beweggründe, zu tun, was er tat. Ich gab seine Aussagen wieder, so gut ich es konnte.

Je ausführlicher ich Ursina die Fixerstube beschrieb, desto fassbarer wurden mir selbst Erichs und Petra Kürris Einstellungen gegenüber Drogen im Allgemeinen und suchtkranken Menschen im Speziellen. Die Begegnungen mit den beiden hatten meine Auffassung geändert, radikaler, als ich es für möglich gehalten hätte.

Ihre Anliegen wurden tief im Innern zu meiner Triebfeder. Ich würde weiterermitteln, auch wenn ich im Moment weder einen Plan noch die Vorstellung von einem Ziel hatte.

«Die Fixerstube würde ich gerne einmal besuchen», räumte Ursina ein.

«Du musst dich beeilen. Erich meint, das sei ein Auslaufmodell.»

«Das behaupten unsere Drogenfahnder ebenfalls. Kokain sei eine Partydroge und habe Heroin fast gänzlich verdrängt. Der Handel mit Kokain verlagere sich obendrein von der Strasse ins Internet.»

«Ins Darknet», sagte ich.

«Ja, ins Darknet. Die Drogenfahnder sagen, die Banden, die sich auf den Strassenverkauf spezialisiert haben, verlieren Marktanteile. Das mache sie streitbarer.»

«Ich habe gehört, in Bern hätten die Veränderungen einen tödlichen Machtkampf ausgelöst. Vor zwei Monaten ist eine Leiche aus der Aare geborgen worden. Das sei, habe ich gelesen, ein Strassendealer gewesen. Haben sie den Täter gefasst? Ist es einer der Berner Drogenbosse?», fragte ich gespannt.

«Ha! Ich habe es gewusst, du willst mich ausfragen.»

«Du hast angefangen.»

«Ich habe gefragt. Fragen und Ausfragen ist nicht dasselbe.» Sie schmollte.

Das war neu. Sie schien verletzlicher als früher. Ich musste behutsamer vorgehen. «Versteh doch, ich arbeite allein. Man verliert viel Zeit, wenn man jede Kleinigkeit selbst ermitteln muss.»

Sie ass das halbe Brötchen, das sie zurückgelegt hatte.

Einerseits konnte ich sie verstehen, sie war eine loyale Polizistin. Auf der anderen Seite brauchte ich Auskünfte. Dringend. «Du hast recht, ich komme nicht vom Fleck mit meinen Nachforschungen», gestand ich. «Mir fehlen grundsätzliche Kenntnisse über den Drogenmarkt in Bern. Ich weiss praktisch nichts darüber.»

«Ruf die Drogenfahnder an. Frag einen von denen, aber lass mich in Frieden.»

«Ich wollte, ich wüsste ein bisschen mehr über Absprachen, Lieferketten, Abhängigkeiten und Reviere. Der tote Dealer in Bern und der Händler in Langnau hängen zusammen. Davon bin ich überzeugt. Sie sind Teile einer tiefen Verflechtung.»

«Das kümmert mich nicht. Nicht jetzt in der Mittagspause.»

«Im Drogenhandel hängt immer alles zusammen. Früher oder später landet der Fall bei euch.»

«Dann ist es früh genug», sagte sie.

«Lässt du mich im Schlamassel sitzen?»

«Also gut, ich muss sowieso gehen. Gib mir den Namen und die Adresse des Händlers. Ich habe einen Kollegen, der arbeitet bei der Drogenfahndung. Ich rufe ihn an. Mal sehen, was er meint.»

«Dass wir uns richtig verstehen: Mir fehlen Beweise.»

«Du hast Beobachtungen gemacht, das zählt. Der Kollege ist froh um jeden Hinweis. Wenn eine reale Verbindung besteht zwischen dem Toten und deinem Händler, wird er das herausfinden. Mehr kannst du von mir nicht verlangen.»

«Heisst das, der Mörder läuft frei herum?»

Sie sah auf die Uhr. «Oh, ich muss mich in zehn Minuten zurückmelden.»

Sie schrieb Alois' Namen und die Adresse in ein kleines Notizbuch, nahm Jacke und Mütze, verzog sich in die Toilette und kam korrekt angezogen und mit einem sinnigen Lächeln heraus.

Ich begleitete sie zur Tür und fragte, wann ich sie anrufen könne.

«Versuch es morgen Vormittag. Am Nachmittag bin ich auf Streife.» Sie drückte mir einen Kuss auf die Wange und schwebte die Treppe hinunter wie eine Glücksfee.

Ich schloss die Agentur, fuhr mit dem Wagen zum Bremgartenfriedhof in Bern, parkierte vor der Abdankungshalle und stieg in den ersten Stock hinauf.

Vor der offenen Tür zum Saal stand Petra Kürri und hiess jede und jeden persönlich willkommen. Sie drückte mir die Hand, länger als gewohnheitsmässig, und bedankte sich für mein Erscheinen.

Nach mir begrüsste sie einen Herrn mit weissen, krausen Haaren.

Sie rief mich beim Namen und stellte mich dem Herrn vor. «Dr. Ermel, das ist Herr Bergmann, der Privatdetektiv aus Langnau. Alexander, das ist Dr. Ermel, unser Arzt. Er hat Mandy …» Die jähe Trauer verschlug ihr die Sprache, sie legte gequält den Kopf schräg.

Wir gaben uns die Hand, Dr. Ermel und ich. Er hatte einen Dreitagebart und eine gefällige Brille mit schwarzen Rändern.

Wir betraten den Saal, suchten uns zwei freie Stühle in den mittleren Rängen und setzten uns wie zwei alte Bekannte nebeneinander.

Zwei Dutzend Leute waren gekommen. Menschen jeden Alters. Sie bildeten kleinere Gruppen und sassen zerstreut auf den Stühlen. Viel mehr als ein gelegentliches Hüsteln, ein Flüstern oder ein Scharren mit den Schuhen war nicht zu hören. In der vordersten Reihe, in der äussersten Ecke, sassen zwei Damen Seite an Seite. Die eine war, wie sich herausstellte, die Seelsorgerin.

Wenige Meter vor den Sitzreihen standen ein Rednerpult mit Mikrofon und ein runder Tisch. In der Mitte des Tisches stand eine Urne aus Metall. Ein Bild lehnte an dem Gefäss. Ein Vierfarbendruck auf einem A4-Papierbogen. Das Bild zeigte das Gesicht einer jungen Frau mit Mütze und Schal.

Rechts der Urne stand eine gläserne Vase, und darin steckte eine dunkelrote Rose. Links der Urne brannte eine dicke weisse Kerze. Sie flackerte, bis Petra die Türen schloss.

Ich musste an Mandys Vater denken.

Die Seelsorgerin trat ans Mikrofon, schaltete es ein, räusperte sich, breitete ihre Arme aus und hiess uns alle willkommen. Sie erwähnte ihren eigenen Namen – und wurde unterbrochen: Die Saaltür wurde geöffnet. Vera und Roger quetschten sich durch den Spalt, drückten die Tür zurück ins Schloss, huschten zu den Stühlen und suchten sich zwei freie Plätze am Rande.

26

Die Seelsorgerin begann nochmals. Sie breitete ihre Arme aus, hiess uns zum zweiten Mal willkommen, nannte ihren Namen und sagte, wir seien zusammengekommen, um Abschied zu nehmen. Abschied von Magdalena Morati. Magdalena sei krank gewesen und viel zu früh von uns gegangen. Sie befinde sich jetzt an einem Ort, wo sie es besser habe.

Die Seelsorgerin trug Ballerinas. Dunkelgrau und matt.

Petra Kürri löste sie nach ihrer ausführlichen Einleitung und einem Gebet ab. Sie verlas Mandys Lebenslauf und begann damit, wie sie Mandy am Gymnasium kennengelernt hatte. Mandy sei im zweiten Semester aus der Schule geflogen, trotzdem hätten sie den Kontakt zueinander nie verloren. Nach einem der vielen Entzüge habe Mandy in einem Blumenladen gearbeitet. Das sei rückblickend wohl die schönste und glücklichste Zeit ihres Lebens gewesen. Ein Einkaufszentrum in nächster Nähe habe ihre eigene Blumenabteilung erweitert, und in der Folge sei Mandy entlassen worden. Ihre Träume seien dadurch zerplatzt. Sie habe wieder angefangen, Drogen zu konsumieren, und nicht nur die Stelle, sondern auch den Freund, die Wohnung und den Boden unter den Füssen verloren. Alle ihre Versuche, ihren Konsum einzuschränken und zu kontrollieren, seien gescheitert. Sie habe nie mehr einen festen Platz in der Gesellschaft gefunden.

Mandy habe immer Pläne gehabt und nie über ihre Vergangenheit oder ihre Eltern gesprochen. Aufgewachsen sei sie in Interlaken. Das sei alles, was Petra über ihre Kindheit habe in Erfahrung bringen können.

Sie hob Mandys Humor hervor, den sie in ihrem kurzen Leben durch alle Höhen und Tiefen hindurch bewahrt habe.

Schliesslich wandte sich Petra dem runden Tisch zu, deutete eine Verneigung an und redete zur Urne. «Mandy, ich vermisse dich. Du fehlst mir sehr.»

Sie holte einen portablen CD-Player unter der Deckplatte des Rednerpults hervor und kündete uns den Song «Angie» von den Rolling Stones an. Dies sei Mandys Lieblingslied gewesen. Sie habe, wann und wo immer sie das Lied gehört habe, laut mitgesunden. Natürlich habe sie an den Stellen, wo Mike Jagger «Angie» singe, stets ... Sie stockte, blinzelte, setzte neu an: Anstelle von «Angie» habe sie immer «Mandy» gesungen.

Petra drückte einen Knopf, und wir hörten uns das Lied an.

Der letzte Gitarrenton hallte lange nach im grossen Saal.

Petra schaltete das Gerät aus und gab die Stelle hinter dem Mikrofon frei für die Seelsorgerin.

Sie trat ans Pult und erklärte, Mandys Asche werde nun ins Gemeinschaftsgrab verstreut. Wer dabei sein wolle, sei herzlich eingeladen und könne sich ihnen anschliessen.

Ihre Kollegin nahm die Urne auf und schloss sie in ihre Arme.

Gemeinsam schritten die beiden Frauen mit der Asche aus dem Saal und die Treppe hinunter.

Petra und fast alle, die gekommen waren, folgten ihnen schweigend und in geziemten Abständen.

Dr. Ermel blieb sitzen.

Vera und Roger schlängelten sich durch die Stuhlreihen zu uns heran. Sie kannten Dr. Ermel gut, sie begrüssten ihn jedenfalls freundschaftlicher als mich.

Dr. Ermel erhob sich und fragte beide, wie es ihnen gehe.

Gut, sagten sie, und Roger lachte. Es sei eine Weltreise aus dem Entlebuch bis nach Bremgarten in Bern.

«Aber wir sind froh, dass wir es geschafft haben», sagte Vera und lachte.

Dr. Ermel nickte anerkennend und würdevoll, und ich begriff, dass er Veras Aussage auch im übertragenen Sinn verstand.

Ich fragte, wo Marc sei. Vera antwortete mit einem Augenzwinkern, jemand müsse nach dem Kalb sehen, und Roger fügte bei, Marc und Mandy hätten sich kaum gekannt.

Vera machte uns klar, dass sie dabei sein wollten, wenn Mandys Asche verstreut wurde. «Kommt ihr mit?»

Wieder nickte Dr. Ermel verständnisvoll und sagte ausweichend, er wäre gerne dabei, aber ihm fehle leider die Zeit. «Meine Patienten warten ungern.»

Ich winkte ebenfalls ab und sagte, ich hätte in Langnau noch etwas zu erledigen.

Vera und Roger huschten ab.

Dr. Ermel ging mit gemächlichen Schritten zum Tisch. Er nahm Mandys Bild in beide Hände, neigte es dem Licht zu und betrachtete es eingehend. Ich fragte mich, weshalb er das tat, und nahm an, dass er Mandys Gesicht, das er seit ihrem Tod in Erinnerung hatte, durch dieses Bild, auf dem sie schelmisch lachte, auszugleichen suchte.

Wir waren die Letzten im Saal. Es wurde so still, dass wir hören konnten, wie die Kerze knisterte.

Er lehnte das Bild an die Vase mit der Rose, pustete die Flamme aus und sagte leise: «Sie suchen im Rausch den Trost und die Freiheit. Und sie merken zu spät, dass sie beides darin verlieren.»

«Suchen wir das nicht alle? Trost und Freiheit? Jeder auf seine Weise?», fragte ich.

«Sicher. Deshalb sollten wir vor allem den jungen Menschen Trost spenden, wenn sie es nötig haben.»

«Und unbegrenzte Freiheiten gewähren?» Nein, da war ich mit ihm nicht einig; das gab ich ihm zu verstehen.

«Das habe ich nicht gesagt. Doch wir sollten den Jungen keine Regeln aufzwingen, die wir selbst nicht einhalten», gab er zu bedenken.

«Einverstanden. Das würde vielleicht ein paar davon abhalten, Drogen zu konsumieren. Aber eine Gesellschaft ohne Drogen wird es nie geben.»

«Ja, das stimmt. Genau deshalb sollten wir alles daransetzen und die Jungen so lange wie möglich davon abhalten», erklärte er.

«Tun wir das nicht?»

Dr. Ermel holte tief Luft. «Beim Heroin sind wir auf dem richtigen Weg. Als ich meine Praxis eröffnete, versuchte es der Staat mit reiner Repression. Diese Erfahrung haben wir teuer bezahlt. Aber beim Kokain und bei den synthetischen Drogen scheinen mir die Behörden überfordert.»

Wir verliessen gemeinsam den Saal, ich schloss die Tür. «Woran denken Sie? An staatliche Kokainabgabe?»

«Warum nicht? Kokain macht im Gegensatz zu Alkohol nicht körperlich abhängig. Kokain entfaltet seine Wirkung im Hirn. Im Belohnungszentrum. Das ist der Ort, wo unsere Urbedürfnisse verankert sind: essen, trinken, Sex. Kokain passt wunderbar da hinein. Es erzeugt im Gehirn ein Gefühl von Lust und Freiheit im Denken. In den Tagen danach verlangt das Hirn eine Wiederholung. Nach ein paar Wiederholungen hält das Hirn Kokain für genauso lebenswichtig wie schlafen, essen und trinken. So einfach ist das.»

Wir stiegen nebeneinander die breite Treppe hinunter. Ich hielt fest: «So einfach? Das Verlangen nennt man Sucht.»

«Nun, erfahrene Menschen können mit dem Verlangen umgehen. Sie können Mass halten. Jungen und unerfahrenen Menschen fehlt die Kraft dazu. Sie verfallen dem Verlangen und tun alles, um es zu stillen.»

«Sie kennen Roger und Vera?»

«Ja», sagte er.

«Werden sie es schaffen?»

«Wer weiss? Wenn wir mit einem Süchtigen brechen, um ihm zu zeigen, dass seine Abhängigkeit uns anwidert, verlieren wir ihn. Das Verlangen im Hirn nach dieser Lust und dem Gefühl von Freiheit schwächt nicht nur seinen Willen. Die Begierde verändert sein Selbstverständnis.»

«Wie muss ich mir das vorstellen?», fragte ich.

«Ein kokainsüchtiger Mensch lebt mit dem Gefühl, ohne Kokain bin ich nichts, kann ich nichts und weiss ich nichts.»

«Mit anderen Worten, er ist psychisch krank.»

Wir gelangten auf die Strasse. Er hatte sein Velo neben dem Eingang abgestellt.

«Ja», sagte er und schloss sein Velo auf. «Krank. Auch wenn das nicht alle so sehen. Die Stiftung Tresen gibt suchtkranken Menschen einen Halt.»

Wir sahen beide, dass vom Westen her Wolken aufzogen. Er stülpte einen Velohelm auf, zog den Reissverschluss der Jacke bis oben hin und kam unvermittelt auf Mandy zu sprechen. «Bei Mandy ist etwas Unerwartetes dazwischengekommen. Petra hat mir gesagt, Sie seien auf der Suche nach dem Ursprung dieses reinen Kokains.»

Ich war überrascht über seinen Schwenker und sagte: «Ja. Ich habe den Händler aufgestöbert. Er ist in Langnau zu Hause und verkauft den Stoff grammweise aus seiner Wohnung.»

«Wirklich?» Er wandte sich wieder mir zu. Bei Tageslicht erinnerten mich seine Augen hinter den Brillengläsern an Perlmuttknöpfe.

«Ich habe ihn besucht», berichtete ich. «Er scheint mir unerfahren und neu im Geschäft. Komplett grün hinter den Ohren. Ich habe ihm die Hölle heiss gemacht. Er hat versprochen, künftig die Finger davon zu lassen.»

«Oh, Sie haben die Mission erfüllt?» Er bezweifelte es, das spürte ich sofort. Er versuchte gar nicht erst den Schein zu wahren, er betonte die Feststellungen wie Fragen und senkte seinen Blick tief in meine Augen, als hoffte er, darin die Wahrheit herauslesen zu können. «Mandy ist nicht umsonst gestorben? Es ist alles gut?»

«Nein, ist es nicht.» Ich gab es unumwunden zu.

«Ahhh – das hätte mich verwundert.» Er zeigte wieder dieses für ihn typische Nicken.

Ich sagte offen heraus, dass ich dem Händler nicht über den Weg traue und dass ich ihn deshalb einige Zeit im Auge behalten werde.

Das könne er gut verstehen, meinte er, und gab mir den Rat: «Tun Sie das, beobachten Sie ihn, aber seien Sie vorsichtig. Kokain ist tödlich. Tödlicher als Diamanten. Die Bauern in Kolumbien, die es anbauen, werden von Banden überwacht und kontrolliert. Die Banden übernehmen die Blätter und lösen das Kokain in verdeckten Dschungelküchen heraus. Sie verpacken und verfrachten das Pulver in die ganze Welt. Auf den Schmuggelpfaden wird täglich gefoltert und gemordet. Jeder kämpft gegen jeden und alle gegen den Zoll. Und natürlich gegen die Drogenpolizei.»

«Ja, ich weiss», sagte ich.

«Es gibt kein biologisch produziertes, kein fair gehandeltes Kokain. Kokain treibt die Menschen zum Äussersten. Es ist die Droge mit der grässlichsten und schlimmsten Blutspur über die ganze Welt. Jeder, der in der Schweiz Kokain kauft, finanziert dieses Leid und dieses ganze Elend», hielt er fest.

«Den Süchtigen ist das vielleicht nicht bewusst. Oder egal.»

«Oh nein. Soll mir niemand sagen, er habe das nicht gewusst. Sie blenden es aus. Kokain ist wie ein Fluch.»

Er klickte den Kinnriemen des Helms ein, sagte, er müsse jetzt wirklich los, gab mir die Hand, schwang sich in den Sattel und radelte in die Stadt.

Ich fuhr mit meinem Wagen nach Langnau, erinnerte mich an die Brötchen und an die Quarkschnitten in meiner Agentur und parkierte auf dem Dorfplatz, um die Sachen zu holen.

Oben an der Treppe wartete ein Hund.

Es war Fidel. Er streckte mir seine Schnauze entgegen, konnte es kaum erwarten, mich zu beschnuppern, und leckte seine Lefzen.

Räs, der Kapuzenmann, war mit ihm gekommen. Er hockte am Gangende in der Ecke schräg unter dem Fenster am Boden und schlief.

27

Ich begrüsste den Hund: «Hallo, Fidel», und öffnete die Tür zu meiner Agentur. «Möchtest du reingehen?»

Er tippelte mit erhobenem Schwanz voraus, begierig darauf, den Raum zu erkunden.

Räs war von meiner Stimme erwacht. Er stemmte sich am Treppengeländer hoch, ächzte dabei wie ein von Gicht geplagter Rentner und sah sich um.

«Suchen Sie Fidel? Er ist hier drin.» Ich trat aus dem Türrahmen, damit er freie Sicht hatte.

Räs hustete, wankte schlaftrunken an mir vorüber in die Agentur, ging zielstrebig zu meinem Schreibtisch, fläzte sich dahinter auf meinen Stuhl, strich sich die Kapuze vom Kopf, legte einen Arm über die Rückenlehne und gähnte.

Ich schloss die Tür, setzte mich auf den Stuhl, der für die Klienten gedacht war, und fragte: «Was führt Sie zu mir?»

«Du hast mich beschattet.» Sein Blick streifte mich, sprang an die Deckenlampe, zum Fenster hinüber, zur Eingangstür, zur Toilette, zu den Brötchen, verfolgte Fidel und landete wieder bei mir. «Du bist mir gefolgt. Heimlich.»

«Na und?», fragte ich. «Sie sind nicht der Erste, den ich beschatte. Das gehört zu meinem Beruf.»

Er hatte ein Arsenal von Silberringen in seinem rechten Ohrrand, und in seiner linken Augenbraue steckte ein stählernes Piercing. Er hatte sich rasiert und anscheinend geduscht, sein Haar sah gepflegt aus.

Der Geruch von Bettschweiss und kaltem Kifferrauch, den er mit sich brachte, und der mir bei der Begegnung vor der Fixerstube bereits aufgefallen war, ging wohl eher von seiner Hose und seiner Kapuzenjacke aus. Beide Sachen hätten es auch optisch nötig gehabt, gewaschen zu werden.

«Sag Du zu mir. Alle sagen Du zu mir. Ich bin Räs», sagte er.

«Von mir aus. Ich heisse Alexander.»

Er reckte das Kinn. «Bist du James Bond, oder was? Hältst dich wohl für superschlau.»

«Wieso fragst du? Hältst du mich für superdumm?»

«Ich habe es bemerkt.»

«Du hast *was* bemerkt?»

«Dass du mir folgst. Ich habe es bemerkt. Die ganze Zeit. Warum bist du mir nachgegangen? Warum hast du das gemacht? Was willst du von mir?»

«Hat Fidel mich verraten?», fragte ich.

«Fidel ist ein schlauer Hund.» Er grinste. «Bist du von den Zivilen? Arbeitest du undercover?»

«Nein.» Ich musste auch lachen.

«Scheisse! Lüg mich nicht an.» Er schlug mit der flachen Hand auf die Tischplatte, schniefte und schielte zu den Brötchen, die durch die Erschütterung gehüpft waren.

«Hast du Hunger?», fragte ich. «Die sind frisch. Knusprig. Kannst du haben.»

«Kann Fidel eins haben?»

Ursina und ich hatten zwei übrig gelassen. Ich wollte sagen, nur zu, du kannst beide haben. Es hatte sich erübrigt. Er wartete nicht auf die Wiederholung der Erlaubnis, er klappte beide auf, checkte kurzerhand die Inhalte und fütterte Fidel jenes, das Schinken enthielt. «Hier, Fidel, für dich.»

Fidel schlang es mit drei, vier, fünf Bissen hinunter, leckte die Brosamen vom Boden auf, setzte sich hin und sah zu, wie Räs das andere verdrückte. Er kaute jeden Bissen ungewöhnlich lange. Irgendetwas stimmte nicht mit seinen Zähnen.

Ich versuchte ihn zu beschwichtigen. «Ich arbeite nicht undercover. Ich bin kein Polizist. Ich arbeite als Privatdetektiv.»

Er fragte mit prallvollem Mund. «Ein Schnüffler? Echt?»

«Privatdetektiv gefällt mir besser», sagte ich.

«Mit Lizenz, Knarre und allem?»

Die Dämmerung setzte ein. Ich stand auf, machte Licht und spülte die Karaffe aus, füllte sie mit frischem Wasser, stellte zwei neue Gläser auf den Tisch und schenkte ein.

Er kaute noch immer.

Ich ging wieder zum Waschtrog, füllte ein Plastikbecken mit Wasser und stellte es vor Fidel auf den Boden. Er schlappte fast die Hälfte weg.

Räs würgte den letzten Bissen hinunter und spülte mit Wasser. «Trinkt der Privatdetektiv nur Wasser? Hat er nichts mit Geschmack an Lager? Kein Hochprozentiges?»

«Doch. Auf deiner Seite.»

«Wo?» Er riss die beiden obersten Schubladen auf.

«Zuunterst. Rechts.» Ich deutete auf die Stelle.

Er fand die Flasche, las das Etikett, schraubte die Verschlusskappe ab und roch daran. «Härdöpfeler? Mannomann. Das ist Medizin. Mein Grossvater hat das gesoffen. Jeden Abend. Hast du nichts Richtiges? Wodka oder so?»

«Das ist eine Agentur, keine Bar.»

Er füllte sein Glas zu einem Drittel.

«Bist du in Trubschachen aufgewachsen?», fragte ich.

Er wollte trinken, erschrak ziemlich heftig, verschüttete fast den Schnaps. «Woher weisst du, wo ich wohne?»

«Ich bin dir gefolgt. Schon vergessen?»

Er schien verunsichert und zornig zugleich und redete lauter. Er krähte geradezu. «Du bist mir schon in Trubschachen gefolgt? Scheisse. Ich habe dich in Langnau gesehen.»

«Ich bin eben doch superschlau. Gib es zu.»

«Verarsch mich nicht. Scheissschnüffler.» Er war drauf und dran, aufzuspringen.

Ich goss Härdöpfeler in mein Glas und hob es an. «Trinken wir auf deinen Grossvater.»

Er weigerte sich, anzustossen, und fuhr mich böse an: «Lass meinen Grossvater in Ruhe.»

«Na, dann halt auf Fidel. Prost.»

«Wenn schon, dann auf alle Hunde. Hunde verarschen dich nie. Sie halten zu dir. Ein Hund behandelt dich nie grausam. Fidel ist mein bester Freund.» Er stiess an und trank den Schnaps in kleinen Schlucken, er wollte nicht aufhören, am Härdöpfeler zu schlürfen.

Fidel beschnüffelte die Ecken und Kanten des Pults gründlich und intensiv. Das bereitete mir Sorgen. «Ist er stubenrein? Wenn nicht, schmeiss ich ihn raus.»

«Fidel? Mach dir nicht in die Hosen. Fidel ist sauber.»

Er stellte das leere Glas hin, kniff die Augen zusammen, überlegte, wechselte zweimal die Haltung, schniefte und sagte nach einer gedehnten Pause: «Tatsache ist: Du bist mir gefolgt.»

«Das habe ich doch schon zugegeben.»

«Warum? Sag mir, warum. Was willst du von mir?», fragte er.

«Dasselbe kann ich dich fragen. Du kommst in meine Agentur und sitzt auf meinem Stuhl. Warum? Was willst du von mir?»

Er goss Schnaps nach, wieder bis zu einem Drittel, nuckelte am Glasrand, trank wieder nur kleine Schlucke und überlegte lange. «Jetzt fällt mir ein, warum du mir gefolgt bist. Du hast Alois Bärner gesucht. Stimmt's? Ich habe dich zu ihm geführt. Ohne mich hättest du ihn nie gefunden. Gib es zu.»

Ich schwenkte mein Glas und steckte meine Nase hinein. «Schmeckt gut, dieser Härdöpfeler, oder?»

«Antworte mir.» Er konnte blitzschnell und mächtig aufbrausen. «Hast du Bärner gesucht? Hä? Bist du mir wegen ihm gefolgt?»

«Was denkst du?», fragte ich.

«Was ich denke? Du hast mich benutzt. Scheisse, ich will meinen Anteil.»

«Deinen Anteil? Anteil von was?»

«Scheisse, ich kenne keinen Schnüffler, der gratis schuftet. Das gibt es nicht. Mir egal, wer dich bezahlt. Ich habe dich zu Bärner geführt. Dafür bekomme ich meinen Anteil. Verstanden?» Er trank aus und erhob sich. «Los, mach drei Lappen locker. Schieb die drei rüber, und ich gehe.»

Er war eine Nervensäge. «Ich muss dich enttäuschen.»

«Für wen sind die Schnitten?» Er guckte zum wiederholten Mal und ganz schön bettelnd auf die Quarkschnitten hinunter.

Ich schob den Teller an den Platz vor den Stuhl, auf dem er gesessen hatte. «Kannst sie haben. Sind supergut.»

Er hockte sich wieder hin, nahm eine Schnitte in beide Hände, sperrte das Maul weit auf, stopfte das Ende in den Mund und biss ein riesiges Stück ab.

«Habe ich dich überrascht?», fragte er und schmatzte.

«Ach, woher. Ich habe gehofft, du suchst mich auf.»

«Erzähl keinen Scheiss. Du bluffst doch nur.» Er stopfte fast die ganze zweite Hälfte ins Maul.

«Ich bluffe nicht. Ich gebe der Geschichte den Weg vor. Das gehört zu meinem Beruf. Ich muss wissen, wer was wann mit wem zu tun hat. Verstehst du?»

«Klar. Ich bin dumm, aber doch nicht blöd.» Er hatte die Schnitte gegessen, goss Schnaps ins Glas, kippte ihn weg und packte die zweite Schnitte.

«Hast du Hunger?», fragte ich.

«Hmmm.» Seine Zähne hatten mit der weichen Speise keine Mühe. «Wo hast du die her? Sind supergut.»

Ich startete einen Versuch. «Alois Bärner gibt mir Rätsel auf. Kannst du mir helfen, sie zu lösen? Es gibt Dinge, die ich wissen muss. Das Kokain, das er verkauft: Wo hat er das her?»

«Oh nein. Oooh nein.» Er leckte den Zeigefinger ab, streckte ihn hoch, schwenkte ihn energisch vor meinem Gesicht hin und her und schnauzte mit vollem Mund. «Von mir erfährst du nichts. Kein verdammtes Wort. Null. Zero. Nada.» Er schlug schon wieder mit der flachen Hand auf den Tisch. «Frag einen Dümmeren, ich bin kein verdammter Spitzel.»

«Gut. Vergiss die Frage. Ich muss was essen, ich habe auch Hunger. Kommst du mit?»

«Du willst mich bloss rumkriegen.»

«Ach woher. Ich will bloss nicht alleine essen», behauptete ich.

«Ich kann eh kein Fleisch beissen.» Er tupfte mit dem feuchten Finger die letzten Krümel aus dem Teller.

«Bist du Vegetarier?», fragte ich.

«Quatsch. Meine Zähne schaffen das nicht mehr. Ein paar sind mir ausgefallen. Und die, die ich noch habe, sind am falschen Ort. Das kommt vom Giftelen. Sieh mal.» Er sperrte den Mund auf.

Es sah schrecklich aus, ich hätte nicht mit ihm tauschen wollen und schlug vor, Fisch statt Fleisch zu essen.

Der Vorschlag gefiel ihm. «Du bezahlst. Von A bis Z.»

«Lässt du mich danach in Ruhe?», fragte ich.

«Regel Nummer eins: Versprich einem Schnüffler niemals nichts.» Er grinste wieder, stand auf und brummelte: «Ich wasche mir nur schnell die Hände.»

Er verschwand in der Toilette, und ich öffnete die Fenster, räumte den Tisch ab und wartete. Nach ein paar Minuten schloss ich die Fenster wieder und wunderte mich, wieso er so lange brauchte. Bis Fidel an der Tür kratzte. Das bewog mich, nachzuschauen. Er hatte nicht abgeschlossen.

Ich öffnete, Fidel drängte als Erster hinein.

Räs stand vor dem Lavabo. Er klammerte sich mit beiden Händen am Beckenrand fest und kippte den Kopf in den Nacken. Im Spiegel konnte ich sehen, wie seine Augenlider flatterten.

Auf dem Display seines Handys, neben dem Seifenspender, hatte es Spuren von weissem Pulver. In einer flachen viereckigen Dose lagen ein Zieh-Röhrchen aus Aluminium, ein Löffelchen, eine Rasierklinge und ein Plastikbeutel mit einem Fingerhut voll weissem Pulver.

28

Fidel stand mit gesenktem Kopf zwischen Räs und mir und wedelte in Zeitlupe mit dem Schwanz.

Ich ärgerte mich über alle Massen und hätte am liebsten beide rausgeschmissen. Stattdessen sagte ich seelenruhig: «Meine Regel Nummer eins lautet: Gib nie einem Junkie Geld.»

«Ich bin kein Junkie!» Seine Stimme hatte eine tiefe, schneidende Schärfe. Er drückte geschwind den Deckel auf die Dose, verstaute sie zusammen mit dem Handy in den Hosentaschen, ging in die Hocke, strich Fidel kameradschaftlich über den Kopf und den Rücken und sah zu mir hoch.

Diesen von Traum und Glück durchtränkten Blick in dem bleichen, hageren Gesicht werde ich nie vergessen. Er brachte meine Empfindungen völlig durcheinander. «Nein, du bist kein Junkie. Die Zähne sind dir einfach so ausgefallen», schimpfte ich.

«Halt, stopp. Das ist älter, das ist nicht vom Kokain.»

«Spielt das eine Rolle?»

Er stand auf. «Scheisse, du verstehst nichts. Du hast nicht die leiseste Ahnung. Du willst ein Schnüffler sein? Ein Scheissdreck bist du. Von Kokain verstehst du weniger als ich von Katzenfutter. Komm, es ist nie zu spät. Zieh dir zwei Linien rein. Damit du endlich klar sehen kannst.»

Er grapschte aufgeregt die Dose aus der Hosentasche, schüttelte sie wie ein Glöcklein vor meinen Augen, legte sie auf den Trograndr. «Los. Ich schenk dir zwei Linien. Zieh sie hoch. Ist nicht schwer. Du brauchst Koks, um diesen Alois Bärner zu durchschauen. Das ist reines Kokain. Das macht dich hellsichtig. Du wirst Bärner durchschauen wie …, ja, wie so ein … ein Röntgendingsda. Du wirst seine Lage begreifen, glaub mir. Leg dein Handy da hin.»

«Können wir jetzt gehen?», fragte ich.

«Ach, leck mich doch am Arsch.»

Wir nahmen den Lift ins Erdgeschoss und schwiegen uns an. Draussen ging ich voran zu meinem Wagen.

Es war eine sternenklare Nacht mit einem halb vollen schmutzig weissen Mond. Die Wolken, die sich westlich über Bern zusammengebraut hatten, waren entweder dortgeblieben oder von der Bise über den Jura hinweggeblasen worden. Jedenfalls war der Himmel über dem Emmental leer und rein. Bis zu den Hügeln im Norden und in der östlichen Ferne herrschte, wie gesagt, eine sternenklare Nacht.

Es würde wieder saukalt werden.

Die Haut in meinem Gesicht brannte. Meine Augen tränten. Mein Blut kochte.

Räs bibberte. Er stülpte die Kapuze über den Kopf und verschränkte die Arme. Ich fragte mich, weshalb ich ihn zum Essen eingeladen hatte. Ich würde mich fortwährend ärgern und mir obendrein im «Goldenen Löwen» mit ihm und seinem Köter deplatziert vorkommen. Ich war teuflisch gereizt und überlegte, wo ich sonst mit den beiden hingehen könnte.

Fidel schnupperte am Stamm der Kastanie, hob das Hinterbein, pinkelte ausgiebig und kletterte danach freudig auf den Rücksitz. Räs stieg vorne ein und übte lange mit dem Sicherheitsgurt, bis der Spund in der Schnalle einrastete.

Mir fiel keine bessere Lösung ein, deshalb fuhr ich die sechshundert Meter zum «Goldenen Löwen» hinüber. Ich fühlte mich tierisch angekratzt und warf ihm auf der kurzen Fahrt vor, er finanziere mit seiner Sucht den Drogenkrieg.

Seine Antwort kam lapidar und schroff. «Halt bloss die Schnauze.»

«Doch. Es ist wahr. An deinem Kokain klebt Blut. Das Blut vieler junger Männer und Frauen. In Kolumbien, in Mexiko, in Italien, sogar in Bern bekämpfen sich die Kartelle. Sie tun alles, um das Kokain in unserem reichen Land zu Geld zu machen. Sie bestechen Polizisten und Zöllner, entführen Kinder und erpressen deren Eltern. Und jedes Land führt seinen eigenen Krieg. Den Krieg gegen die Drogen. Sie –»

«Ach, und du? Das Benzin für deine Karre? Ist das etwa heilig? Denkst du beim Tanken an die vielen Toten? Betest du für die Leute im Irak? Du finanzierst mit dem Benzin diese … diese gottverdammten Mullahs und ihren Terror. Ich kokse. Scheisse, ja, ich kokse. Ich fahre dafür keine Scheisskarre. Was willst du?» Er hustete und schniefte, spuckte aus dem Fenster und fummelte am Sicherheitsgurt herum. «Weisst du, was mein Grossvater immer gesagt hat? Nur im Tod sind wir unschuldig.»

Ich parkierte vor dem Gasthof und erklomm die Stufen. Räs folgte mit Fidel an der Leine. Die Kellnerin empfing uns gleich nach der Tür und begrüsste uns überaus freundlich. Ich fragte, ob sie Platz für zwei Personen hätten. Ob wir zum Essen gekommen seien, wollte sie wissen. Ich bejahte ihre Frage. Selbstverständlich, meinte sie und führte uns in den Wintergarten an einen Ecktisch mit weissen Tischtüchern. Diesen Tisch hätte sie noch frei. Ob das recht sei? Es war bereits für zwei Personen gedeckt.

«Wir haben einen Hund dabei», sagte ich. «Er ist allerdings brav.»

«Er bellt garantiert nicht», fügte Räs an.

Sie trat einen Schritt zurück, musterte Fidel und Räs mit unverminderter Freundlichkeit, bat uns, einen Moment zu warten, und eilte davon.

Wir blieben stehen. Es war wunderbar warm in der Ecke.

Die anderen Tische waren besetzt, die Zwischenräume gut bemessen. Die Leute, meist Paare, assen oder warteten aufs Essen, unterhielten sich mit gedämpfter Stimme und nahmen verstohlen von uns Notiz.

Die Kellnerin kam zurück und brachte die Speisekarten und eine Weinkarte. «Es ist alles in Ordnung. Bitte, nehmen Sie Platz.» Sie nickte Räs auffordernd zu und fragte: «Wie heisst Ihr Hund?»

«Fidel.» Räs zog seine Jacke aus und hängte sie an den Stuhl.

Sie beugte sich zu Fidel hinunter, ohne ihn zu berühren. «Hallo, Fidel. Hübscher Kerl. Oh, seine Augen. Sie haben ungleiche Farben.» Sie erhob sich und sah Räs fragend an.

«Ja. Ist normal bei ...» Räs schaute die Kellnerin an und schien durch ihre verbindliche Achtsamkeit gehemmt. Er fand ausnahmsweise keine Worte.

Sie liess sich nichts anmerken, sagte: «Aha, ich verstehe. Hübscher Kerl. Gefällt mir.» Sie schaute mich an und fragte: «Wünschen Sie einen Apéro?»

«Hatten wir schon», sagte ich schnell. «Könnten wir eine Karaffe Wasser haben?»

«Selbstverständlich.» Sie walzte zwischen den anderen Tischen durch und nahm da und dort einen Wunsch entgegen.

Räs studierte die Karte. «Boah, das wird teuer für dich.»

«Sag nicht, du hast noch Hunger.»

«Doch. Und wie», sagte er.

«Was trinkst du? Ein Bier?»

«Zu so einem Essen? Sieh dir diese Gläser an. Wann habe ich das letzte Mal so gegessen? Ich kann mich gar nicht mehr erinnern. Trink du von mir aus Bier. Ich trinke Wein.»

Er nahm die Weinkarte und klatschte sie mir mitten auf die Speisekarte. «Hier. Du kennst dich sicher aus. Bestell mir eine Flasche Wein. Eine Flasche vom besseren.»

Die Kellnerin kam heran, schenkte Wasser ein, stellte die Karaffe hin und fragte, ob wir einen Salat vorab möchten. Räs verneinte, sagte, er hätte mehr Lust auf die Randen-Kokos-Suppe mit Krabbentatar. Und zum Hauptgang? Er las ihr aus der Karte vor: in Honig gegarter Saibling mit Herbstgemüse und Safran-Gerstotto. Ich bestellte für mich dasselbe und zeigte in der Weinkarte auf einen Wein aus dem Wallis. Sie erkannte sofort, was ich wollte. «Eine Flasche Cornalin?»

«Gerne.»

Sie freute sich über unsere Bestellung und fragte Räs: «Hat Fidel vielleicht Durst? Darf ich ihm Wasser bringen?»

«Weiss nicht … Ja.»

Sie schleppte ein paar Minuten später einen Napf an, umsichtig, damit kein Wasser überschwappte, und stellte ihn auf den Boden. Fidel kroch hervor, schlappte nur wenig, verzog sich in die Ecke und rollte sich ein.

Die anderen Gäste assen und unterhielten sich wie gewöhnlich, niemand beschwerte sich, niemand guckte unverschämt. Wir waren, wie alle anderen auch, Gäste des «Goldenen Löwen».

Räs hingegen guckte sich freizügig um. Er sog mit seinen übermüdeten Augen alles auf: die gläserne Decke, die Bilder an den Wänden, die dezenten Vorhänge vor den grossen Fenstern, die Dekorationen, den Teppichboden, den separaten Holztisch mit einer Sammlung auserlesener karamellfarbener Spirituosen.

Die vielen weich gedimmten Lichter und die Kerzen auf den Tischen erzeugten in seinem blutleeren, erstaunten Gesicht einen jüngeren Menschen mit einem pfirsichfarbenen Teint.

«Festlich, festlich.» Er rieb einen Zipfel des Tischtuches zwischen den Fingern und lächelte zum ersten Mal freudig. «Echte Stofftischtücher.»

Die Suppe kam. Wir begannen zu löffeln. Die Kellnerin trat mit einem Korb an den Tisch und bot uns Brötchen an.

Räs griff zu, ass die Suppe, das Brötchen mit dem Krabbentatar, kaute wieder lange, lehnte sich vor und flüsterte mit vollem Mund: «Wann bist du das letzte Mal betrunken gewesen?»

Ich musste lachen, ich konnte nicht anders.

Er stierte mich eigenartig an, liess nicht locker. «Sag schon. Vor zwei Tagen? Einer Woche? Einem Monat?»

Ich stierte zurück. «Worauf willst du hinaus?»

«Bist du ein Säufer?»

«Sehe ich so aus?»

«Siehst du, ich habe auch kein Suchtproblem. Ich könnte jederzeit damit aufhören. Die Junkies in Bern, denen ich das Zeug verkaufe, die sind süchtig. Du solltest sehen, wie sie schlottern und betteln. Den meisten geht es dreckig. Mir nicht. Ich habe mein Leben im Griff.»

«Du lebst von denen. Verkaufst ihnen jeden Tag Drogen. Bist du etwa stolz auf dich?»

«Scheisse, ja, ich deale. Glaub ja nicht, ich hätte es nie versucht. Ich habe geschuftet. Habe auf dem Bau Gerüste aufgerichtet, in einer Autowerkstatt Pneus gewechselt, in einer Mühle Schweinefutter in Säcke abgefüllt. Zuletzt habe ich in der Fabrik in Trubschachen am Fliessband gestanden. Frühschicht. Spätschicht. Frühschicht. Hast du das mal gemacht? Hä? Das steht niemand lange durch. Für ein paar Kröten machst du dich kaputt. Gut, ich habe nicht immer aufgepasst, es sind Fehler passiert und dann … Zack.»

«Bist du rausgeflogen.»

«Wo sollte ich denn hin? Ich bin in Trubschachen geboren. Ich habe das Haus geerbt. Und Fidel. Was hättest du an meiner Stelle getan? Hä? Ich tue niemandem was zuleide.»

Die Kellnerin brachte die Saiblinge, das Gemüse, das Safran-Gerstotto und wünschte uns einen guten Appetit.

Wir assen und tranken Wein.

Räs schlürfte auch den Wein genüsslich in kleinen Schlucken. Nach wenigen Bissen rückte er mit seinem Stuhl näher zum Tisch und stöhnte: «O Mannomann, ist das gut. Und wie das schmeckt. Wie heisst der Fisch noch mal?»

«Saibling.»

«Und das hier?»

«Safran-Gerstotto», antwortete ich.

«Gehst du oft hierher?» Er konnte seine Missgunst nicht verbergen. «Einmal im Monat? Du kannst es dir leisten, das sieht man dir an. Du bist Stammgast, so wie die dich behandeln.»

«Die behandeln Gäste eben wie Gäste», sagte ich.

«Beantworte mir eine Frage.»

«Ja?»

«Warum bist du Privatdetektiv geworden?»

29

Die Frage, die Räs mir stellte, hatte ich mir oft selbst gestellt. Es gab zwei Antworten darauf, eine simple und eine komplizierte. Die simple lautete: «Weil ich Geld zum Leben brauche.» Für die komplizierte Antwort hätte die Nacht nicht gereicht.

Räs ging ohnehin nicht näher darauf ein. Im Grunde war er mit seinen Gedanken längst weiter und stellte die nächste Frage. «Meinst du, das könnte ich auch? Wäre das ein Job für mich?»

Das übertraf meine Vorstellung. Räs ein Privatdetektiv? Nein. Ich unterdrückte einen Lacher. «Willst du bei mir anfangen? Mein Gehilfe werden?»

«Warum nicht? Das wäre grandios. Ich, Fidel und du, wir drei wären ein tolles Team. Meinst du nicht? Wir würden Erfolge feiern am Meter. Du würdest die Leute ausquetschen, und ich würde ihnen mit Fidel hinterherschleichen. Wir würden jeden Mord aufklären. Wir würden jeden Diebstahl und jede Erpressung im Emmental aufdecken. Vom Hohgant bis Burgdorf. Verdammt, kein Verbrecher wäre vor uns sicher. Fidel würde jeden schnappen. Schnapp, schnapp.» Er machte mit der Hand zupackende Bewegungen in der Luft. «Wir würden jeden Gangster vor Gericht bringen. Alle Banditen. Ganze Banden. Am Ende würde Fidel in einem Wald die Beute ausbuddeln. Wir kämen im Fernsehen. Das wäre möglich, oder? Du müsstest deine Erfolge nicht mehr alleine an diesem Tisch feiern.»

«Es gibt keine Gangster, Banden und Banditen im Emmental. Nicht mehr seit ich hier bin. Bis auf ein paar Dealer und Betrüger sind alle Verbrecher hinter Gittern. Ich überführe sie nur. Gefangen werden sie von der Polizei», belehrte ich ihn.

«Ja, ich weiss», sagte er ernüchtert. Nach ein paar Bissen Fisch und weiteren Gedankengängen ergänzte er kalt: «Weil es keine Verbrecher mehr gibt, verfolgst du unbescholtene Bürger.»

Die Wirtin erschien. Sie ging von Tisch zu Tisch, begrüsste die Gäste und fragte, wie ihnen das Essen schmecke oder geschmeckt habe und ob sie vielleicht einen Wunsch hätten. Zu uns in die Ecke kam sie zuletzt. Sie begrüsste Räs und mich gleichermassen zuvorkommend. Räs schwieg und wagte kaum, die Augen zu heben.

Ich redete für uns beide, sagte, das Essen sei ausgezeichnet. Auf ihre Frage nach einem Wunsch antwortete ich, wir würden sehr gut bedient. Das freue sie, versicherte sie mit einem strahlenden Lachen und wünschte uns einen schönen Abend.

Ich trank Wein, ass und schwieg.

Räs begann wieder zu bohren. «Warum? Warum hast du mich verfolgt? Ich bin nicht blöd. Ich spüre, dass dich etwas antreibt. Was ist es? Es ist nicht nur dieser Bärner. Sag es endlich.»

Ich legte Messer und Gabel ab, nagelte ihn mit meinen Blicken fest und redete beherrscht, aber mit gezähnter Schärfe. «Du hast in Bern einer jungen Frau Koks verkauft. Kokain – pur wie Hohgantschnee. Erinnerst du dich? Sie hiess Mandy. Mandy ist tot. Sie ist an dem Kokain gestorben. Heute Nachmittag haben sie auf dem Bremgartenfriedhof ihre Asche verstreut.»

«Ich weiss. Ich habe es gehört. Es tut mir leid um sie», sagte er.

«Du brauchst kein Mitleid zu heucheln», fuhr ich ihn an.

«Das meine ich ehrlich. Es tut mir echt leid, dass sie gestorben ist. Aber was hat das mit mir zu tun? Es ist nicht meine Schuld.»

«Hast du Mandy gewarnt?»

«Natürlich. Ich sage es allen. Der Stoff ist die Krone. Das musst du mir glauben, Alexander. Sie hätte erst versuchen sollen. Verdammt. Niemand schnupft gleich eine volle –»

«Du hast das Kokain Alois Bärner abgekauft. Ich habe dich schon einmal gefragt. Woher hat er den Stoff? Pack endlich aus.»

«Aus Italien», gab er kleinlaut zu.

«Und weiter?»

«Ich weiss nichts, glaube mir.»

«Rede endlich.»

«Er hat mich am Bahnhof angesprochen. Spät in der Nacht.»

Ich hielt den Druck absichtlich hoch. «Wo? In Trubschachen? In Langnau?»

«In Trubschachen.»

«Hat er dich verfolgt?», fragte ich.

«Ja. Er ist im selben Zug von Bern bis nach Trubschachen gereist.»

Die Situation nachts auf dem Bahnhof in Trubschachen hatte ich als ungemütlich empfunden. «Hast du keine Angst gehabt?»

«Seit ich Fidel habe, bin ich nie mehr überfallen worden. Er beschützt mich.»

«Und weiter?»

«Alois hat mich am Bahnhof angehalten. Er brauchte Feuer für seine Zigarette. Er hat einen tiefen Zug genommen und mir zugeraunt, er sei im Besitz von Koks. Das hat er wörtlich gesagt: ‹im Besitz von Koks.› Stoff erster Güte, hat er behauptet. Direktimport aus Italien. Ob ich mal versuchen möchte. Ich sage dir, Alexander, sein Koks ist wirklich der fette Hammer. Das kannst du mir glauben, ich kenne mich aus.»

«Und weiter? Was hat er gesagt, wie viel hat er von dem Zeug importiert?»

«Ich habe zu Alois gesagt: ‹Ich kaufe dir alles ab. Vertick das Koks nicht an Schulkinder. Lass die Finger von den Bengeln im Emmental.› Ich habe ihm versprochen, ich würde alles kaufen. Ich kenne in Bern eine Menge Junkies. Kein Scheiss, Alexander. Ich habe ihm versprochen, ich käme jeden Tag bei ihm vorbei. Den Stoff würde ich ihm abnehmen. Nach und nach. Er hat mich ausgelacht, weisst du. ‹Keine Panik, Räsli›, hat er gesagt, ‹es ist genug da›.»

Ich sagte Räs, er sei naiv, wenn er glaube, ein Händler wie Alois Bärner würde sich damit begnügen, täglich ein paar Gramm Kokain loszuwerden. Er habe garantiert andere Abnehmer gesucht und angeworben. «Wir wissen beide, dass er den Stoff so rasch wie möglich loswerden will und muss. Er ist nicht Teil eines Kartells. Er hat keine Bande, die ihn schützt und deckt. Früher oder später gerät er in die Fänge der Drogenpolizei, und dann ist es aus. Dann hängst du mit drin, das weisst du. Womöglich lagert er alles in seiner Wohnung.»

Wir hatten ausgegessen. Die Kellnerin kam und räumte die Teller ab. Wir bestellten Kaffee.

Räs rutschte auf dem Stuhl hin und her. Er zappelte, schwitzte und schien gleichzeitig müde und abgespannt. Er konnte nicht mehr still sitzen und wollte wissen, wo es zur Toilette gehe. Ich beschwor ihn, hier und jetzt auf das Koksen zu verzichten.

Er atmete kurz und schnell, keuchte fast, rieb sich die Augen, kratzte sich die Arme, blieb da und redete drauflos. «Ich weiss nicht, warum ich dir erzähle, wie es für mich gelaufen ist. Das klingt komisch, aber es ist nicht zum Lachen. Wenn die Leute wüssten, wie leicht man da hineingerät, würden sie ihre Kinder nie mehr nachts alleine nach Bern lassen. Ich bin bloss abgehangen, unter Freunden. In einer Nacht hat es mich voll erwischt. Danach habe ich schlimme Zeiten durchgemacht. Wärst du dabei gewesen, würdest du mich verstehen. Was willst du machen, wenn es dich packt? Es ist wie ein Dämon. Du bist gefangen. Findest nirgends einen Ausweg. Es lässt dir keine Wahl.»

Die Kellnerin brachte den Kaffee. Ich verlangte die Rechnung.

Räs schaute ihr lange nach und redete weiter. «Meine Nachbarn wollen mich vertreiben. Aber wohin soll ich gehen? Ich kann mein Haus nicht aufgeben. Das geht nicht, verstehst du? Ich bin in Trubschachen geboren. Ich sehe das an den anderen. Wer nur noch Kontakt zu Süchtigen hat, wer nur noch mit Dealern und Huren verkehrt, versumpft total. Ich will jeden Abend aus der Stadt raus. Ich will zusammen mit Fidel bleiben, wo ich bin. Ich habe ein Recht, zu leben und hier zu sein, wie jeder andere auch. Ich kenne Politiker, die würden Leute wie mich am liebsten in ein Ghetto sperren, wenn man sie liesse. Noch lieber auf den Mond schiessen oder ins Gefängnis werfen. Meine besten Kumpels sind im Emmental aufgewachsen. Wir sind alle bodenständig. Ich gehe gern an ein Schwingfest. Was ist? Warum schaust du so? Rede ich Scheisse?»

Er schaute mich mit müden, traurigen Augen an.

Ich erriet nicht, was ihn zu diesem Redeschwall veranlasst hatte und sah keinen Grund, etwas zu erwidern oder ihn zu trösten. Ich hörte zu und versuchte ihm zu folgen.

Er änderte seine Stimme. «Versprich mir eines, Alexander. Wenn du zur Polizei gehst, verschweige meinen Namen. Ich bitte dich, gib mir eine Chance. Du musst wissen, ich habe zwei Mal die Arschkarte gezogen und bin im Knast gelandet. Ich will nicht ein drittes Mal hinter Gitter. Ich habe solche Angst vor dem Loch. Das würde ich nicht überleben.»

30

Räs beugte sich zu Fidel hinunter, das Tier hatte sich anscheinend in der Leine verheddert.

Ich trank den Kaffee und versuchte meine Gedanken zu ordnen.

Die Kellnerin unterbrach mich, sie präsentierte die Rechnung. Ich beglich den Betrag mit Bargeld und legte einen Batzen drauf; sie bedankte sich und wünschte uns eine gute Heimkehr.

Wir brachen auf.

Im Foyer begegneten wir der Wirtin, sie gab uns die Hand, dankte für den Besuch, bat uns, bald wiederzukommen, und wünschte uns ebenfalls eine gute Heimkehr.

Mit einem Gefühl der Erleichterung trat ich in die Kälte hinaus. Räs führte Fidel zum nächsten Baum, danach setzten wir uns in meinen Wagen. Fidel kletterte wieder auf den Rücksitz.

Räs benötigte erneut mehrere Anläufe, um den Spund des Sicherheitsgurts in die Schnalle zu bekommen. Als der Riegel endlich einrastete, fragte er entgeistert: «Hast du das gesehen?»

«Was?»

«Sie hat dir und mir die Hand gedrückt, als wären wir Brüder», sagte er.

«Das musst du nicht überbewerten, das ist eine schöne Gepflogenheit im Emmental. Nicht mehr und nicht weniger.»

«Ja, von ihrer Warte aus gesehen, hast du recht. Sie ist die Wirtin, sie verabschiedet ihre Gäste persönlich. Sieh es einmal von meiner Warte aus. Wer hat bessere Menschenkenntnis als eine Wirtin? Sie hat mich durchschaut. Ganz und gar durchschaut. Von Anfang an. Sie hat sich nichts anmerken lassen. Mannomann. Das ist viel mehr als eine schöne Gepflogenheit.»

Ich fuhr ohne Umschweife zum Bahnhof Langnau.

Auf der Fahrt wurde er auf seine Weise rührselig. «Du bist nicht einer von der harten Sorte wie die Helden im Fernsehen. Ich kenne dich. Mein Grossvater ist seit sechs Jahren tot. Ich bin sicher, er hätte dich gemocht. Warum sagst du nichts? Weisst du, ich vermisse ihn. Er fehlt mir sehr.»

Ich parkierte auf dem Bahnhofplatz neben dem Standplatz für das Taxi. Franz Grossniklaus, der Taxifahrer, war nach Hause gegangen, sein Standplatz war leer. Wer um diese Zeit ein Taxi benötigte, musste auf die Nummer anrufen, die in weissen Lettern auf dem blauen Schild stand, das an der Fassade festgeschraubt war, und er musste Geduld aufbringen.

Räs blieb im Wagen sitzen.

Ich hätte ihn und Fidel rausgeworfen, wenn es nicht so kalt gewesen wäre. Bis der letzte Zug nach Trubschachen auf dem Perron eins einfuhr, würde es fünfundzwanzig Minuten dauern.

Räs fragte: «Seit wann machst du das? Wann hast du deine Agentur eröffnet?»

«Vor fünf Jahren.»

«Was hast du vorher gemacht?»

«Ich habe als Polizist angefangen.»

«Polizist? Ach, das kann ich vergessen.» Er rutschte tiefer in seinen Sitz und redete zur Decke. «Aus mir kann nichts mehr werden. Ich habe es versiebt.»

Feines Kondenswasser legte sich auf die Scheiben und trübte uns graduell die Sicht. Ein hell erleuchteter Autobus brummte vor unseren Augen vorbei, kurvte auf den Busplatz ein, stoppte an Rampe zwei und öffnete die Türen. Ein paar Leute stiegen aus und strebten in alle Richtungen. Durch die beschlagene Scheibe betrachtet, sahen sie aus wie bunte Pinselstriche auf einem Aquarell.

«Busfahrer wollte ich auch einmal werden. Kann ich auch vergessen. Scheisse. Mein Leben ist versaut. Total versaut», jammerte er in aufkommender Bitterkeit.

Ich dachte an Roger, Marc und Vera und stellte mir Räs in der Hinteren Steinmatte vor. Fidel könnte er gewiss mitnehmen. «Du brauchst Hilfe. Hör auf zu jammern, geh zu einem Arzt oder einer Ärztin und lass dich einweisen», riet ich ihm.

«Das sagt sich so leicht.» Er bekam einen grässlichen Hustenanfall.

Fidel stand auf, schüttelte sich, streckte den Kopf vor und legte Räs die Schnauze auf die Schulter.

Räs strich ihm über den Kopf, kraulte ihn am Hals. «Ja, Fidel, wir warten auf den Zug. Dann gehen wir nach Hause.» Fidel begann zu hecheln.

Räs gestand: «Du hast recht gehabt: Fidel hat dich bemerkt. Ihm ist aufgefallen, dass uns jemand folgt. Da vorne, auf dem Weg zu Bärner. Er hat zweimal den Kopf nach dir umgedreht. Danach hat er mich jedes Mal angeschaut. Erst beim zweiten Mal habe ich geschnallt, was er mir sagen will. Ich bin zu Bärner in die Wohnung hochgegangen. Zwölf Gramm habe ich ihm abgekauft. Beim Rauskommen habe ich dich entdeckt. Du hast dich halbwegs versteckt und auf mich gewartet. Du bist nicht weitergegangen. Von dem Moment an habe ich es gewusst.»

«Du könntest Taxifahrer werden», sagte ich.

Er rieb mit dem Ärmel ein Guckloch in die beschlagene Seitenscheibe und schielte auf die Bahnhofsuhr.

Ich schlug ihm die Faust aufs Knie, spielerisch natürlich. «He, raff dich auf und lass dir helfen. Denk an deinen Grossvater und tu es Fidel zuliebe.»

«Sag mal, wo hast du gelernt, eine Person zu beschatten?», fragte er ausweichend. «Bei der Polizei?»

«Nein, in Birmingham. Englische Detektive haben es mir beigebracht. Zwei alte Hasen.»

Räs kicherte. «In einer Grossstadt? Wo es von Leuten nur so wimmelt? Kein Wunder, hast du dich hier so verhalten. Wie ein Stümper. Ha-ha. Egal was die alten Hasen dir beigebracht haben, im Emmental nützt dir das wenig.»

«Was schwafelst du da? Du hast nicht die leiseste Ahnung. Du verstehst vom Beschatten so viel wie ich von Hundefutter», konterte ich.

Er grinste ohne Ende, und ich erklärte, die Grundregeln seien universell. Sie würden überall gelten, in der Stadt wie auf dem Lande. Egal wo, eine Person zu beschatten und ihr zu folgen sei in jedem Fall mühselig, aufreibend und riskant.

Räs hörte aufrichtig zu, und so schilderte ich ihm, wie die

englische Agenturleiterin mich empfangen und zusammen mit ihren Leuten in die Lehre des Beschattens eingeführt hatte. Gegen Abend, am Schluss des ersten Kurstages, lobten sie mein Talent und meinen Einsatz und prophezeiten für die nächsten drei Tage besseres Wetter. Am anderen Morgen hatte der Regen tatsächlich aufgehört. An seiner Stelle pfiff der Wind um alle Ecken, riss dicke Tropfen von den Dachkanten, den Bäumen und den Signaltafeln und trocknete die Strassen und Trottoirs in wenigen Stunden.

Der Kleinere spielte wie vereinbart zum zweiten Mal den Kurier. Er lief munter aus dem Haus und nahm in einem Coiffeursalon den weissen Umschlag in Empfang. Auf dem Weg zur Weitergabe schaute er auf die Uhr, verlangsamte seine Schritte und tauchte unerwartet in eine Seitengasse ein. Ich ahnte, dass er etwas Ungewohntes plante, und stürzte vorwärts.

Die Seitengasse war schmal und zum Glück nur kurz, ich erreichte die nächste Hausecke dennoch zu spät. Er war losgerannt und kletterte vor meinen Augen in einen Omnibus; der Fahrer schloss hinter ihm die Tür, drückte auf die Tube und fädelte sein klobiges Gefährt auf der stark befahrenen Hauptstrasse in den Verkehr ein. Ich sah, wie sich der Kleinere nach hinten drängelte, den Umschlag an die Heckscheibe klatschte, seine Nase am Glas breit drückte und triumphierend feixte. Eine russige Abgaswolke hüllte mich ein. Sie zwang mich, den Mund zu schliessen und den Atem anzuhalten, sonst hätte ich ihm womöglich Schimpfwörter nachgeschmettert, in jedem Fall lautstark geflucht.

Räs lachte und sagte, das könne er sich vorstellen.

Ich erzählte weiter.

Ashly war auch diesmal mein Begleiter. Er war mir gefolgt und schaute wie ich schwer atmend dem Omnibus nach. Er verstand sofort, ich brauchte ihm nichts klarzumachen. Sein Kollege habe mich ausgetrickst und abgehängt und ich müsse kapitulieren, sagte ich, denn ich hätte keine Idee, was ich jetzt tun könnte.

Er brummelte ein *«No»*, zerrte mich am Ärmel und führte mich geschwind die paar Schritte durch die schmale Seitengasse zurück in die vorherige Strasse. An der Ecke, an der wir abgebogen waren und wo ich zu rennen begonnen hatte, gab es einen Taxistand. Zwei Taxis warteten da. Ich war an ihnen vorbeigestürmt. Hätte ich einen kühlen Kopf bewahrt, wäre mir die Möglichkeit, dem Omnibus mit einem Taxi zu folgen, bestimmt eingefallen. Ohne Ashlys Hilfe hätte ich klein beigegeben.

Wir warfen uns also ins Taxi, und ich gab der Fahrerin den Auftrag, dem Omnibus, der in der Parallelstrasse unterwegs war, zu folgen. Die Fahrerin kannte die Buslinie. Sie fuhr zügig los und holte den Bus nach ein paar quälend langen Minuten ein. Der Kleinere stieg an einer der folgenden Haltestellen aus. Ich bezahlte der Fahrerin den Betrag, legte ein schönes Trinkgeld obenauf und heftete mich wieder an seine Fersen. Der Kleinere schaute sich nicht einmal um, er glaubte bis zuletzt, er habe uns abgehängt. Ziemlich achtlos und vergnügt spazierte er in ein Brillengeschäft, wo ich ihn ablichtete. Er überreichte der Geschäftsleiterin den Umschlag an der Kasse unverdeckt, das heisst, weitherum sichtbar.

Am späten Nachmittag, bei der Besprechung in der englischen Agentur, beim Anblick der Fotos – wir tranken alle diesen bitteren Kaffee – wischte er die Blamage mit einer Handbewegung in englischer Noblesse weg. Er fand es nicht für nötig, sich auch nur mit einem Wort zu rechtfertigen.

Am letzten Kurstag bekam ich die Order, den Kurier zu spielen. Der Kleinere bewarb sich um die Aufgabe, mir zu folgen. Ashly sicherte ihm seine Assistenz zu. Ich befolgte die Weisungen und holte den Umschlag in einem winzigen, vollgestopften Schirmgeschäft ab. Der Himmel war verhangen, die Sonne fand den ganzen Morgen über keine Lücke, um der Industriestadt ein wenig Glanz zu verleihen. Den Umschlag sollte ich in ein Aussenquartier tragen und dort in einem Buchladen abgeben.

Ich lief schnurstracks und ohne im Geringsten auf meine Verfolger zu achten zum Taxistand an der bekannten Ecke. Es warteten wieder zwei Taxis hintereinander. Im vorderen sass die Fahrerin, die mich zwei Tage zuvor gerettet hatte. Ich trat zu ihr ans Seitenfenster, breitete eine Pfundnote unter ihrer Nase aus und bat sie, einmal gemütlich um den Block zu fahren. Weil sie die Note und mich kritisch, ja ablehnend anstarrte, versicherte ich ihr, meine Kollegen und ich spielten ein Spiel. Sie würde mir mit einer Fahrt um den Block helfen, eine kleine Wette zu gewinnen. Da nahm sie die Note, raunte: «Okay, Mister. Viel Glück.»

Sie fädelte fix in den Verkehr ein und fuhr mit halber Kraft davon. Ich warf mich sofort beim zweiten Taxi in den Fond und nannte dem Fahrer die Adresse des Buchladens. Er zögerte keinen Augenblick, gab Gas, achtete auf den Verkehr, suchte bald im Rückspiegel Augenkontakt und wollte mit gerunzelter Stirn wissen, wo ich seine Kollegin hingeschickt hätte. Sie habe sich bislang über Funk nicht gemeldet. Ich würde verfolgt, antwortete ich. Um Zeit zu gewinnen und meine Verfolger abzuschütteln, hätte ich seine Kollegin gebeten, einmal um den Block zu fahren.

Er nahm den Fuss vom Gas und fragte, ob die Verfolgung, ob das Ganze eine ernste Sache sei, ob er mich zur Polizei fahren solle. Ich sagte, es wäre nicht nötig, die Polizei einzuschalten, denn wir spielten nur ein Spiel, und legte ihm nahe, die Buchhandlung anzusteuern. Wir spielten ein Spiel, das ich mit diesem Manöver zu gewinnen hoffte, fügte ich noch an. Er wandte sich beim nächsten Rotlicht nach hinten um, legte den Zeigefinger an die Schläfe und meinte belustigt: «*Well done.* Ich wette, Sie gewinnen das Spiel. Das ist filmreif, Mister.»

Räs sagte brüsk: «Mein Zug kommt.» Er stieg aus, lotste Fidel vom Rücksitz, sagte: «Danke für das Essen», warf beide Türen zu, riss die vordere nochmals auf, rief: «Taxifahrer. Das merk ich mir», schloss sie wieder, zwängte sich mit dem Hund an der Leine durch die schwere Eingangspforte des Bahngebäudes und verschwand.

Ich brauchte zwei Minuten, um die Scheiben zu trocknen, hängte zwei weitere Minuten an, um zu sehen und zu hören, wie der Zug aus dem Bahnhof in die Nacht hinausratterte, und verharrte schliesslich, bis die roten Schlussleuchten zwischen den Fassaden der Häuser verglimmten.

31

Am nächsten Morgen stieg ich pünktlich um acht die Treppe zu meiner Agentur hoch. Es roch wieder so, wie es in tausend anderen, zwei Generationen alten Gebäuden im Treppenhaus riecht: nach Holzstaub, Fensterputzmittel und Elektrosmog von dem in die Jahre gekommenen Lift.

Diesmal wartete niemand oben im Flur neben der Tür. Schade, ich hatte mich schon fast daran gewöhnt. Es hatte das schöne Gefühl in mir geweckt, gebraucht zu werden, und das wiederum hatte meine Selbstachtung belebt und befeuert.

Ich betrat meine Agentur, warf die Gratiszeitung, derentwegen ich den üblichen Umweg über den Bahnhof eingeschlagen hatte, zu den anderen auf den Aktenschrank. Wie jeden Morgen öffnete ich die Fenster, beugte mich hinaus und blickte auf den Dorfplatz hinunter. Es war kein Mensch zu sehen. Selbst der rote Kater hatte an diesem trüben, nicht enden wollenden Tagesanbruch anscheinend wenig Lust verspürt, im Quartier herumzustreunen und sich über die Spatzen im Astwerk der Kastanie aufzuregen.

Das Wetter hatte in der Nacht umgeschlagen. Die Luft fühlte sich winterlich an, voll von frostiger Feuchte, und sie roch latent nach Rauch von den wenigen im Dorfzentrum übrig gebliebenen Holzfeuerungen.

Ein steifer Wind aus Nordwesten schob dickes graues Gewölk über die Hügel ins Emmental. Die schwere, übersatte Wolkenmasse schwebte beängstigend tief über den Dächern unseres Dorfes. In spätestens einer Stunde würde es regnen, dreschend grob und eisig kalt.

Ich schloss die Fenster, setzte mich an meinen Schreibtisch und überlegte, was in diesem von Petra Kürri eingebrachten Fall abschliessend zu tun blieb. War die Sache nicht weitgehend erledigt? Heute war Dienstag. Vor vier Tagen hatte Petra Kürri mich besucht und gebeten, einen neu aufgetauchten Kokainhändler im Emmental ausfindig zu machen – und ihn zu warnen. Ich konnte mit Fug und Recht behaupten, Petra Kürris Ansinnen weitgehend erfüllt zu haben. Alois Bärner war enttarnt. Er war zweifellos der gesuchte Kokainhändler. Petra Kürris kuriosen Wunsch hatte ich ebenfalls erfüllt. Ich hatte mit Alois Bärner geredet und ihn gewarnt. Darüber hinaus hatte ich seine Händlertätigkeit und seine Adresse an die Polizei weitergeleitet. Der Fall lag nun bei der Drogenfahndung.

Und doch war ich uneins mit mir selbst. Auf der einen Seite verspürte ich eine lähmende Unlust, noch mehr Zeit in den Fall zu investieren; schon des aufgebrauchten Vorschusses wegen. Auf der anderen Seite beschlich mich eine Ahnung, dass böses Unheil drohte.

Vielleicht sollte ich trotz allem dranbleiben, dachte ich nach längerem Hin und Her, griff zum Telefon und rief bei der Polizei an.

Derselbe Mann hatte Dienst in der Zentrale, er meldete sich gleich wie beim letzten Mal. «Kantonspolizei. Sebastian Müller.»

Ich bat ihn, mich mit Ursina Trummer zu verbinden. Ich wollte sie fragen, ob sie die Angaben über Alois Bärner an die Drogenfahnder weitergeleitet hatte.

Sebastian Müller sagte, Ursina Trummer befinde sich beim Chef im Büro. Sie hätten eine Unterredung. Er riet mir, es in einer guten halben Stunde nochmals zu versuchen.

Kaum hatte ich eingehängt, klingelte das Telefon.

Ich hob ab. «Bergmann.»

«Bratlinger. Guten Morgen, Herr Bergmann.»

Den Namen hatte ich noch nie gehört. «Herr Bratlinger? Was kann ich für Sie tun?»

«Sie kennen Otto Bratlinger, meinen Vater. Er ist Türsteher vor der Fixerstube in Bern.»

«Ach so, ja.»

«Er hat mir vorgestern Abend Ihr Schreiben gegeben. Sie haben eine Frage gestellt. Wissen Sie, wovon ich spreche?», fragte er.

«Selbstverständlich. Klar. Verzeihen Sie, ich kenne Ihren Vater nur per Vornamen.»

«Kein Problem. Meine Freundin und ich, wir waren vorgestern Abend bei meinen Eltern zum Essen. Mein Vater hat mir von Ihnen erzählt. Ihre Frage auf dem Papier hat mir keine Ruhe gelassen. Ich bin heute Morgen eine Stunde früher aufgestanden und habe recherchiert. Vor einem Jahr habe ich eine Arbeit über das Darknet geschrieben. Über dieses verrückte verdeckte Netz der Unterwelt. Seitdem habe ich einen Zugang und surfe hin und wieder.»

«Ihr Vater hat mir davon berichtet. Darum bin ich auf die Idee gekommen. Ich habe gehofft, er würde meine Frage an Sie weiterleiten. Ich kenne mich nicht aus.»

«Man braucht ein spezielles Programm. Sobald man das hat, ist es ganz leicht. Oder sagen wir besser, es ist nicht schwieriger als im normalen Internet.»

«Wie sieht es aus? Haben Sie einen Anbieter gefunden?», fragte ich.

«Ja. Deshalb rufe ich Sie an. Sie werden es nicht glauben, aber ein gewisser John preist Kokain an und lobt es mit dem Slogan, den Sie erwähnt haben. Sein Kokain sei ‹pur wie Hohgantschnee›. Man muss im Darknet nicht lange nach Kokain suchen. Es gibt eine Handvoll Plattformen mit diversen Anbietern. Kokain hat eine hohe Dringlichkeit.»

«Das kann ich mir vorstellen.»

«In der Regel kann man weder die Plattform noch die Anbieter lokalisieren. Man weiss nicht, wo die Server stehen, wo die Betreiber oder die Anbieter zu Hause sind. Wenn man bestellt und mit Bitcoin bezahlt, kommt ein paar Tage später das Kokain in einem Umschlag per Post. Der Absender fehlt oder ist fiktiv. Fragen Sie mich nicht, woher ich das so genau weiss», sagte er und lachte.

«Sie haben mir geholfen. Das zählt. Vielen Dank. Jetzt muss ich nur noch beweisen, dass mein Händler sein Kokain bei diesem John bestellt hat. Ich gehe davon aus, dass er noch mehr bestellen wird.»

Ich müsste lügen, wenn ich gezwungen wäre, zu sagen, seine Kunde würde mich freuen. Im Gegenteil, dieser Bärner brachte mich in Rage. Er hielt mich wohl für dumm und dämlich, dieser überhebliche Affe mit seinem Bart. «Ich werde den Kerl gleich aufsuchen und ihn nochmals ausquetschen. Haben Sie vielen Dank, Herr Bratlinger, und grüssen Sie Ihren Vater von mir.»

«Halt, warten Sie», sagte er laut.

«Ja?»

«Man kann die Anbieter filtern. Ich habe nach denen gesucht, die Kokain in die Schweiz liefern. So habe ich ihn gefunden. Und wissen Sie was? Er liefert *nur* in die Schweiz. John ist sein Deckname. Alle Anbieter haben einen Decknamen. Die meisten posten ein Bild dazu. Manche haben gleich mehrere Bilder hochgeladen. Auf den Bildern ist fast immer weisses Pulver zu sehen. Zwei Linien auf rotem Papier, eine Pyramide auf einem schwarzen Stein, ein paar Krümel auf einer Goldfolie. Verlockend gemacht.»

«Und?» Ich war gespannt.

«John hat ein völlig anderes Bild auf seinem Profil.»

«Kein Pulver?»

«Nein. Raten Sie mal.»

Ich hatte keine Ahnung, keine Vorstellung von dem Profil eines Kokainhändlers im Darknet. «Ich weiss nicht», sagte ich. «Ein silbernes Röhrchen vielleicht?»

«Nein. Er hat ein Foto aus dem Emmental hochgeladen.»

«Ein Landschaftsbild? Und was schliessen Sie daraus?»

«Das Foto zeigt ein altes, verlassenes Bauernhaus. Es hat ein grosses Walmdach und tiefe Traufen und ist von Bäumen und Büschen umgeben. Im Hintergrund steht ein dunkler Tannenwald. Nebelschwaden ziehen den Hang hinauf. Es ist ein Stimmungsbild aus dem Emmental im Spätherbst. Der Hof könnte sich in der Flanke des Hohgant befinden.»

«Moment. Was bedeutet das?» Ich spürte ein Kribbeln im Nacken.

«Ich kann mir nur eines denken», antwortete er.

«Und das wäre?»

«Hinter dem Decknamen John versteckt sich Ihr Händler. Er kauft kein Kokain im Darknet. Er besitzt welches und versucht, es im Darknet loszuwerden. Darum liefert er auch nur in die Schweiz.»

«Logisch. Es ist seine Schwester», sagte ich viel zu laut. Verdammt. Warum war ich nicht selbst darauf gekommen? Judith hatte für Firmen in der Region Onlineshops eingerichtet. Was hatte Ralph erzählt? Sie habe eigens eine Seite für die Hintere Steinmatte erstellt. Abends habe sie Honig und Sanddornsaft verpackt und morgens die Pakete zur Post gebracht. Neuerdings versendete sie Briefumschläge mit ein paar Gramm Kokain.

Meine erhobene Stimme mochte ihn verblüfft haben, er verstummte vorübergehend.

Ich ergänzte, damit er mich verstand. «Nicht er, seine Schwester steckt dahinter. Sie hat in einer IT-Firma gearbeitet und für Firmen im Entlebuch Onlineshops eingerichtet. Sie hat das Profil erstellt.»

«Kennen Sie sie?», fragte er.

«Ja. Sie heisst Judith Gassheimer und versteht was davon. Sie hat für ihren Mann übers normale Internet Honig und Sanddornsaft verkauft. Nun verkauft sie Kokain im Darknet.»

«Judith alias John, das ist kein Zufall. Und ihr Bruder verkauft Kokain über die Gasse. Da haben Sie ein schönes Gaunerduo im Emmental», sagte er, ohne zu lachen.

«Ja. Das Geschwisterpaar ist mit allen Wassern gewaschen.»

32

Bratlinger war mit seinen Ausführungen noch nicht am Ende. Er sagte: «John, also Judith, wie Sie sagen, ist neu im Geschäft. Ich denke, bisher hat sie keinen Kunden gefunden. Sie hat vermutlich bis jetzt noch kein Gramm Kokain verkauft.»

«Woran erkennen Sie das?», fragte ich.

«Die Empfänger bewerten die Anbieter auf der Plattform. Einzelne Anbieter sind schon länger im Geschäft. Nicht alle sind verlässlich, das ist klar. Doch viele liefern perfekte Ware. Die erfolgreichsten unter ihnen weisen Hunderte von Bewertungen aus. Es gibt solche, die haben kaum eine Benotung unter fünf Sternen. Die Kommentare der Empfänger zu den Lieferungen sind bei denen zu neunundneunzig Prozent positiv.»

«So läuft das. Wie sehen die Benotungen bei Judith alias John aus?»

«Judith alias John hat keine einzige Bewertung. Null. Weder positive noch negative. Das bedeutet, Judith ist neu auf der Plattform. Sie hat noch keinen Kunden gefunden. Wer Kokain im Darknet kauft, ist in erster Linie vorsichtig. Er geht kein Risiko ein. Er wechselt den Lieferanten höchstens in der Not. Das macht es hart für einen Neuling, ins Geschäft zu kommen. Vielleicht hat Judith sich das einfacher vorgestellt. Es reicht nicht, den Preis tief zu halten und zu schreiben: ‹Mein Kokain ist pur wie Hohgantschnee.› Honig verkaufen ist dazu ein Zuckerschlecken. Erfolg oder Misserfolg beim Vertrieb von Honig im normalen Internet hat keine Bedeutung. Im Darknet gelten andere Regeln.»

«Herr Bratlinger, vielen Dank. Sie haben mir geholfen. Viel mehr, als ich erhofft habe.»

«Gern geschehen. Was werden Sie tun?»

«Der Händler und seine Schwester Judith haben gelogen. Aber das spielt keine Rolle mehr.»

Ich sagte ihm, ich werde alles der Polizei melden. Im Weiteren gehe der Fall mich nichts mehr an. Ich sei draussen. Es mache keinen Sinn, sich länger zu bemühen, es sei Aufgabe der Drogenfahnder, Kokain im Land sicherzustellen. Ich würde mich dafür einsetzen, dass die Fahnder so bald wie möglich eine Razzia durchführten. Mehr würde ich nicht mehr unternehmen. Meine Dienste würden ohnehin nicht entlohnt, von niemandem. Schlimmstenfalls würde ich mir noch juristischen Ärger einhandeln und meine Lizenz verlieren.

Er sagte, er sei gespannt, wie viel Kokain zum Vorschein komme.

«Ja, ich bin auch gespannt», gestand ich.

«Sie können meine Adresse ruhig an die Polizei oder an den Richter weitergeben. Falls es zu einer Verurteilung kommt und Sie Beweise benötigen. Ich gebe gerne Auskunft.»

Ich versprach, mich auf jeden Fall wieder zu melden; danach hängten wir ein.

Es war höchste Zeit für einen Kaffee.

Ich trank ihn im Stehen, schaute aus dem Fenster und legte mir zurecht, was ich Ursina Trummer im nächsten Anruf mitteilen würde.

Die halbe Stunde war vorbei. Ich setzte mich an den Schreibtisch.

Das Telefon klingelte. Ich hob ab: «Bergmann.»

«Oh, Alexander, weisst du es schon? Hast du es gehört?» Es war Petra Kürri. Sie redete überstürzt und erschreckt, schien aufgelöst und verzweifelt.

«Sie haben Räs aus dem Rechen geholt. Vor einer halben Stunde –»

«Petra.»

«Ich habe es gesehen, er –»

«Petra!»

«Ja?»

«Was redest du da?»

«Räs ist der Dealer, der Mandy das Kokain verkauft hat», stammelte sie. «Ich –»

«Ja, ich weiss, wer Räs ist, ich habe ihn kennengelernt.»

«Er ist tot», beteuerte sie. «Er ist von der Aare angeschwemmt worden.»

Ich konnte, nein ich wollte ihr das nicht glauben. «Das kann nicht sein. Wir haben –»

«Doch. Sie haben ihn umgebracht. Ermordet und in die Aare geworfen. Alexander, es ist wahr, ich habe Angst …»

«Wo bist du?»

«Ich stehe am Fenster. In meiner Wohnung in Bern. Ich sehe auf die Aareschlaufe hinunter und auf den Platz über dem Rechen. Ich wohne im Mattequartier. Ich stehe am Küchenfenster. Es regnet. Meine Wohnung liegt im ersten Stock. Gegenüber, auf der anderen Strassenseite, liegt der Platz; der Platz über dem Rechen, der das Schwemmholz auffängt. Polizisten und Strassenarbeiter haben alles abgesperrt. Drei Polizeiautos stehen da. Ein Leichenwagen kommt. Die Ambulanz fährt weg. Gerade eben. Gaffer mit Schirmen stehen im Weg. Diese Dummköpfe. Sie haben Räs gefunden. Zwischen PET-Flaschen, Laub und Schwemmholz. Sie haben ihn mit einem Tragtuch geborgen und auf dem Platz abgelegt. Da habe ich ihn gesehen. Nur kurz, bevor sie ihn in den Sack und dann auf die Bahre … Er ist nass gewesen, seine Haare verklebt, sein Gesicht fahl. Es hat geglänzt, vom Blaulicht. Die Augen offen, der Mund, seine Hände … Schrecklich. Gleichwohl: Ich habe ihn erkannt. Vom Fenster aus. Wie ein Blitz hat es mich getroffen: Das ist Räs! Es ist furchtbar. Er hat schlimm aus… Sie haben ihn … Oh Alexander, ich weiss nicht, was ich tun soll. Ich habe Angst. Verstehst du? Was soll ich tun? Ich kann heute meine Wohnung nicht verlassen. Nein. Ich kann da unten nicht vorübergehen. Unmöglich. Sage mir, was ich tun soll.»

«Hast du die Stiftung angerufen?»

«Vor drei Wochen haben sie einen anderen Dealer da unten rausgeholt. Einen von Effendis Leuten. Ich sage dir, es gibt einen in der Stadt, der will den Handel mit Kokain an sich reissen. Ein Monopol, ein Kartell oder so was einrichten. Er will alle anderen weghaben. Den anderen, den letzten Dealer, hat er getötet, um Effendi zu vertreiben. Das hat er geschafft. Letzte Nacht hat er Räs ...» Ihre Stimme versiegte in den höchsten Tönen. Sie schnäuzte sich und flennte leise und sagte nichts mehr.

Ich sass am Tisch, hielt den Hörer ans Ohr und konnte mich nicht bewegen, ich fühlte mich wie von einer Lawine verschüttet. In meinem Kopf drehten sich die Gedanken um den gestrigen Abend. Ich dachte an Räs, an Kokain und an Fidel.

Der Regen setzte ein wie auf ein Kommando. Dicke Tropfen vermischt mit schweren Schneeflocken platschten auf die Dächer nieder, auf die Bäume, den Dorfplatz, die Autos und produzierten ein Rauschen wie der Wasserfall beim Kleinkraftwerk unten an der Ilfis.

Die Schneeflocken, die an meine Fenster prallten und zerplatzten, hinterliessen Schaumfetzen auf den Scheiben und dem Sims.

Fidel ging mir nicht aus dem Sinn. «Hast du Fidel gesehen? Seinen Hund? Weisst du, wo er ist?»

«Was?»

Ich wusste aus der Zeit bei der Polizei, dass für tote Haustiere Leute des Veterinärdienstes zuständig waren. In der Regel brachten sie verendete Tiere in die Kadaversammelstelle.

Ich bildete mit der Hand einen Trichter über der Sprechmuschel, um den äusseren Lärm abzuschirmen, und wiederholte meine Frage laut und langsam. «Wo ist sein Hund? Hast du Fidel gesehen?»

«Nein. Ich habe Fidel nicht gesehen. Ich weiss es nicht. Vielleicht haben sie ihn separat weggebracht. Vielleicht ist er eingesperrt oder streunt umher und sucht Räs. Das arme Tier.»

Ich riet ihr, die Stiftung Tresen anzurufen. «Hast du einen Hausarzt oder eine Hausärztin?»

«Ja.»

«Ruf sie an.»

«Ja, mache ich.»

«Du solltest nicht alleine sein, Petra. Kannst du zu einer Freundin oder einem Freund gehen?»

«Ich möchte lieber hierbleiben. Ich werde Erich anrufen. Was wirst du tun?»

«Nichts. Das ist nicht mehr mein Fall», sagte ich.

Sie flehte mich an. «Bitte, geh bei diesem Händler vorbei und erzähle ihm, dass sie Räs ermordet haben.»

«Das wird er früh genug erfahren», sagte ich.

«Bitte, Alexander.»

«Der Hund liegt mir mehr am Herz als dieser blasierte Affe. Ich mache mich auf die Suche nach Fidel. Wenn er noch lebt, braucht er dringend einen neuen Platz.»

«Bitte, Alexander.»

Sie liess nicht locker. Ich musste ihr versprechen, bei Alois Bärner vorbeizuschauen, und zwar sogleich. Ich legte auf, zog die Jacke an, setzte einen Regenhut auf, schloss meine Agentur und ging. Auf der Treppe machte ich kehrt, stieg wieder hoch in die Agentur, schnallte das Halfter um und steckte meine Beretta ein.

Man weiss nie.

33

Meterbreite, hauchdünne Wasserfälle stürzten von den Dachkanten und zerspritzten beim Auftreffen auf den Trottoirs in alle Richtungen; auf der knöcheltiefen grauen Brühe, die durch die Strasse strömte und schlingernd und reissend in den Schächten versank, schwammen Schneeflocken und Schaumkronen. Der Wind spielte mit dem Schnee und dem Wasser und liess nichts und niemanden trocken davonkommen.

Die Luft roch nach nichts, an das ich mich erinnern könnte.

Ein Auto fuhr langsam durch die Strasse wie durch einen Kanal. Der schräg fallende Schneeregen wurde im Licht der Scheinwerfer zu einer Union von Bindfäden, die gespickt waren mit Stacheln aus reinem Silber.

Ein Blick in den Himmel zeigte, dass noch eine Menge Wasser herunterkommen dürfte. Die Wolken waren dick und schwer und grau wie Pottwale. Die Dämmerung hatte den ganzen Morgen über angehalten, die Leute hatten in den Häusern die Lichter nie ausgeschaltet.

Ich hastete hüpfend und in grossen Sprüngen von Insel zu Insel die Bahnhofstrasse entlang. Bereits ab der Hälfte der Wegstrecke troff ich nicht nur äusserlich vor Nässe. Eiskaltes Wasser sickerte mir in den Nacken, drang in meine Ärmel, füllte meine Schuhe, und die schmutzigen Spritzer befeuchteten meine Hosenstösse hinauf bis zu den Knien. Die nasse Kälte machte meine Hände klamm, die Füsse gefühllos und kroch mir in den Beinen bis ins Mark.

Ich dachte an Räs. Wo hatten sie ihm aufgelauert? Wohl eher am Bahnhof in Trubschachen als hier in Langnau. Wir hatten jedenfalls nichts bemerkt. Bestimmt waren sie ihm bis zum Haus gefolgt, hatten bei ihm geklingelt, so wie ich gleich bei Alois Bärner klingeln würde. Wo hatten sie ihn ermordet? In seinem Haus? Im Wohnzimmer? Und den Leichnam nach Bern gekarrt? Wohl kaum. Sie hatten ihn nach Bern entführt, um ihn ihrem

Chef vorzuführen. Das schien mir glaubwürdiger. Hatte der ihn ausgequetscht? Wurde er danach umgebracht? Wo? In Bern unter einer Brücke? In einem Wald nahe der Aare? Danach hatten sie ihn einfach in die Aare geworfen. Es war Sache der Polizei, die Umstände herauszufinden.

Ich dachte an Fidel. War er ihnen entwischt? Hatte Räs ihn rechtzeitig verjagt und ihm damit das Leben gerettet? Hatte er ihn in seinem Haus eingesperrt, als sie kamen? Vielleicht im Keller? Falls Fidel noch lebte und nicht im Haus gefangen war, wo könnte er sich aufhalten? Wartete er im verwilderten Garten im Regen auf Räs' Heimkehr? Trabte er in Bern durch die Gassen auf der Suche nach seinem Freund und Kumpel?

Höchstwahrscheinlich haben sie ihn erschossen, dachte ich. Er liegt gewiss tot und kalt in seinem Blut im Haus in Trubschachen.

Ich beschloss, so rasch wie möglich nachzusehen, aber zuerst musste und würde ich Alois Bärner die Nachricht überbringen.

Ich stand unter dem schmalen Vordach vor dem Gebäude, in dem er wohnte, schüttelte meine Jacke aus, den Schnee vom Hut und drückte die Klingel.

Der Zug aus Trubschachen schlüpfte unter der Passerelle durch, schwebte auf den Bahnhof zu und zog eine Fontäne hinter sich her.

Im Haus blieb es ruhig.

Eine Frau kam angehastet, in der einen Hand den Schirm, in der anderen eine volle Einkaufstasche. Der Schirm hatte sie nur dürftig vor dem Schneeregen geschützt.

«Endlich Regen», sagte sie laut, um den Lärm zu übertönen, und lachte dazu bübisch. Sie schüttelte den Schirm aus, suchte den Schlüssel und schloss frierend die Haustür auf.

Ich drängte ihr nach.

Sie wurde unsicher, musterte mich kritisch und fragte: «Zu wem möchten Sie?»

«Zu Alois Bärner», antwortete ich.

«Normalerweise geht er vor acht aus dem Haus. Heute nicht,

heute hat er Besuch gehabt und ist wohl später gegangen», meinte sie und schloss die Wohnungstür im Erdgeschoss auf.

Ich stieg die Treppe hoch. «Kein Problem. Falls er nicht da ist, werde ich auf ihn warten.»

«Es zieht im Treppenhaus. Sie werden sich erkälten», rief sie mir nach.

An seiner Wohnungstür klingelte ich erneut und lauschte.

Ich bildete mir ein, ein Geräusch gehört zu haben. Wie von jemandem, der im Schlaf unverständliches Zeug murmelt.

Ich drückte auf die Klinke, die Tür war offen. Ich klopfte an den Türrahmen und rief seinen Namen. Diesmal bildete ich es mir nicht nur ein, diesmal hörte ich ein Gemurmel.

Ich setzte den Hut wieder auf, trocknete meine Hand am Hemd, zog meine Beretta, entsicherte und wartete. Nichts geschah.

Ich trat mit der Beretta im Anschlag zwei Schritte tiefer in den Flur, blieb stehen und lauschte. Nichts geschah. Ich hüstelte. Da war wieder dieses Gemurmel.

Ich schlich weiter und fand Alois Bärner in der Küche.

Er sass auf einem Stuhl, gefesselt, den Mund mit einem gelben Klebeband mehrfach kreuzweise verdeckt. Er war barfuss, trug blaue Trainerhosen und ein weisses T-Shirt. Die Ohren, die Nase, der ganze Kopf waren blutig geschlagen, die Augen zugeschwollen. Blut rann ihm über den Hals und wurde vom T-Shirt aufgesogen. Blut rann ihm auch über die nackten Füsse. Die Hände waren nicht zu sehen.

Er konnte entschieden nichts sehen, er streckte seinen Schädel vor wie eine Schildkröte und lauschte.

Ich ging langsam weiter, durchsuchte jeden Raum, jeden Winkel seiner Wohnung, bis ich sicher sein konnte, dass er allein war. Sämtliche Fenster waren geschlossen, die Luft warm und stickig von kaltem Zigarettenrauch. Es herrschte überall ein heilloses Durcheinander. Ich musste aufpassen, wo ich meinen Fuss hinsetzte, um nicht über Kleider, Bilder, aufgeschlitzte Polster, Kissen, Zeitschriften, Gläser, umgekippte Stühle und vieles mehr zu stolpern.

Ich wollte nicht hinterrücks überrascht werden und sperrte aus dem Grund die Wohnungstür zu.

Danach sicherte ich die Beretta, steckte sie ins Halfter und ging zu Alois Bärner in die Küche. «Ich bin es, Alexander Bergmann.»

Er entspannte sich und gab einen weinerlichen Ton der Erleichterung von sich.

Ich versuchte, das Klebeband abzureissen. Er jammerte kläglich, es haftete zu stark an den Schnauz- und Barthaaren. Deshalb suchte ich in den Schubladen nach einer Schere und schnitt in der Mitte ein Stück heraus, damit er besser atmen und sprechen konnte.

Er spuckte Blut und Zahnsplitter auf den Boden und sagte: «Schön, dich zu sehen.»

«Hast mich nicht erwartet, was?»

Er ging nicht darauf ein, bat mich mit schwacher Stimme um ein Glas Wasser.

Ich suchte eine Schüssel, füllte ein Glas mit lauwarmem Wasser, drückte ihm die Schüssel vor die Brust und hielt ihm das Glas behutsam an die aufgeplatzten Lippen.

Er nahm einen Schluck in den Mund, kaute und spuckte schleimiges Blutwasser in die Schüssel. Er stöhnte, spülte den Mund noch zweimal aus und trank den Rest.

Es gab keine Stelle an seinem Kopf, die unversehrt war.

Sie hatten seine Arme und Beine mit Kabelbindern an den Stuhl gefesselt, die Fesseln hatten tief in seine Handgelenke eingeschnitten.

Ich trennte die zähen Stränge durch und half ihm, aufzustehen. Er wollte ins Schlafzimmer. Ich musste ihn stützen und ihm gleichzeitig einen Weg durch das Chaos bahnen. Er war praktisch blind, seine Fusssohlen waren glitschig vom Blut, und sein rechtes Knie schmerzte offenbar höllisch, wenn er es belastete.

Im Zimmer legte er sich mit Weh und Krach aufs Bett, tastete die Handgelenke und das Gesicht ab und flüsterte: «Bist du nass geworden? Du hast kalte Hände.»

Er formte die Worte tief im Mund, schonte die lädierten Lippen und bewegte die Zunge minimal. Man musste gut hinhören, um zu verstehen, was er brabbelte.

«Deine sind zwar warm, dafür klebrig vom Blut. Ganz schön eklig», gab ich zurück.

Ich fand zwei saubere Frotteetücher am Boden, breitete eines auf seinem Bauch aus und trocknete mit dem anderen mein Gesicht, meinen Hals und wischte sein Blut von meinen Händen.

Er legte seine Hände auf das Tuch auf seinem Bauch und verhielt sich still. Er musste beständig schlucken, und beim Atmen hörte ich ihn röcheln.

Ich stopfte ihm ein zweites Kissen unter den Kopf und öffnete das Fenster. Das Tosen des Unwetters störte nur sekundär, und damit die Kälte seine Lage nicht verschlimmerte, legte ich die Decke über seine nackten Füsse und Beine.

Er zog sie bis zu seinem Brustbein hinauf.

Ich stellte einen Stuhl auf die Beine, rückte ihn vors Bett und setzte mich. «Du hast mich angelogen.»

«Ja», nuschelte er. «Du mich aber auch.»

«Stimmt. Es ist Zeit für die Wahrheit.»

«Von mir aus.»

«Wie viele Typen waren es?»

Er streckte zwei Finger auf.

«Sie haben Kokain gesucht, habe ich recht?», fragte ich.

Er nickte und stöhnte, wie wenn ich auf eine wunde Stelle getippt hätte.

«So wie es aussieht, haben sie keins gefunden», riet ich.

«Es ist keins mehr da», sagte er.

«Hey!» Ich versetzte dem Bettgestell einen Tritt und sagte scharf: «Ich will keine verdammten Lügen mehr hören.»

«Es ist bei Judith im VW Bus versteckt», gestand er, ohne sich lange zu bedenken.

«Ich habe es immer geahnt. Wie viel?», fragte ich.

Er streckte drei Finger auf.

«Drei Kilo?» Das war mehr, als ich erwartet hatte.

«Nein, Pfund. Drei Pfund», korrigierte er leise.

«Wie viel? Kannst du nicht lauter reden?»

Er drehte den Kopf in meine Richtung, hob ihn an und wollte sprechen, was prompt in einem Hustenanfall endete.

Ich holte die Schüssel und ein Glas frisches Wasser aus der Küche.

Er spuckte Blut, spülte den Mund aus und sagte, nachdem er sich erholt hatte und wieder zu Atem gekommen war: «Drei Pfund.» Das waren die ersten laut und überzeugend ausgesprochenen Worte, die ich von ihm zu hören bekam, seit ich hier war.

«Hast du ihnen das Versteck verraten?», fragte ich.

«Nein. Nein. Wegen Judith. Sie ist dort. Sie ist meine Schwester.»

«Warum sind die Typen wieder gegangen? Haben sie Geld gefunden?»

«Weiss nicht. Es ist ohnehin wenig Geld da. Der Ältere hat andauernd geredet. Ich meine, er hat geflucht. Irgendwann hat er telefoniert. Dann sind sie weg.»

«Lange hättest du es nicht mehr ausgehalten.» Er war tapfer, aber kein Widerstandskämpfer.

Er weinte. Zwei, drei Tränen perlten zwischen den aufgequollenen Lidern hervor. «Warum sind sie so versessen auf so wenig Kokain? Sie sehen doch, dass ich kein Grosshändler bin», jammerte er.

«Aus zwei Gründen. Erstens: Wenn jemand Juwelen raubt, muss er sie unter ihrem Wert verhökern. Wenn jemand Kokain klaut, kann er es zu einem hohen Wert verkaufen. Je kleiner die Menge, desto grösser die Marge. Zweitens: Es gibt anscheinend einen Grosshändler in Bern, der duldet keine Händler neben sich. Er will den Markt beherrschen, ein Kartell aufbauen. Er hat dir diese Typen auf den Hals geschickt. Das Kokain hätten sie vermutlich als Lohn behalten dürfen.»

Er schwieg. Er litt sichtlich.

«Daran habt ihr nicht gedacht, Judith und du.» Ich musste das sagen, ich konnte nicht anders.

Er begann zu schwitzen.

«Wann sind sie gegangen?», fragte ich.

Er schluckte und sagte: «Vor einer halben Stunde. Vielleicht dreiviertel.»

«Was meinst du, sind sie zu Judith gefahren?»

«Nein. Sie wissen nichts von ihr.»

«Du siehst übel aus. Das ist ein versierter Schläger gewesen. Soll ich die Ambulanz rufen?», fragte ich.

Er verfiel wieder ins Flüstern. Er gab ein schwaches und gebetteltes Nein von sich, gefolgt von dem Satz: «Bitte, hole mir nur einen Arzt.»

34

Ich überging seine Bitte und telefonierte dem Notruf, erzählte in groben Zügen, dass ein Mann gefesselt und schwer traktiert worden sei, und gab seine Adresse und meinen Namen bekannt.

Es würde eine Viertelstunde dauern, sagte die Frau in der Zentrale, ob ich so lange bei der verletzten Person bleiben könne.

Ich versprach, Alois Bärner Gesellschaft zu leisten, bis die Sanität da sei, hängte ein, rief bei der Polizei an und verlangte Ursina Trummer zu sprechen. Diesmal stellte Sebastian Müller das Gespräch ohne Rückfrage durch.

Ursina meldete sich und schwatzte munter drauflos. Sie habe, sagte sie, meine Information über den Kokainhändler in Langnau an ihren Kollegen bei der Bundespolizei, Abteilung Drogenbekämpfung, weitergeleitet. Er dürfe nichts ausplaudern, habe er gesagt, aber das städtische Labor habe Abwasserproben auf Kokain untersucht und hochgerechnet. Im Schnitt würden in Bern täglich achthundert Gramm konsumiert. Diese Zahlen erzeugten einen ungeheuren Druck, das laste auf ihnen. Sie seien seit jeher stark gefordert und litten, gemessen an diesen Mengen Kokain, chronisch unter Personalmangel. Er werde die Angelegenheit gleichwohl mit seinem Vorgesetzten besprechen und, wenn er in den nächsten Tagen Zeit fände, mit einem Kollegen der Sache persönlich auf den Grund gehen.

Die Zahl kannte ich von Erich, und ich sagte bei der ersten Gelegenheit, die sich mir bot, es habe sich eine neue Situation ergeben. Zwei Typen hätten den Kokainhändler in Langnau heute Morgen aufgesucht. Sie seien gekommen, um ihm sein Kokain abzujagen, und hätten ihn gefesselt und blutig geschlagen. Er habe die Misshandlungen hingenommen und eingesteckt, ohne das Versteck preiszugeben. Die Typen seien vor etwa einer Stunde wieder abgezogen. Wie gesagt, ohne das Kokain. Es sei noch da, über ein Kilogramm.

«Hast du es?», fragte sie.

«Nein. Es ist in einem Versteck.»

Ich berichtete weiter, ich sei bei dem Opfer und hätte die Ambulanz gerufen.

Sie schien verwirrt und einen Moment sprachlos, deshalb fragte ich sie, ob ich eine offizielle Meldung erstatten müsse bei der Polizeizentrale oder ob sie den Fall übernehmen wolle. Es wäre, wie gesagt, immerhin noch mehr als ein Kilo Kokain sicherzustellen.

Darauf reagierte sie berufsmässig und sagte, sie käme gleich selbst vorbei und nehme Karl Moser mit. Sie würden dann von hier aus alles Weitere organisieren.

Die Spurensicherung, gab ich zu bedenken, die Spurensicherung müsse sie auf jeden Fall aufbieten. Die Typen hätten die Wohnung auf den Kopf gestellt, da gäbe es eine Menge Spuren aufzunehmen.

Alois Bärner hatte mitgehört, er hob die Hand und keuchte: «Handschuhe.»

«Was?» Ich wandte mich ihm zu.

«Sie haben Handschuhe getragen», wiederholte er.

«Ach so. Na, dann finden sie eben Zigarettenstummel.»

«Er hatte einen Taschenaschenbecher und jeden Stummel da reingesteckt.» Alois brauchte drei Anläufe, um das Wort Taschenaschenbecher richtig auszusprechen.

«Das kenne ich. Keine Angst, die Leute von der Spurensicherung finden immer etwas Brauchbares, Belastendes.»

«Mit wem redest du?», wollte Ursina wissen.

«Mit dem Händler. Dem Opfer.»

«Ist er bei Bewusstsein?»

«Ja. Erstaunlich, wenn ich bedenke, wie er aussieht.»

«Kannst du der Sanität sagen, sie sollen ihn dort versorgen, bis wir eintreffen? Falls sein Zustand das zulässt. Das würde uns den Einstieg in den Fall enorm erleichtern.»

«Schon verstanden. Er wird dir das Versteck nennen. Ich glaube, er hat die Nase voll von …» Ich brach ab.

«Wieso bist du überhaupt bei ihm? Hat er dich angerufen?», fragte sie.

«Das ist eine lange Geschichte. Ich erzähle sie dir später. Bei einem Abendessen», antwortete ich.

«Du gibst nicht auf, was?»

«Wenn ich das täte, könnte ich gleich alles aufgeben», sagte ich, verabschiedete mich und hängte ein.

«Wo sind wir stehen geblieben?», fragte ich Bärner.

«Sie sind auch vermummt gewesen. Sie haben schwarze Sturmhauben getragen», sagte er.

«Das sind berufsmässige Söldner. Wo sind sie hingegangen?»

«Ich weiss nicht, wohin die Typen gegangen sind», antwortete er brav.

«Haben sie Sachen oder Unterlagen mitgenommen?»

Er legte die Zeigefinger auf die zugeschwollenen Augen. «Ich habe nichts gesehen, und sie haben mich nicht um Erlaubnis gefragt.»

«Haben sie gesagt, sie kommen wieder?»

«Sie haben überhaupt kein Wort mit mir geredet, nur die immer gleiche Frage gestellt.»

«Die Frage nach dem Kokain?»

«Ja. Der Schläger hat gefragt: ‹Wo hast du das Koks versteckt? Rede! Wo hast du das Koks versteckt? Rede!›»

«Wie hättest du reden sollen mit dem Klebeband?» Das war nicht logisch.

«Das Klebeband haben sie mir erst am Schluss verpasst. Bevor sie gegangen sind.»

«Hast du nicht geschrien?», fragte ich.

«Er hat mir einen Lappen in den Mund ...» Er drehte den Kopf weg. «Ich bin fast erstickt. Dieses Schwein.»

«Was waren das für Typen?», fragte ich. «Wie haben sie miteinander geredet? Dialekt?»

«Es klang holländisch, würde ich sagen.»

«Wie hast du seine Frage beantwortet? Hast du gelogen oder geschwiegen?»

«Am Anfang habe ich dasselbe gesagt wie dir: dass nichts mehr da sei.»

«Am Anfang. Und später?», fragte ich.

«Er hat mir wehgetan. Aber die Angst war schlimmer. Ich habe gedacht, er tötet mich, wenn ich es sage. Dann holen sie das Kokain und töten Judith noch dazu. Darum habe ich …» Er redete leiser und leiser, das letzte Wort ging verloren.

«Der eine hat dich geschlagen, und der andere hat alles durchsucht. Woher, glaubst du, haben sie gewusst, dass du Kokain hast? Wieso, meinst du, sind sie auf dich gekommen?», fragte ich.

«Ich weiss es nicht.» Er hustete, spuckte in die Schüssel und lag ruhig da. Es war ihm anzusehen, dass die Frage ihn beschäftigte. Er röchelte immer noch beim Ausatmen. Er dachte lange nach, fand vorerst keine Antwort.

Ich half ihm bei der Suche nach dem Grund. «Was meinst du, warum ich hergekommen bin?»

Jetzt hatte er begriffen. Er drehte den Kopf ruckartig zu mir, hob ihn leicht an und stöhnte: «Ist was mit Räs?»

«Ja. Er ist tot. Sie haben ihn umgebracht und in die Aare geworfen. Seine Leiche ist heute Morgen in der Berner Matte im Rechen hängen geblieben.»

«Das ist nicht wahr», fauchte er.

«Doch, das ist leider wahr.»

Sein Kopf sank ins Kissen. Er begann zu schluchzen, drehte sich von mir weg, krümmte sich zusammen, bekam einen Weinkrampf.

Räs hatte den Typen Bärners Adresse verraten, das stand fest. Hatte er auch Judiths Aufenthaltsort als mögliches Versteck des Kokains angegeben? Ich fragte ihn: «Hat Räs gewusst oder geahnt, wo ihr das Kokain versteckt habt?»

Er brauchte mehrere grössere Anstrengungen, um den Weinkrampf zu überwinden, streckte sich wieder, zog die Decke hoch bis zum Kinn und antwortete: «Nein. Niemand weiss etwas davon. Ausser dir.»

«Ist Judith jetzt auf dem Campingplatz?», fragte ich.

«Das nehme ich an. Sie hat gesagt, sie will niemanden sehen. Sie ist wütend über dich, über sich und über die ganze Welt.» Er klang müde und gleichzeitig beunruhigt und verängstigt.

«Ist sie alleine dort?»

Er nickte.

«Vielleicht haben sie es doch herausbekommen.» Ich nahm mein Handy aus der Tasche. «Gib mir ihre Nummer, ich rufe sie an.»

Er schaute weg, begann erneut zu wimmern.

Ich wiederholte die Frage nach Judiths Handynummer und fragte: «Wo ist dein Handy?»

«Sie haben es zertrümmert und die SIM-Karte rausgenommen.» Er redete ins Kissen. «Ich kann ihre Nummer nicht auswendig.»

«Hast du sie irgendwo aufgeschrieben?», fragte ich.

Die Türglocke klingelte. Ich lief die Treppe hinunter, schloss meine Jacke, um die Beretta zu verdecken, und öffnete die Haustür. Zwei Sanitäter und eine Ärztin standen gedrängt unter dem Vordach. Ich nannte meinen Namen, sagte, dass ich angerufen hätte, winkte sie herein und erklärte, der Verletzte liege im zweiten Stock im Schlafzimmer.

Die Frau von vorhin steckte den Kopf aus der Wohnungstür im Erdgeschoss, sah den Sanitätern und der Ärztin mit grossen Augen nach und fragte mich: «Was ist passiert?»

«Alois Bärner hat sich in die Hand geschnitten.»

«Und deswegen kommt die Ambulanz?»

«Er hat viel Blut verloren», sagte ich.

«Oh, ich verstehe. Wie geht es ihm?»

«Er wird es überleben», antwortete ich und folgte den dreien die Treppe hinauf.

Die Ärztin schaute in Alois Bärners Gesicht und sprach ihn mit überdeutlicher Stimme an, stellte sich und ihre Helfer vor, nahm sorgfältig die Decke weg und besah sich die aufgerissenen blutenden Stellen an den Hand- und Fussgelenken.

«Kabelbinder», sagte ich. «Sie hatten ihn an einen Stuhl gefesselt.»

«Darf ich fragen, was die von Ihnen gewollt haben, Herr Bärner?», fragte die Ärztin.

«Drogen», flüsterte er.

«Drogen?» Sie stand aufrecht da und liess ihren Blick in die Runde wandern.

«Kokain», schob er nach.

Unter dem Eindruck, den sie von dem Zimmer und dem Durcheinander gewann, änderte sich ihr Gesichtsausdruck geringfügig und doch genug, dass erkennbar wurde, wie ihre ärztliche Anteilnahme in einen verächtlichen Groll umschlug. Es schien mir mehr ein Groll gegen die Täterschaft als gegen Bärner zu sein.

Sie gab einem ihrer Helfer einen Wink. Er verstand und schloss das Fenster.

Es wurde angenehm still und rasch wieder wärmer im Zimmer.

Sie redete sachter, ergebener mit Bärner und fragte, wo er, abgesehen von den Wunden, die sie sehen könne, Schmerzen habe.

«Die Rippen tun mir weh. Die ganze rechte Seite, bei jedem Schnauf. Das rechte Knie tut auch weh, wenn ich aufstehe. Es ist, wie wenn ein Glassplitter im Gelenk stecken würde», antwortete er.

Die beiden Sanitäter bereiteten die Tragbahre für ihn vor.

Ich beugte mich über Alois Bärner, berührte ihn an der Schulter und sagte: «Ich gehe. Ich fahre zu Judith.»

Er hob die Hand, tastete nach mir. «Warte. Judith hasst dich.»

«Das kümmert mich nicht», sagte ich. «Sie ist nicht die Einzige.»

Niemand lachte.

Alois Bärner flehte mich regelrecht an. «Sie wird dir kein Wort glauben. Sie wird dich nicht anhören.»

«Das ist nicht wichtig. Ich werde trotzdem bei ihr bleiben, bis die Polizei kommt.»

«Mach ein Foto von mir und zeig es ihr.»

Er mochte recht haben, dachte ich, ein Foto von seinem Gesicht könnte Judith vom Ernst der Lage überzeugen. Ich nahm mein Handy aus der Tasche und hielt es über sein Gesicht.

Die Ärztin schritt ein, sie legte ihre Hand auf meinen Arm und zog mich sanft zur Seite. «Nein, das können Sie nicht machen. Einen Menschen fotografiert man nicht in diesem Zustand.»

Alois Bärner wehrte sich. «Lassen Sie ihn ein Foto machen, Frau Doktor. Nur von meinem Gesicht. Ich kenne meine Schwester. Sie wird es verstehen, und ich … ich vertraue diesem Bergmann.»

35

Ich knipste ein Foto von Bärners Gesicht und war schon im Flur draussen, als er mir nachkrähte: «Alexander, warte!»

Ich ging zu ihm zurück.

Die Ärztin prüfte seinen Blutdruck.

Er bat mich, das Foto für ihn aufzuheben.

«Wozu? Was willst du damit?»

«Du hast gesagt, ich sähe übel aus. Sobald ich die Augen wieder öffnen kann, will ich das Bild sehen. Wehe, du hast übertrieben.»

Die Ärztin lächelte verstohlen, schüttelte den Kopf und mass den Blutdruck nochmals.

Die beiden Sanitäter grinsten offen.

Mir fiel Ursina ein. Ich sagte zu der Ärztin, in wenigen Minuten komme die Polizei. Wenn sie es verantworten könne, solle sie Bärner dabehalten, bis sie eintreffe. Ursina Trummer, eine Polizistin, würde ihm gern ein paar Fragen stellen für den Rapport.

Die Ärztin sagte, sie würde Bärner untersuchen und dann transportfähig machen, das nehme ohnehin Zeit in Anspruch. Unter Umständen müsse er nach Bern ins Inselspital verlegt werden.

Ich suchte den Hut, setzte ihn auf, knöpfte die Jacke bis obenhin zu, verabschiedete mich und verliess das Haus.

Der Niederschlag hatte sich gewandelt, es fielen keine Tropfen mehr, es schneite. Winzige eisige Flocken fielen in einer Dichte herab, dass man keine vierzig Meter weit sehen konnte. Der Wind hatte völlig nachgelassen, auch die Wolken waren nicht mehr auszumachen. Der Himmel bestand aus einem trüben grauen Dunst, der fortwährend Eisflocken absonderte, die schnell und lautlos auf die Erde niedersanken.

Die Wassermassen waren bis auf ein paar Rinnsale abgeflossen. Das Dach des Güterschuppens gegenüber, die parkierten Autos, die Trottoirränder, die Bäume und die Metallgitter rund um ihre Stämme, die Tische und Stühle vor dem Restaurant Pöstli, auch der Holztisch lagen unter einer dreifingerdicken Schneeschicht. Die weisse Decke hellte den Tag auf, dadurch wirkte alles nur noch halb so bedrohlich. Hingegen war es zwei oder drei Grad kälter geworden. Gefühlsmässig.

Ich lief zum Bahnhofplatz hinüber, sah Franz in seinem Taxi sitzen. Er öffnete das Fenster und winkte. Ich fragte ihn, ob er frei sei, er bejahte, ich stieg sofort ein.

Er begrüsste mich wie einen guten alten Freund.

Ich bat ihn, zum Campingplatz Mettlen hinaufzufahren, warf den Hut auf den Rücksitz, öffnete meine Jacke und schnallte mich an.

«Jagst du immer noch dem Kokainhändler hinterher?», fragte er.

«Ja. Könntest du die Heizung aufdrehen? Ich habe kalte Füsse.»

«Mal ist ihm zu heiss, mal ist ihm zu kalt», sagte er spöttisch, grinste und drehte die Heizung höher. «Bitte schön.»

Dann sah er die Lache am Boden von meinen Hosen und Schuhen und die Safterei vom Hut auf dem Rücksitz.

Ich nahm den Hut zurück und behielt ihn auf den Knien.

«Mach dir bloss keine Umstände, Kleiner», sagte er weiterhin in spöttischem Ton. «Mach ungeniert alles nass, mein Auto ist dein Auto.»

Ich dachte über Räs und Bärner nach, versuchte mich auf Judith einzustellen und schwieg.

Franz rollte in angemessenem Tempo durch die Bahnhofstrasse. Vor dem Haus, in dem Bärner wohnte, stand neben dem Ambulanzfahrzeug ein Polizeiwagen.

Franz sah viel zu lange hin und wechselte die Tonlage. «Hast du die gerufen?», fragte er sachlich.

«Ja.»

«Ich habe dich reingehen sehen. Vor ungefähr einer Stunde», sagte er.

«So? Hast du?»

Seine Hände wechselten sich ständig ab, die eine Hand hielt das Steuer, die andere unterstrich das Gesagte mit lebhafter Gestik und betätigte nebenher den Blinker oder sonst einen Schalter. «Ja, ich gebe zu, ich habe dich gesehen. Gibt es einen Toten mehr zu beklagen?»

«Nein, Bärner lebt.» Er brachte mich auf die Idee, ihn zu fragen: «Hast du sie auch gesehen?»

«Wen gesehen?» Er wich mir aus.

«Du weisst, wen ich meine.»

«Nein. Ich sehe viele Leute, wenn ich auf Kundschaft warte. Jeden Tag kommt das halbe Dorf am Bahnhof vorbei. Am Morgen reisen sie ab, und am Abend kehren sie heim. Von den Leuten, die von den Hügeln herabsteigen, um bei uns so etwas wie Stadtluft zu schnuppern, will ich gar nicht reden.»

«Ich rede von den beiden Typen, die Bärner besucht haben. Sie haben ihn an einen Stuhl gefesselt, mit Kabelbindern, und dann halb tot geprügelt. Ich habe sein Gesicht fotografiert. Willst du das Bild sehen?»

«Nein, nein, nicht nötig.» Er hielt seine Pranke zwischen uns.

«Also: Hast du sie gesehen? Ich meine, die zwei Männer, die ihn besucht haben?»

«Ach so, die. Ja, ich habe heute Morgen zwei Kerle reingehen sehen. Miese Typen.»

«Was heisst ‹miese Typen›? Kannst du sie beschreiben?»

«Ach, das sage ich nur so. Der eine ist ziemlich stämmig. Gewichtheberpostur. Schreitet dahin wie ein Gefangener mit Fussfesseln. Der andere ist gleich gross und halb so schwer. Wahrscheinlich nicht aus der Gegend, denn beide sind ein bisschen auffällig gekleidet gewesen für die Jahreszeit im Emmental. Schwarze T-Shirts und Jeans. Keine Jacke, kein Schirm, nur die Hand über dem Kopf und rasch ins Haus. Ich könnte sie nicht identifizieren, wenn du das meinst. Es war unmöglich, ein Gesicht zu erkennen, dazu bei diesem Unwetter. Ich kann doch nicht mit dem Feldstecher ...» Seine Hand formte ein Fernrohr.

«Was für einen Wagen haben sie gefahren?»

«Einen grossen schwarzen Chevrolet. Getönte Scheiben. Wie in diesem Drogenfilm, der an der mexikanischen Grenze spielt. Wie heisst er noch?»

«Das Nummernschild, hast du es gesehen?»

«Nein. Viel zu weit weg. Keine Chance, Alexander. Keine Chance.»

«Wo sind sie hingefahren?»

«Du machst mich närrisch mit deinen Fragen. Ich beobachte die Leute, ich beschatte sie nicht. Ich bin Taxifahrer, kein Privatdetektiv.» Seine Hände glichen sich seiner Lautstärke an, die Gesten wurden ausgeprägter, wilder.

«Du kannst doch sagen, ob sie in die Richtung gefahren sind, wie wir jetzt fahren, tiefer ins Emmental. Oder ob sie talauswärts geflüchtet sind.»

«Ich weiss es nicht. Ich habe mich nicht geachtet. Ehrlich. Sie sind auf einmal weg gewesen.»

«Oooh, ich begreife. Du bist eingenickt», sagte ich.

«Unsinn. Ich habe mir im Bahnhof einen Kaffee geholt. Das ist nicht verboten.»

Er bog von der Hauptstrasse auf die Nebenstrasse ein. Sie führte in das Seitental, in dem der Campingplatz lag. Es schneite unaufhörlich. Die Wiesen, die Hecken, die Bäume, die Dächer und Gärten der verstreuten Bauernhöfe, an denen wir vorbeikamen, lagen unter einer Schneedecke.

Franz beschleunigte streckenweise über die zulässige Höchstgeschwindigkeit. Trotz der schneebedeckten und unebenen Strasse blieb der grosse Wagen in den Kurven treu in der Spur.

Meine Füsse wurden warm, die Schuhe trockneten ab.

«Denkst du, die beiden Kerle sind auf dem Campingplatz?», fragte er.

«Ich hoffe nicht», gab ich zur Antwort.

«Warum fahren wir denn hin?»

«Damit wir da sind, wenn sie kommen. Wenn sie überhaupt kommen.»

Er beugte sich vor und schaute auf mich hinab. «Du bist Linkshänder wie ich.»

Ich ging nicht darauf ein, ich war mit meinen Gedanken weit voraus auf dem Campingplatz. Würden sie kommen? Waren sie schon da? Waren sie schon wieder weg? Alles war möglich. Oder hatten sie aufgegeben? Nein, das hielt ich für ausgeschlossen. Sie waren zu nah am Ziel, und das wussten sie.

Ich dachte an Räs und spürte, wie sich die Nervosität in mir in eine zornige Erregung steigerte, bis sie wie Feuer brannte. Ich war begierig darauf, diesen Typen die Stirn zu bieten, sie aufzuhalten, ihren Plan zu vereiteln und sie der Polizei auszuliefern.

Ich dachte an Fidel und hörte Franz sagen: «Du rechnest damit, dass sie kommen. Jedenfalls hast du deine Beretta für den Fall eingesteckt.»

Ich sah an mir runter. Als Linkshänder trug ich das Halfter mit der Pistole auf der rechten Seite. Die Jacke stand offen. Weil ich sass, konnte er den Griff sehen, besser gesagt, die Ferse des Griffs. Ich staunte. «Du hast sie richtig erkannt.»

«Ja. Das ist die beste Kanone für Linkshänder. Ich habe auch so eine, du hast sie ja gesehen», bemerkte er und fragte: «Hast du einen Plan? Willst du ihnen eine Falle stellen?»

Daran hatte ich nicht gedacht. «Nein, ich will sie aufhalten und der Polizei übergeben. Ich bin Privatdetektiv, kein Kopfgeldjäger.»

«In Bern ist wieder ein Junkie ermordet worden. Schon der zweite innerhalb eines Monats. Hast du davon gehört?», fragte er.

«Ja. Es ist Räs. Hast du ihn gekannt?»

«Räs? Der Name sagt mir nichts. Ich müsste sein Gesicht sehen. Hängen die beiden Toten mit deinem Fall zusammen?»

«Vermutlich, ja. Diese beiden Typen haben Räs ermordet. Mit Sicherheit, denn von ihm hatten sie Bärners Adresse. Von wem denn sonst. Vielleicht haben sie sogar alle beide getötet», sagte ich.

«Was immer du vorhast, ich gebe dir Schützenhilfe. Sollen sie kommen, diese Schweinehunde, wir werden sie überraschen und festnageln. Wir werden sie in ihren T-Shirts im Schnee frieren lassen, bis die Polizei kommt. Sie werden das Emmental ihr Lebtag nicht vergessen.»

«Bald wissen wir mehr», sagte ich.

Wir fuhren auf eine Kuppe und erreichten die Kurve, von

der aus man einen Überblick über den Campingplatz hatte. Ich deutete Franz an, langsamer zu fahren, damit ich mir einen Eindruck verschaffen konnte.

Im Restaurant brannten Lichter. Die untere Hälfte des Parkplatzes und der Bereich vor und neben der Terrasse waren hinter dem Gebäude mit den sanitären Anlagen verborgen. Auf der sichtbaren Hälfte des Parkplatzes standen keine Fahrzeuge.

Der VW Bus stand auf seinem Platz unten beim Bach. Fussstapfen führten von den Toiletten zum VW Bus hinunter. Oder umgekehrt. Frischer Schnee hatte die Spuren leidlich eingedeckt, das machte es unmöglich, auf diese Entfernung die Laufrichtung zu bestimmen.

Franz fuhr weiter. Er bog in die Zufahrt ein, lenkte den Wagen auf den Parkplatz, hielt erst rund zwanzig Schritte vom Restaurant entfernt und schaltete den Motor aus.

Sieben Autos standen ordentlich in einer Reihe vor der Terrasse. Vier der Fahrzeuge waren Firmenwagen. Ein grosser schwarzer Chevrolet befand sich nicht darunter.

Ich stieg aus. Franz blieb sitzen.

«Willst du im Wagen bleiben?», fragte ich.

«Ja. Ich werde zu den Bäumen hochfahren und in der Ecke parkieren. Von dort aus kann ich die Strasse ein Stück weit überblicken. Wenn der schwarze Chevrolet aufkreuzt, hupe ich zweimal kurz. So.» Er drückte zweimal aufs Horn.

«Wenn die Polizei kommt?», fragte ich.

Er drückte wieder aufs Horn: zweimal kurz und einmal lang.

36

Zwölf Uhr war vorbei. Essenszeit. An den Tischen im Restaurant hockten verstreut ein paar Leute über Teller gebeugt.

Eine Frau und ein Mann in grau-weissen Überkleidern, die mit Farbflecken bekleckert waren, standen mit eingezogenen Schultern unter dem Vordach auf der Terrasse und rauchten. Ein älterer, beleibter Herr in orangen Leuchthosen und einem Rollkragenpullover trat aus der Gaststube. Er steuerte mit einer Zigarette in der Hand auf die Raucher zu und bat die Frau um Feuer.

Ein Hauch von heissem Frittieröl war ihm aus der Tür gefolgt und hüllte mich ein. Der appetitanregende Geruch wurde vom Rauch der Zigaretten jedoch schnell und gründlich überdeckt.

Vor dem Eingang zu den Duschen lag ein grosser, bunter aufgespannter Schirm am Boden.

Wo ich hinschaute, alles schien in ländlicher Eintracht. Der Schnee dämpfte zudem die Geräusche.

Judith schlüpfte aus dem Waschraum. Die Metalltür knallte hinter ihr ins Schloss.

Sie trug gefütterte Winterstiefel, nachlässig geschnürt, Trainerhosen, eine hellgrüne Daunenjacke, einen hellgrünen Wollschal und eine hellgrüne Mütze. Unter ihrem Arm klemmte ein Necessaire. Auch das war hellgrün.

Sie bückte sich nach dem Schirm, sah meine Schuhe näher kommen, nahm den Schirm auf und starrte mir böse ins Gesicht.

Ich blieb drei Meter vor ihr stehen. «Guten Tag, Frau Gassheimer.»

«Was wollen Sie schon wieder? Wer schickt Sie diesmal?»

«Ihr Bruder, Alois.»

«Alois?» Sie klaubte ihr Handy aus der Hosentasche und prüfte, ob sie vielleicht seinen Anruf verpasst hatte. «Alois ruft mich an, wenn was ist. Hat er aber nicht. Zum letzten Mal: Wer schickt Sie?» Sie verstaute ihr Handy in der Tasche, ohne die Augen von mir abzuwenden.

«Ich komme von Ihrem Bruder. Zwei Typen haben ihn heute Morgen in seiner Wohnung überfallen. Er kann Sie nicht mehr anrufen. Sie haben sein Handy zertrümmert. Jemand –»

«Was Besseres fällt Ihnen nicht ein?» Sie verdrehte die Augen.

«Jemand hat den Typen den Tipp gegeben, er besitze Kokain. Sie sind bei ihm eingedrungen, um es zu stehlen. Sie haben ihn –»

«Genug! Sie sind ein verdammt schlechter Geschichtenerzähler. Verschwinden Sie. Lassen Sie mich in Ruhe.»

Sie wandte sich ab und stapfte durch den Schnee zum VW Bus hinunter.

Ich folgte ihr. «Die zwei Typen haben Alois in seiner Küche an den Stuhl gefesselt. Sie haben seine Wohnung durchwühlt und ihn eine Stunde lang misshandelt. Sie wollten von ihm wissen, wo er das Kokain versteckt hat. Ich habe ihn gefunden und befreit. Er ist bei Bewusstsein. Er hat mir versichert, er habe den Typen nichts verraten.»

«Was wollen Sie damit sagen?» Sie blieb stehen, ihr Kopf und ihre Schultern waren vom Schirm verdeckt.

Ich überholte sie, um ihr in die Augen sehen zu können. «Ich habe ihn auf sein Bett gelegt und die Ambulanz gerufen. Beim Warten auf die Sanität hat er mir gesagt, wo das Kokain versteckt ist. Es ist hier im VW Bus. Bei Ihnen. Darum bin ich hergekommen.»

Sie zog die Augenbrauen hoch. «Das alles soll ich Ihnen glauben?»

«Beim Abschied hat er gesagt, Sie würden mir kein Wort glauben. Sie würden mich zu sehr hassen. Deshalb hat er mich gebeten, ein Foto von seinem Gesicht zu machen. Als Beweis. Wollen Sie es sehen?» Ich holte mein Handy aus der Tasche. «Erschrecken Sie nicht, die Typen haben ihn blutig geschlagen.»

«Hören Sie auf. Ich will das Foto nicht sehen. Wer sagt mir, dass nicht *Sie* das waren? Sie haben ihn misshandelt und dann fotografiert. Jetzt kommen Sie her und klauen mir das Kokain. Ich habe allen Grund, Sie zu hassen. Sie machen mein Leben zur Hölle.» Sie begann zu kreischen, stolperte zum VW Bus hinunter und riss die Schiebetür auf. «Bitte! Nur zu!», schrie sie. «Suchen

Sie es. Packen Sie es ein. Nehmen Sie mir alles, alles, was ich habe, aber lassen Sie mich endlich in Frieden.»

Ich trat ein, setzte mich zum zweiten Mal auf die Bank am Tisch und legte den Hut ab.

Es war zu warm im Wagen, wie üblich, und es roch auch wie üblich nach Petrol.

Das Laptop lag auf dem Tisch, zugeklappt, ein Teller mit einer Brotkrume und dem Kerngehäuse eines Apfels, eine angebrochene Packung mit Trockenfleisch, ein Küchenmesser, ein leeres Glas, eine Kaffeetasse und natürlich die Briefwaage.

Leicht verdeckt hinter der Briefwaage lagen die zusammengefaltete Zeitung und in einem viereckigen Pappteller ein Löffelchen und ein metallenes Röhrchen. Das Röhrchen wies am vorderen Rand Spuren von einem weissen Pulver auf. Es war dünner und länglicher als jenes, das Räs benutzt hatte, um in meiner Agentur zwei Linien Koks hochzuziehen. Und doch war es unverkennbar ein Röhrchen für denselben Zweck.

Das hatte ich nicht erwartet. Alles Mögliche hatte ich mir ausgemalt, aber darauf war ich nicht vorbereitet. Ich war drauf und dran zu gehen, hatte schon nach dem Hut gegriffen.

Sie kletterte in den Bus und wollte die Tür schliessen.

Statt sie wortlos zu verlassen, sagte ich scharf: «Lassen Sie die Tür einen Spalt offen und setzen Sie sich.»

Sie erschrak und gehorchte. Kaum sass sie mir gegenüber auf der Bank, verschränkte sie die Arme und fixierte mich. Ihr Gesicht drückte eine unbeschreibliche Wut aus.

«Kennen Sie Franz Grossniklaus? Den Taxifahrer von Langnau?», fragte ich. «Er hat mich hergefahren.»

Sie rührte sich nicht. An der vorstehenden Ader auf ihrer Stirn konnte ich ihren Blutdruck ermessen. Sie war wohl kurz davor zu explodieren.

Mein Gesicht dürfte nicht minder grimmig ausgesehen haben, die Hälfte meines Zorns drückte sich darin aus. Die andere Hälfte legte ich in meine Stimme. «Er wartet oben auf dem Parkplatz und beobachtet die Strasse. Wir wissen, dass die Typen einen grossen schwarzen Chevrolet fahren. Er hupt zweimal, wenn sie kommen. Bei geschlossener Tür könnten wir seine Warnung überhören.»

Sie bewegte die Nasenflügel.

«Wir nehmen an, dass sie kommen werden. Es ist ein Wunder, dass sie noch nicht da sind. Die Polizei habe ich auch alarmiert. Wir sind gekommen, um Sie vor den Typen zu schützen, bis die Polizei eintrifft.» Ich lüftete die Jacke so weit, dass sie sehen konnte, dass ich bewaffnet war.

«Super», sagte sie, lehnte sich zurück und verwarf die Hände. «Entweder diese Typen oder die Polizei. Ich bin so oder so am Arsch.»

Ich regte sie an, endlich die Wahrheit zu sagen. «Erzählen Sie. Wie und wo haben Sie das Kokain gekauft. In Italien? Auf der Rückfahrt?»

Sie drehte den Kopf weg. «Spielt das jetzt noch eine Rolle?»

«Sie bieten es im Darknet an. ‹Pur wie Hohgantschnee›. Mit einem schönen Foto. Versand nur in die Schweiz. Sie sind Judith alias John.»

Sie drehte den Kopf ruckartig zurück, ihre Augen wurden gross und grösser.

«Warum? Warum tun Sie das? Können Sie mir das erklären?», fragte ich.

Sie schluckte leer, wieder und wieder. Sie kämpfte mit ihren inneren Regungen und fand keine Worte.

Ich öffnete den Kühlschrank hinter mir, angelte eine Flasche Wasser heraus und schenkte ihr ein. Ich wandte mich ein zweites Mal um, öffnete den Schrank unter dem Kühlschrank, holte ein sauberes Glas hervor, stellte es vor mich hin und schenkte ebenfalls ein.

Wir tranken Wasser und schwiegen uns an.

Ich bemühte mich, nachsichtig auszusehen, und beobachtete, wie sie sich nach und nach beruhigte.

Ein paar gewimmerte Seufzer, ein zweiter Schluck Wasser, und sie begann zu berichten. Es brach förmlich aus ihr heraus, wie wenn sie es schon lange jemandem hätte erzählen wollen.

Sie hatte in Sizilien beschlossen, in der Schweiz eine eigene

Firma zu gründen. Eine IT-Firma sollte es sein, auf dem Gebiet kannte sie sich aus. Sie wollte von ihrem Mann unabhängig werden und endlich auf eigenen Beinen stehen. Anfangs war es bloss eine Idee, nach einigen Überlegungen hatte sie klare Vorstellungen. Was fehlte, war das Startkapital. Woher nehmen? Sie machte sich auf den Heimweg und berechnete, wie viel Geld sie benötigte. Schwieriger war die Frage, wie und wo sie den Betrag auftreiben könnte. Auf der Fähre, während der Überfahrt von Sizilien aufs Festland, kletterte ein Junge zu ihr in den Bus. Er fragte sie frei heraus, ob sie Kokain kaufen wolle. Sie lachte, warf den Jungen jedoch nicht aus dem Wagen. Er lotste sie im Hafen von Gioia Tauro vor ein Speiselokal, begleitete sie in ein Hinterzimmer und stellte sie seinem Freund Giorgio vor.

Giorgio gab dem Jungen ein Trinkgeld, schickte ihn raus, schloss die Tür und schichtete zwanzig in Plastik gehüllte ziegelartige Pakete vor ihr auf dem Tisch. Es war reines Kokain.

37

Giorgio, der Mann im Hinterzimmer, wollte ihr das Kokain gleich mitgeben. Es waren zwanzig Pakete zu je fünfhundert Gramm. Er hätte ihr zehn Pakete, das heisst fünf Kilo, auf Pump überlassen. Die anderen fünf Kilo wollte er ihr gegen Bargeld verkaufen. Alles zusammen zu sensationellen Bedingungen.

Ich unterbrach sie. «Haben Sie keine Bedenken gehabt? Wären Sie am Schweizer Zoll hängen geblieben mit zehn Kilo Kokain im Gepäck, hätten die Ihnen zehn Jahre aufgebrummt.»

«Doch. Natürlich habe ich Angst gehabt. Der Fehler war … Ich habe das Kokain versucht. Getestet, verstehen Sie? Die Qualität hat mich umgehauen. Es brennt nicht, es sticht nicht, es ist fein und zart und rein und löst sich wunderbar auf. Die Wirkung kommt wie eine warme Welle und trägt einen fort in ein anderes Leben, in eine klare neue Welt. Ach, es lässt sich nicht beschreiben. Sie sollten es wirklich einmal versuchen. Und dann der Preis … Ich habe an den Profit gedacht. In der Schweiz ist Stoff in dieser Qualität das Fünffache wert.»

Das Geld, das sie dabeihatte, reichte, um drei Pakete zu kaufen. Auf Pump wollte sie kein Gramm annehmen. Auf keinen Fall. Das Risiko, auf lange Sicht in Giorgios Abhängigkeit zu geraten, war ihr zu gross. Am Ende einigten sie sich auf die eineinhalb Kilo.

Damit war die Frage zur Herkunft des Kokains, das Mandy zum Verhängnis geworden war, geklärt: Judith Gassheimer hatte es im Hafen von Gioia Tauro gekauft und in die Schweiz geschmuggelt.

Der Junge hatte beim VW Bus auf sie gewartet. Er half ihr, es unter der Tischplatte anzukleben, und wünschte ihr eine gute Reise.

Sie brachte es ohne Schwierigkeiten in die Schweiz, fuhr ins Emmental, um in der Nähe ihrer Tochter Aurelia und ihres Bruders Alois zu sein, und mietete auf den Campingplatz Mettlen einen Standplatz. Schon am nächsten Tag eröffnete sie ein Konto im Darknet und bot das Kokain an. Doch dann passierte einfach nichts. Niemand zeigte Interesse. Nach zwei Wochen drohte ihr das restliche Geld auszugehen. Zu ihrem Mann zurückzukehren kam nicht in Frage, deshalb lud sie ihren Bruder Alois zu sich in den VW Bus ein und zeigte ihm das Kokain. Statt ihr Geld zu leihen, half er ihr, den Stoff zu verkaufen. Er besorgte eine Briefwaage, und gemeinsam füllten sie je ein Gramm in zehn winzige Beutel ab. Er nahm die Beutel mit in seine Wohnung und verkaufte sie am nächsten Tag einem Junkie.

«An Räs», sagte ich.

«Ich weiss nicht, wie er heisst», behauptete Judith. «Alois kennt ihn von früher.»

«Der Junkie hiess Räs. Er ist tot. Die zwei Typen haben ihn entführt, ausgefragt und umgebracht. Er hat ihnen vermutlich Alois' Adresse verraten.»

«Oje. Ojee. Ojeee.» Sie brach zusammen und heulte und heulte.

Die zwei Typen – ich hatte sie fast vergessen. Es war höchste Zeit zu gehen.

Ich sagte: «Kommen Sie, Franz hat lange genug Ausschau gehalten. Nehmen Sie das Kokain und packen Sie es ein. Franz wird uns zur Polizei fahren.»

Sie wischte sich die Tränen umsonst von den Wangen, es flossen ständig neue aus den roten, verquollenen Augen. Ihre Hände verschwanden zweimal unter der Tischplatte und förderten zwei saubere Pakete zutage. Sie legte sie vor mich hin und plärrte.

Ich klopfte auf die Tischplatte.

Sie griff ein drittes Mal unter den Tisch und legte einen angebrochenen Beutel neben die anderen Packungen.

Ich erwog, mit der Hand unter dem Tisch nachzuspüren, ob sie da unten einen kleinen Rest hortete, für wann auch immer, unterdrückte jedoch den Wunsch. Im Grunde kam es nicht mehr darauf an.

«Tun Sie es in eine Tasche, und dann gehen wir», sagte ich und stand auf.

Sie erhob sich träge, stopfte die Pakete in einen Plastiksack und meinte, die Typen hätten entweder aufgegeben, oder ich hätte eben doch alles nur erfunden.

«Glauben Sie, was Sie wollen, aber kommen Sie mit», sagte ich.

Beim Reden kam mir ein schrecklicher Gedanke. Mir wurde heiss und kalt. Ich trat rasch hinaus und vor den VW Bus, tippte die Autonummer in mein Handy und sendete sie an die kostenpflichtige Telefonnummer. Die Antwort kam postwendend. Der VW Bus war auf Ralph Gassheimer zugelassen. Adresse: Hintere Steinmatte, Flühli, im Entlebuch.

Ich war sofort wieder im Wagen.

Sie hatte Jeans angezogen, schlüpfte in ihre Winterstiefel und bat mich, die Plastiktasche zu tragen.

Ich fragte: «Hat Alois Fotos gehabt?»

«Was?»

«Hat es in Alois' Wohnung Fotos gehabt? Bilder von Ihnen, von Aurelia, Ihrem Mann, Alois und – *dem VW Bus*?»

«Sicher. Am Kühlschrank. Wir haben extra Magnete gekauft. Aurelia hat die Fotos an den Kühlschrank geheftet, schön in zwei Reihen.»

Ich könnte mich irren, aber ich konnte mich nicht erinnern, an Bärners Kühlschrank Fotos gesehen zu haben. «Ist der VW Bus auf einem der Bilder zu sehen?»

«Aber sicher. Auf zwei Fotos. Mindestens.»

«Rufen Sie Ralph, Ihren Mann, an. Schnell. Sie müssen ihn warnen. Die Typen haben die Fotos mitgenommen. Wenn sie herausbekommen, dass der VW Bus auf Ihren Mann eingelöst ist – und das werden sie herausbekommen –, fahren sie hin. Sie werden versuchen, Ihre Familie zu erpressen. Sie werden keine Möglichkeit auslassen, um an das Kokain zu gelangen.»

Sie verlor jegliche Farbe im Gesicht, holte ihr Handy aus der Hosentasche, suchte eine Nummer und drückte auf Anrufen. Es war so still im Wagen, dass ich das Wartezeichen hören konnte.

Wir brauchten Geduld. Es dauerte, bis jemand abhob.

«Hallo? Ralph? … Ralph, bist du es? … Ralph? Ich bin es, Judith. Ich muss dir was … Was? … Oh, nein. Nein …»

Sie lauschte nicht länger, sie liess den Arm sinken und presste ihre Lippen mit Gewalt aufeinander. Zwischen ihren Lidern quollen neue Tränen hervor. Ihr Gesicht erhärtete, geriet zur Fratze.

Ich nahm ihr das Handy aus der Hand und legte auf.

Sie wehrte sich nicht. Sie drehte sich weg, kniete vor der Bank nieder, drückte sich den Ärmel ins Gesicht und heulte wie ein verletztes Kind.

Ich hockte mich wieder auf die Bank gegenüber.

Sie sah zu mir hoch und stammelte: «Sie sind dort. Sie haben Ralph gefesselt … und Roger und Marc, alle ausser Aurelia. Sie wollen aufbrechen und Aurelia mitnehmen. Ralph hat ihnen gesagt, wo der VW Bus steht und dass ich …» Es kamen nur noch quietschende Töne aus ihrer Kehle.

Ich redete auf sie ein: «Rufen Sie Ralph nochmals an. Rasch. Sagen Sie ihm, die Typen sollen dortbleiben. Sagen Sie ihm, sie sollen warten, Sie werden ihnen das Kokain bringen. Sagen Sie, Sie hätten vier Kilo und eine angebrochene Packung. Reines Kokain aus Italien. Sagen Sie ihm, Sie kommen allein. Keine Polizei.»

Ich half ihr auf.

Sie setzte sich auf die Bank.

Ich gab ihr das Handy zurück. «Los. Erzählen Sie es Ralph so, dass er Ihnen glaubt. Dann werden die Typen es ihm auch glauben.»

«Ich habe keine vier Kilo Kokain», warf sie ein.

«Wir tun Packungen mit Zucker, Kaffee oder Teigwaren in Plastiksäcke. Wir legen die Säcke in einen grösseren Plastiksack. Was immer Sie dahaben, es muss vier Kilo schwer sein und so aussehen, dass sie es annehmen und erst später kontrollieren.»

Sie druckste sich, fand wohl alles zwecklos.

Ich trieb sie an. «Machen Sie, rufen Sie ihn an.»

«Kommen Sie mit?»

«Was denn sonst?», antwortete ich. «Franz auch. Wir fahren mit dem Taxi. Los, rufen Sie Ihren Mann an. Ich werde still sein.»

Sie rief Ralph an. Diesmal wurde der Anruf sofort angenommen.

Sie erklärte Ralph, dass sie kommen und das Kokain bringen werde, wie ich es ihr aufgetragen hatte.

Ich nahm das Kokain aus dem Sack, fand in einem Schrank zwei Kilo Reis, ein Kilo Zucker und zwei Packungen mit Frühstücksmüesli. In einer Einkaufstasche fand ich mehrere Plastikbeutel, schichtete die Lebensmittel in die Tasche und polsterte mit den Beuteln. Die angebrochene Packung Kokain legte ich obendrauf.

Ralph schien anfangs zu zweifeln und am Ende einzuwilligen. Judith gab sich Mühe und versprach, sich zu beeilen und trotzdem vorsichtig zu fahren. Sie fand ihre Stimme wieder und sagte mit fester Überzeugung: «Sage ihnen, ich sei in dreissig Minuten da.»

Ich setzte den Hut auf und entriegelte die Beifahrertür. Den Plastiksack gab ich nicht mehr aus der Hand.

Wir verliessen den VW Bus und eilten durch den Schnee hoch zum Parkplatz.

Es hatte aufgehört zu schneien. Die Sonne fand eine Lücke zwischen den Wolken und entzündete ein blendendes Feuerwerk über den flachen, verschneiten Dächern der Wochenendhäuser.

Das Taxi war leer, Franz nirgends zu sehen. Ich wollte in den Toiletten nachschauen, da kam er gemütlich aus dem Restaurant geschlendert. In der Hand hielt er ein riesiges Sandwich, eingewickelt in blaue Servietten.

«Die Typen kommen nicht, das kannst du vergessen», rief er von der Terrasse aus.

«Ich weiss, wo sie sind», sagte ich. «Komm, wir müssen sofort los. Sie sind in der Hinteren Steinmatte und halten die ganze Familie als Geiseln.»

Er trabte zu uns herauf. «Scheisse! Was machen wir jetzt?»

«Wir fahren hin und befreien sie», sagte ich.

38

Franz gab Judith die Hand. «Sind Sie Alois Bärners Schwester?»

«Ja.»

«Ich heisse Franz.»

«Ich bin Judith.»

«Kommst du mit uns?», fragte er.

«Sicher. Es geht um meine Familie.» Ihre Hand versank tief in seiner Pranke. «Kennst du meinen Bruder gut?»

«Nur flüchtig», sagte er und setzte sich ans Steuer. «Ich habe ihn zweimal nach Burgdorf gefahren. Er hat mir erzählt, er leite dort ein Bistro.»

Ich wies Judith an, vorne einzusteigen, und warf mich in den Fond, direkt hinter ihr. Sie setzte sich ohne zu murren auf den Beifahrersitz.

«Hast du Hunger?» Franz übergab ihr das Sandwich, setzte eine Sonnenbrille auf und startete den Motor.

Sie sagte, sie könne nichts essen, nicht jetzt, und packte das riesige Ding sorgsam ins Handschuhfach.

«Wenn wir dort sind, kannst du gerne ein Stück davon abhaben», sagte Franz und lachte.

Er rollte langsam am Restaurant vorbei, erklomm die Strasse mit viel Schwung und jagte den Wagen über die verschneite Strecke und durch die Kurven hinunter zur Hauptstrasse. Sonnenstrahlen fielen wie eine Anzahl glühender Besenstiele durch eine Kluft zwischen zwei dunklen Wolken und polierten die weit entfernte, winterliche Hügelkette Gartegg auf Hochglanz.

Meine Schuhe waren fast trocken, meine Füsse schön warm.

«Die Wirtin kennt mich. Faustbrot, nennt sie das. Schinken hat sie reingetan, sooo dick.» Franz unterstrich die Behauptung mit Daumen und Zeigefinger. «Magst du Schinken? Wir teilen es uns nachher. Erst schnappen wir diese miesen Typen und übergeben sie der Polizei. Dann essen wir.»

Judith brauste auf. «Polizei? Herr Bergmann, Sie haben gesagt, wir schalten die Polizei nicht ein. Ich habe es Ralph versprochen. Ich will keine Polizei.»

Franz lachte bloss noch argloser. «Mach dir kein Gewissen deswegen. Das sind Verbrecher. Die gehören in den Knast.» Sie wollte etwas entgegnen, er stoppte sie mit einem Handzeichen und fragte nach hinten: «Abgesehen von der Polizei, wie lautet dein Plan, Alexander?»

«Sie sollen glauben, dass ihr zwei alleine kommt. Deshalb werde ich mich ducken, sobald wir durch den Wald fahren, und werde auf der ganzen langen Zufahrt unten bleiben. Du, Franz, hältst möglichst weit vom Haus und von ihrem Chevrolet entfernt und bleibst im Wagen. Lege die Hände oben aufs Lenkrad, damit sie sie sehen können. Sie, Judith, steigen aus und nehmen den Plastiksack mit.»

Ich schob den Sack zwischen den Sitzen nach vorn. Sie nahm ihn entgegen und deponierte ihn zwischen ihren Stiefeln.

«Bleiben Sie mitten auf dem Platz stehen und halten Sie den offenen Beutel hoch. Zeigen Sie, dass Sie es ehrlich meinen. Die Typen werden nur aus dem Haus kommen, wenn sie Ihnen trauen.»

«Ich weiss nicht, ob ich das durchstehe», klagte sie.

Franz versetzte die Sonnenbrille auf die Nasenspitze und schaute über den Rand auf sie hinunter. «Du brauchst keine Angst zu haben, mit denen werden wir fertig. Nicht wahr, Alexander?»

«Das werden wir sehen. Es sind keine Chorknaben.»

Er schob die Brille hoch, bog in Bärau in die Hauptstrasse ein und fuhr Richtung Trubschachen. Der rege Verkehr erlaubte nicht, in übersetzter Geschwindigkeit zu fahren. Dafür lag kein Schnee mehr auf der Fahrbahn.

Ich rief Ursina Trummer an.

Sie hob ab. «Trummer.»

«Alexander. Hallo, Ursina. Wie läuft es bei euch?»

«Danke, ich bin zufrieden. Karl und ich sind hier durch. Wir haben den Chef informiert. Er will den Rapport erst morgen früh haben. Die Spurensicherung ist stark gefordert, sie wird bis zum Abend beschäftigt sein. Stell dir vor, die haben nur eine Person hergeschickt.»

«Wo haben sie Alois Bärner hingebracht?»

«Ins Spital Langnau. Ist ein zäher Bursche. Er hat mir erklärt, wo das Kokain versteckt ist. Es soll bei seiner Schwester sein, in einem VW Bus auf dem Campingplatz Mettlen. Er habe es dir auch verraten, hat er gesagt. Es braucht uns nicht mehr hier, wir machen uns auf den Weg zum Campingplatz. Bin gespannt. Bist du noch dort? Sehen wir uns?»

«Nein. Wir sind auf der Fahrt ins Entlebuch. Die Typen haben –»

«Ins Entlebuch? In den Kanton Luzern?»

«Ja. Die Typen halten Bärners Schwager und seine Familie gefangen. Auf einem abgelegenen Bauernhof in der Gemeinde Flühli.»

«Bist du sicher? Woher weisst du das?», fragte sie ungläubig.

«Bärners Schwester hat ihren Mann angerufen. Da haben wir es erfahren.»

«Und jetzt? Fährst du hin? Bist du schon unterwegs?»

«Ja. Franz Grossniklaus, der Taxifahrer, fährt uns in seinem Taxi hin.»

«Ist Bärners Schwester bei euch? Nehmt ihr sie mit?», fragte sie.

«Klar. Es geht schliesslich um ihre Familie.»

Ursina ärgerte sich über alle Massen, das war nicht zu überhören. «Was wollt ihr dort?»

«Die Typen halten ihren Mann, ihre Tochter, ihre Schwiegermutter und drei junge Erwachsene fest. Wir geben ihnen das Kokain im Tausch gegen die Familie.»

Sie bähte in den Hörer. «Das kannst du nicht machen, Alexander. Das ist Sache der Polizei. Das weisst du ganz genau.»

«Die halten eine Familie als Geiseln. Du weisst, wie oft Geiselnahmen schlimm enden. Wir bieten ihnen das an. Es ist das, was sie wollen. Wir locken sie damit aus dem Haus. Dann halten wir sie auf, bis die Polizei kommt.»

«Du bist verrückt, weisst du das?» Ärger, Bestürzung, Sorge, ein ganzer Strauss von garstigen Gefühlen beeinflusste ihre Stimme.

Ich dachte, das würde sie ermutigen, und sagte: «Ich habe ein Kilo im VW Bus gelassen. Für dich und euren Rapport.»

Sie reagierte keinen Deut gefasster. «Von was redest du?»

«Kokain. Du findest im Kühlschrank zwei Fünfhundert-Gramm-Pakete. Der VW Bus steht übrigens unten am Bach, du musst nur der Spur im Schnee –»

Judith schrie auf: «Nein!» Sie hatte mir zugehört und begann, im Sack zu wühlen. «Das darf nicht wahr sein!»

«Ich muss auflegen», sagte ich zu Ursina.

Sie hielt kalt und grimmig fest: «Ich kann dir nicht helfen, Alexander. Wir haben im Kanton Luzern nichts verloren.»

«Ich weiss. Kannst du die Luzerner alarmieren? Oder soll ich selbst dort anrufen?»

Sie versprach immerhin, das für mich zu erledigen und in der Zentrale in Luzern ein Polizeiaufgebot anzufordern.

Ich gab ihr Ralphs Adresse bekannt und legte auf.

Judith war ausser sich. «Was haben Sie getan? Was denken Sie sich eigentlich? Wie soll das gehen, mit dem bisschen Stoff? Oje, das gibt eine Katastrophe.» Sie schleuderte mir den Plastiksack an den Kopf. «Ich mache nicht mehr mit. Nein. Nein. Nein. Ich bin fertig mit Ihnen.» Sie schwitzte und bebte, biss sich die Lippen wund und kratzte sich die Arme blutig.

Franz fragte aufrichtig: «Was ist los?»

Judith erklärte ihm, ich hätte behauptet, die Typen wären nur auf das Kokain scharf. Ich hätte ihr versprochen, wir würden hinfahren und ihnen das Kokain übergeben. Wenn sie es bekämen, würden sie abziehen und die Familie freilassen. Sie habe mir geglaubt, sagte sie, doch ich hätte sie bloss angeschmiert. Ich hätte das Kokain wieder aus dem Sack genommen und im VW Bus deponiert. Für die Bullen. Damit diese einen Erfolg verbuchen könnten. Die Bullen stünden mir näher als ihre Familie, sonst hätte ich das niemals getan. Und nach einer Atemholpause sagte sie, es sei schliesslich immer noch ihr Kokain.

Womit sie im Grunde recht hatte.

Franz konzentrierte sich auf die Strasse und wiegte den mächtigen Schädel hin und her.

Wir hatten inzwischen Trubschachen erreicht.

Ich sagte: «Das eine Kilo hätte uns nicht gerettet. Sie erwarten mehr als vier Kilo. Wenn sie im Sack wühlen, wird es so oder so brenzlig.»

Bevor Judith etwas entgegnen konnte, sprach ich Franz an und bat ihn, in das Quartier zu fahren, in dem Räs' Haus stand.

Judith begann von Neuem zu schimpfen. «Warum biegen wir ab? Was soll das? Wir müssen uns beeilen. Ich habe Ralph versprochen, ich sei in dreissig Minuten da. Wir haben noch mehr als die Hälfte vor uns, und es sind schon zwanzig Minuten verstrichen. Oh, ich halte das nicht mehr aus mit euch. Ich drehe durch. Ich spüre es, ich werde wahnsinnig.»

Franz befolgte meine Bitte und stoppte vor dem Gartentor.

Ich beeilte mich, lief über den Kiesweg zur Haustür und drückte die Falle. Die Tür sprang auf. Ich hielt sie fest, wollte erst einen Spaltbreit öffnen und horchen, doch Fidels Schnauze erschien im Spalt. Er zwängte den Kopf hinaus und drückte. Ich gab nach, öffnete weit und machte ihm den Weg frei. Er schlüpfte in den Garten, lief flink dem Zaun nach und verzog sich hinters Haus.

Ich suchte die Küche und fand unter dem Fenster in der Ecke zwei identische Blechnäpfe. Sie waren leer. Ich füllte den einen mit Wasser, trug ihn hinaus und stellte ihn vor dem Treppenabsatz auf den Boden.

Fidel kam hinter dem Haus hervorgelaufen, pinkelte an einen Haselstrauch, kam auf mich zu, schnupperte kurz an meinem Handrücken und schlappte das Wasser bis auf einen minimalen Rest aus dem Napf.

Ich liess die Tür offen, hockte mich auf die Treppe und kraulte ihn am Hals. «Na, Fidel? Du kannst nicht hierbleiben. Kommst du mit uns? Ich suche dir ein neues Zuhause. Was ist? Traust du mir?»

Er schwänzelte.

39

Es blieb keine Zeit, um Fidels Leine zu suchen oder ihn gar zu füttern. Ich zog die Haustür ins Schloss, liess den Napf stehen, forderte ihn auf, mir zu folgen, und ging schleunigst zum Taxi.

Fidel trippelte mir hinterher, kam ohne ein Zaudern durch das Gartentor und blieb auch auf dem Trottoir in meiner Nähe. Er beobachtete, wie ich die Wagentür öffnete, zur Seite trat und ihn anblickte.

Ich hatte das Gefühl, er blicke fragend zu mir hoch oder unschlüssig. Ich sagte deshalb: «Fidel, komm, steig ein. Hopp.» Erst als ich auffordernd mit dem Arm winkte, nahm er Mass, sprang hoch und kraxelte behände auf den Rücksitz.

Ich setzte mich neben ihn.

Franz wendete, fuhr zur Kreuzung zurück und bog wieder auf die Hauptstrasse ein.

Judith fragte ihn: «Stört dich das nicht?»

«Was?»

«Der Hund auf dem Rücksitz.»

«Doch», antwortete Franz. «Hunde gehören hinten rein. Sonst gibt's Ärger. Wenn wir Pech haben, gibt es obendrein eine Busse.»

Judith fragte: «Warum fährst du nicht rechts ran und wirfst sie raus? Alle beide?»

Ausserhalb des Dorfes erhöhte er das Tempo, überholte vor dem kalkweissen Kirchlein vor Wiggen zwei Sonntagsfahrer und sagte mit der Unerschütterlichkeit eines Frachtschiffmatrosen: «Weisst du, als Taxifahrer muss man ab und zu ein Auge zudrücken.»

Ich sass gebannt da und überlegte wieder und wieder, wie wir die Sache angehen könnten. Das Ziel bestand darin, die Geiselnahme unblutig zu beenden und – wenn möglich – die beiden Typen aufzuhalten, bis die Polizei eintraf. Ich rief mir den Hofplatz mit der Einzäunung, dem Tor, der Linde, dem Miststock und dem Brunnen in Erinnerung und versuchte die Distanzen zwischen den Gebäuden wie Bauernhaus, Stall und Wagenschopf abzuschätzen.

Judith musste es gelingen, die zwei Typen aus dem Haus zu locken.

Mir musste es gelingen, den Wagen heimlich zu verlassen und hinter das Bauernhaus und von dort in den Rücken der beiden Männer zu gelangen. Das brächte mir den entscheidenden Vorteil. Ich könnte sie überraschen und auffordern, die Waffen abzulegen. Es müsste klappen. Im Detail betrachtet, müsste ich aus dem Taxi aussteigen und ungesehen hinter den Miststock und von dort zum Stall hinaufkommen. Vom Stall schräg hinüber zum Bauernhaus zu schleichen war dann ein Leichtes.

Fidel lag ausgestreckt auf dem Rücksitz und platzierte seinen Kopf auf meinen Oberschenkel. Er schlief oder tat wenigstens so. Ich empfand das Gewicht seines Kopfes und die Wärme seines Körpers als wohltuend und seinen Hundegeruch zumindest nicht als grässlich abstossend. Auf jeden Fall holte er mit seiner Passivität meine Gedanken zurück ins Hier und Jetzt. Ich vergrub die Finger in seinem Fell.

Franz raste auf der Strasse weiter, bog vor Schüpfheim rechts ab, fuhr Richtung Flühli und folgte dem Wegweiser zum Golfplatz. Er stob an dem zugefrorenen Teich und an den eingeschneiten Grünanlagen vorüber und schoss auf den übersichtlichen Schlaufen der Nebenstrasse hinauf auf die Anhöhe. Von dort ging es in den Wald und danach auf der langen, geraden Zufahrt hinunter zur Hinteren Steinmatte.

Auf dieser Höhe lag schätzungsweise doppelt so viel Schnee wie unten in Langnau.

Der Himmel war verhangen und die nahen Felsen vom Dunst verschleiert. Dem späten Nachmittag fehlte jeder Glanz, und die Fahrt durch den Wald mahnte an eine Reise durch die Unterwelt.

Franz deponierte die Sonnenbrille in der Konsole zwischen den Vordersitzen.

Ich schob den Plastiksack Judith zu und fragte, ob sie Stoff brauche, ob sie eine Linie schnupfen möchte.

Sie nahm den Plastiksack, packte alles wieder richtig ein und sagte: «Nein. Ich würde von vornherein alles vermasseln. Nüchtern stehe ich es vielleicht durch. Ich rühre das Zeug nie mehr an. Ich bin geheilt.»

Gegen Ende der kurzen Fahrt durch den Wald legte ich mich quer, behielt den Kopf unten und sagte Franz, er solle den Wagen unter der Linde neben dem Miststock abstellen. Ich würde versuchen, hinter dem Mist zu verschwinden und von dort zum Stall mit der Scheune und schliesslich zum Bauernhaus zu gelangen.

Judith sah aus dem Seitenfenster und pries die Gegend frei von jeder Spöttelei. «Ach, es ist einfach schön hier!»

Ich schwieg.

Franz pflichtete ihr mit einem gebrummten «Hmmm» bei, und sie murmelte weiter: «Wenn es schief geht, verstreut meine Asche unter dem Pflaumenbaum.»

Franz liess den Wagen bis zum Stillstand ausrollen und schaltete den Motor aus.

«Frau Gassheimer», flüsterte ich.

«Ja?»

«Ich zähle auf Sie.»

Sie drehte sich nicht um, sagte entschieden: «Okay, ich versuche es», und stieg aus.

Ich nahm die Beretta in die Hand.

Franz flüsterte: «Alexander.»

«Ja?»

«Warte auf mein Zeichen.»

«Gut. Ich bin bereit.»

«Sie stehen oben auf der Treppe. Der Dünne kommt herunter. Er schimpft und flucht und fuchtelt mit einem Revolver. Der Stämmige hält Aurelia am Arm fest. Sonst ist niemand zu sehen. Judith geht dem Dünnen entgegen. Mann, ist die tapfer. Sie übergibt ihm den offenen Beutel und behält den Plastiksack. Achtung. Jetzt. Geh!»

Ich öffnete die Tür, stürzte mich in den Schnee und spürte, wie

Fidel über meinen Rücken hinweg ebenfalls ins Freie sprang. Er lief um den Wagen herum und entschwand aus meinem Blickfeld.

Verdammt. Der Schreckgedanke, wir würden wegen Fidel gleich auffliegen, lähmte mich. Ich unterdrückte den Gedanken so gut es ging, stiess die Tür zu, huschte hinter den Miststock, duckte mich tief und war auf alles gefasst.

Der Schnee strahlte eine erfrischende Kälte ab. Nach dem Schreck und der Wärme und der Spannung im Taxi weckte mich die Frostigkeit wie ein kühles Bad in einem Bergsee. Fidels ungeplante und unerwartete Einmischung rückte in den Hintergrund.

Der Mist dampfte. Sein Gestank raubte mir schier den Atem.

Ich horchte. Niemand sprach ein Wort. Niemand schritt über den Platz, sonst hätte ich den Schnee knirschen gehört. Ich vernahm lediglich ein Rascheln; jemand hantierte mit dem Beutel.

Eine Kuh brüllte im Stall.

Nicht sehen zu können, was vor sich ging, war unerträglich. Ich rückte vor und linste mit der Beretta im Anschlag von der Ecke des Miststockes zum Bauernhaus hinauf.

Der Stämmige stand oben auf der Treppe. Er trug eine Sturmhaube über dem Kopf und hielt eine Pistole in der rechten Faust. Mit der anderen Hand umklammerte er nach wie vor Aurelias Handgelenk.

Sie beugte sich über Fidel und strich ihm über den Kopf. Die beiden kannten sich. Vermutlich waren sie sich bei Alois begegnet, an dem einen oder anderen Wochenende, wenn Räs vorbeikam, um Kokain zu kaufen.

Ich wagte mich weiter vor – und musste erkennen, dass mein Plan, von hier zum Stall zu laufen, falsch gedacht war. Es gab keine Deckung. Nichts. Sie würden mich mit Leichtigkeit erblicken, spätestens an der Stallmauer, ich könnte ebenso gut quer über den Platz zum Bauernhaus hinaufspazieren.

Ich war gezwungen, hinter dem Miststock zu verharren. Mit grösster Behutsamkeit wagte ich mich noch weiter vor, um zu sehen, was zwischen Judith und dem Dünnen vor sich ging.

Er stand ungefähr auf halbem Weg zwischen der Treppe und

dem schwarzen Chevrolet. Er hatte den Revolver in den Hosenbund und die Sturmhaube in die Stirn geschoben. In der einen Hand hielt er den offenen Beutel und steckte den kleinen Finger der anderen Hand in seine Nase.

Judith stand mit vorgezogenen Schultern vor ihm und hielt den Plastiksack verkrampft mit beiden Händen vor der Brust.

Der stämmige Kerl auf der Treppe trappte hinunter. Er zerrte Aurelia hinter sich her und stellte dem Dünnen eine Frage.

Fidel blieb oben auf der Treppe, sah Aurelia nach und setzte sich.

Der Dünne grinste, antwortete auf die Frage des Stämmigen mit einem lang gezogenen «Jaaa», zog die Sturmhaube wieder bis zum Kinn herunter.

Judith gab ihm den Plastiksack und sagte mit klarer Stimme: «Das ist alles. Mehr habe ich nicht.»

Der Dünne nahm den Sack, streckte dem Stämmigen den offenen Beutel hin und gab ihm einen Wink mit dem Kopf.

Der Stämmige liess Aurelia los, schob die Pistole in den Hosenbund und die Sturmhaube hoch über die Stirn, leckte den kleinen Finger ab, bohrte ihn ins Kokain und sodann in die eigene Nase.

Judith ging mit verschränkten Armen und gemessenen Schritten an beiden vorbei, nahm Aurelia an der Hand und rannte mit ihr zur Treppe und hoch zu Fidel. Oben schloss sie ihre Tochter gemeinsam mit dem Hund in die Arme.

Mein Puls raste, mein Atem flog, mein Körper spannte sich. Ich entsicherte die Beretta. Ich war bereit, vorzuspringen, notfalls zu schiessen, und wartete auf den richtigen Moment.

Das Kokain überzeugte auch den Stämmigen. Er grinste.

Der Dünne reichte ihm den Plastiksack, fischte den Autoschlüssel aus der Tasche und ging zum Chevrolet.

Der Stämmige hatte noch nicht genug. Er liess die Sturmhaube wie eine Mütze auf dem Kopf, stellte den Plastiksack in den Schnee, leckte den kleinen Finger nochmals ab, steckte ihn ins Kokain, tiefer diesmal, und führte ihn dann ins andere Nasenloch. Das Kokain verfehlte seine Wirkung nicht. Er schloss die Augen, warf den Kopf zurück, ächzte, grinste, nahm den Plastiksack auf, breitete seine Arme aus und rief: «Hey!»

Der Dünne blieb vor dem Chevrolet stehen und schaute zurück. «Hä?»

Der Stämmige machte eine Bemerkung auf Holländisch, die so viel wie «Der ist spitze» bedeuten könnte. Er hielt den Plastiksack immer noch hoch in der Luft.

Los, zieht endlich ab. Verschwindet von hier, dachte ich.

Der Stämmige nahm den Plastiksack näher zu sich und wollte hineingreifen.

Ein schneidender Knall erschreckte alle.

Eine Kugel fetzte durch den Plastiksack und riss beim Austritt ein grosses, ausgefranstes Loch in die Hülle. Zucker spritzte heraus.

Der Stämmige taumelte, schmiss Plastiksack und Beutel weg, drehte sich einmal um die eigene Achse und flüchtete gegen den Stall zu, die Pistole in der Hand.

Was der Dünne tat, konnte ich nicht mehr sehen, denn ich stellte mich dem Stämmigen in den Weg und rief: «Stopp! Waffe weg!»

Mein Finger berührte den Abzug.

Er blieb stehen, war eine Millisekunde baff, kniff die Augen zusammen, stiess einen Fluch aus und wollte die Arme heben und die Pistole auf mich richten, da knallte es wieder. Diesmal durchschlug die Kugel die Frontscheibe des Chevrolets. Der Schuss hallte trotz des Schnees von den Felsen wider.

«Waffe weg!», wiederholte ich mit aller Härte, und hörte Franz vom Chevrolet her rufen: «Halt! Stehen bleiben!»

Der Stämmige sah sich nach seinem Kumpel um und gab auf. Er liess die Arme sinken, die Pistole in den Schnee fallen und gaffte mit frustriertem Blick in den Lauf meiner Beretta. Ich wackelte mit der Waffe, er verstand und hob die Hände.

Jetzt konnte ich es wagen, einen Blick auf die Situation beim Chevrolet zu werfen. Ich hatte noch knapp mitbekommen, dass der Dünne im Begriff gewesen war, einzusteigen. Beim zweiten Knall, als die Kugel die Frontscheibe durchschlug, besann er sich und flüchtete in der Reifenspur zum Tor hinunter. Er wollte anscheinend zu Fuss abhauen. Im T-Shirt und in Halbschuhen, in der Abenddämmerung, im Entlebuch, im Winter.

Franz war ausgestiegen und fing ihn vor dem Tor ab. Er hielt dem Typ seine Beretta unter die verdeckte Nase und setzte ihm zu, bis er seinen Revolver in einem Bogen in den Schnee warf und fluchte.

Ich winkte Franz zu, er winkte triumphierend zurück.

Wir führten die beiden Männer zum Stall und befahlen ihnen, sich unter dem Vordach mit den Händen im Nacken und dem Gesicht gegen die Wand auf den Betonboden zu setzen.

Ich bewachte sie und sah ohne Mitleid, wie sie froren.

Franz sammelte die beiden Schusswaffen und den Plastiksack und den Beutel ein.

Judith und Aurelia hatten sich ins Haus verzogen, nun traten alle aus der Tür: Ralph, Roger, Marc, Judith und Aurelia mit Fidel.

Martha und Vera fehlten.

Ralph rieb sich die Handgelenke, kam die Treppe herunter und ging im Krawallschritt auf die beiden Typen zu.

Ich warnte ihn: «Sei vorsichtig, Ralph, komm ihnen nicht zu nahe.»

Er hörte nicht auf mich. Er riss den Männern die Sturmhauben von den Köpfen, warf sie ihnen vor die Füsse, packte den Dünnen beim Haarschopf und bog ihm den Kopf hart in den Nacken. Er beugte sich über den Mann, stierte in seine Augen und zischte ihn böse an.

Die Worte, die er dem Dünnen ins Gesicht spie, gingen im Sirenengeheul der Polizei unter. Ein Streifenwagen, ein Mannschaftswagen und ein ziviles Fahrzeug fuhren auf den Platz.

Die Dämmerung hatte eingesetzt. Die kreisenden Blaulichter brachten künstliche Farben ins Spiel.

Acht Polizisten in Uniform stürmten aus den Autos und setzten uns alle vorübergehend fest. Der Einsatzleiter und eine Begleiterin, beide in Zivil, folgten nach.

Sie erlangten rasch den Überblick, legten den beiden Verbrechern Handschellen an, verfrachteten sie in den Mannschaftswagen und fuhren weg.

Der Einsatzleiter stellte sich und seine Begleiterin vor. Er kam von der Drogenfahndung, und sie war Psychologin.

Wenig später sassen wir um den Küchentisch und tranken Kaffee. Wer Hunger und Appetit hatte, ass Brot und Käse. Franz hatte sein Sandwich aus dem Taxi geholt und teilte es wie versprochen mit Judith. Aurelia bettelte ihrer Mutter ein Stück Schinken ab und fütterte es Fidel.

Roger schürte das verglimmende Feuer im Ofen und legte Holz nach, auf dass sich alle in der Wärme erholen konnten.

Ein Polizist nahm von jedem von uns die Personalien auf.

Martha und Vera sassen in der Wohnstube. Der Einsatzleiter und die Psychologin waren bei ihnen und befragten sie.

Martha hatte geschossen.

Ralph erzählte am Tisch, seine Mutter sei im Besitz des Jagdpatents. Nachdem sein Vater gestorben sei, habe seine Mutter das Patent weiter eingelöst und Kollegen auf der Jagd begleitet, jedoch nie mehr ein Tier geschossen. Sie habe ihm erzählt, sie hätte den schwarzen Chevrolet mit den getönten Scheiben kommen sehen. Er, Ralph, sei mit Roger und Marc im Stall gewesen. Vera habe bei ihr in der Küche geholfen.

Vera kam aus der Wohnstube und setzte sich an den Tisch. Alle rückten ein bisschen zusammen, und ich fragte sie, ob sie wisse, warum Martha das Gewehr geholt habe.

Sie trank ein Glas Wasser und berichtete. «Martha hat den Wagen auf der Strasse kommen sehen. Sie hat mich gefragt, ob wir jemanden erwarten. Ich hätte keine Ahnung, habe ich gesagt. Deshalb haben wir den Wagen gemeinsam beobachtet und gesehen, wie er auf dem Platz stoppte. Wir haben uns gewundert, weil die beiden Männer nicht ausgestiegen sind. Dann aber haben wir gesehen, wie sie diese schwarzen Mützen über ihre Köpfe zogen und sich damit vermummten. Martha hat sofort die Polizei angerufen. Dann hat es an der Haustür geklingelt. Wir haben nicht aufgemacht. Sie hat geflüstert, ich soll mitkommen. Sie hat schnell die Büchse geholt, eine Handvoll Patronen eingesteckt, und dann sind wir auf den Estrich gestiegen. Sie hat mir gesagt, ich soll die Tür verriegeln. Sie ist rasch ans kleine Fenster gegangen, vorne im Dachgiebel, und hat auf den Platz hinuntergeschaut. Ich habe mich neben sie gestellt. Wir haben gesehen, wie die vermummten Männer zum Stall hinübergingen. Ich habe versucht, mit meinem Handy Ralph anzurufen, um ihn zu warnen, aber ich bin zu spät gewesen. Er hat nicht abgenommen.»

Wir erfuhren von Ralph, dass die Männer ihn, Roger und Marc im Stall überraschten und mit Pistolen bedrohten. Sie trieben sie aus dem Stall ins Haus.

Ralph erzählte weiter, seine Mutter habe erklärt, sie und Vera hätten nach langem Bangen statt der Polizei das Taxi kommen sehen. Sie hätten beobachtet, wie Judith ausgestiegen sei und den Männern etwas übergeben habe. Sie hätten auch gesehen, wie ich hinter den Miststock kroch und dort mit der Waffe in der Hand den Männern auflauerte. Fidel sei übrigens auf direktem Weg zu Aurelia getrippelt und habe dadurch die Aufmerksamkeit der beiden Männer auf sich gezogen. Sie hätten ihm nachgesehen, aber nichts unternommen, weil er so friedlich an dem Dünnen vorbeigelaufen sei. Ohne Fidel hätten die Männer mit hoher Wahrscheinlichkeit bemerkt, dass jemand mit einer Pistole durch den Schnee kroch und hinter dem Mist Deckung suchte.

Vera fuhr fort. «Martha hat vor sich hin geschimpft und mir geflüstert, ich soll das Fenster aufmachen. Sie hat gesagt, die beiden Verbrecher dürften nicht entkommen. Ich habe es leise aufgemacht, und Martha hat das Gewehr angelegt. Ich habe schreckliche Angst gehabt und mich weggeduckt, weil ich gedacht habe, sie erschiesst einen der Männer. Aber sie hat gesagt, ich müsse keine Angst haben. Dann hat sie geschossen.»

Aurelia wollte wissen, wieso wir Fidel mitgebracht hatten. Bevor ich ihr antworten konnte, erklärte Judith, Fidel brauche ein neues Zuhause, sein Besitzer sei ermordet worden.

Aurelia reagierte entsetzt. «Was? Der Mann mit der Kapuze ist tot? Ich kenne ihn. Er ist ein paarmal zu Onkel Wisi gekommen. Die beiden haben immer gestritten. Oje, Fidel. Komm her zu mir.» Sie küsste ihn und bestürmte Ralph und Judith, Fidel behalten zu dürfen.

Ralph meinte, vielleicht melde sich ein Verwandter des Ermordeten, dann müssten sie ihn unter Umständen wieder hergeben.

Aurelia versprach, er solle es gut haben, solange er bei ihnen sei, und machte Fidel mit dem Haus bekannt. Als die beiden zurückkamen, sagte Aurelia, sie habe im Estrich etwas gefunden, und übergab einem der Polizisten zwei Patronenhülsen.

40

Judith musste die Zeit bis zum Tag vor Weihnachten in Untersuchungshaft verbringen. Ralph, Aurelia und Fidel holten sie beim Gefängnis in Luzern ab.

Sie hatten Franz und mich zum Mittagessen eingeladen. Wir nahmen Alois Bärner mit, der immer noch an Stöcken ging und eine dunkle Brille trug.

Wir trafen gleichzeitig mit ihnen in der Hinteren Steinmatte ein. Diesmal fuhren wir in meinem Wagen. Die Begrüssung mitten auf dem Platz war allseits herzlich. Judith umarmte mich. Sie hielt mich richtig und lange fest und bot mir das Du an.

Sie hatte sich verändert. Sie sah ausgeschlafen aus, entspannter, jünger, aber auch nachdenklicher.

Die Sonne schien. Nur auf den Felsen im Hintergrund, zwischen den Gesteinsbrocken beim Felssturz und im Schatten vor dem Haus und neben dem Stall lag noch Schnee. Es dürfte hier auch längere Zeit nicht geschneit haben, und es würde, gemäss Wetterbericht, erst nach Weihnachten wieder schneien.

Neben der Treppe stand ein Tannenbaum, der sogar Franz überragte. Aurelia sagte: «Das ist unser Weihnachtsbaum. Aus unserem Wald. Ich habe ihn ausgelesen, und Papa hat ihn umgesägt.»

«Er ist hübsch», sagte Judith und fragte Ralph: «Wird deine Mutter ihn wieder schmücken?»

«Nein. Sie ist ausgezogen. Sie wohnt jetzt bei ihrer Schwester im Dorf.»

«Ist sie sehr böse auf mich?», fragte Judith.

«Im Gegenteil. Sie findet, du seist ganz schön mutig. Du hättest das Zeug für das Jagdpatent. Sie hat die Büchse für dich dagelassen, für den Fall. Sie ist der Meinung, sie hätte viel früher ausziehen sollen, und hat gesagt, sie hoffe, du würdest bleiben und ihr verzeihen.»

Epilog

Ich stehe in meiner Agentur am offenen Fenster und schaue auf den Dorfplatz hinunter. Wir haben den 4. Januar. Es ist der erste Montag im neuen Jahr.

Der Drahtzieher in Bern ist ein junger Mann von dreiundzwanzig Jahren. Die Fahnder haben bei ihm fast fünfzig Kilo Kokain gefunden. Er behauptet, er habe alles auf Pump erhalten, von einer Organisation in Amsterdam. Die Leute aus Amsterdam hätten ihm auch eine Frau und die zwei Typen nach Bern geschickt. Die Frau stand ihm in der Küche zur Seite und half jeden Tag, einen Vorrat an Stoff zu strecken. Die zwei Typen hatten die Aufgabe, die Konkurrenz zu vertreiben oder auszuschalten und ihm dadurch den Markteintritt zu erleichtern. Sie ermordeten einen von Effendis Vordermännern, worauf Effendi die Schweiz prompt verliess und später den Drogenfahndern in Meran ins Netz ging.

Das alles hat mir Ursina Trummer berichtet. Wir sind gestern Abend zusammen essen gegangen. Sie hat mir weiter verraten, die Schweizer Drogenfahnder arbeiteten jetzt eng mit den Drogenfahndern in den Niederlanden zusammen, erste Festnahmen seien erfolgt.

Der Kokainmarkt sei in Bern nur vorübergehend ausgetrocknet. Das hat mir Petra Kürri erzählt; wir haben kurz vor Weihnachten zusammen telefoniert. Es habe keine Woche gedauert, bis alle wieder ihr Koks zu einem durchschnittlichen Preis kaufen konnten.

Bleibt noch zu sagen, dass ich auch vorgeladen wurde. Dreimal. Der Staatsanwalt hat einen Haufen Punkte aufgezählt und mir unter anderem Kompetenzüberschreitung und Amtsanmassung vorgeworfen. Am Ende haben sie es bei einem Verweis belassen und mir die Lizenz zurückgegeben.

Nun bin ich wieder da. In meinem Rücken sitzt ein junger Mann auf dem Stuhl vor meinem Schreibtisch und wartet. Wir sind zusammen im Lift hochgefahren. Sein Rasierwasser ist bemerkenswert. Seine Schuhe sind es auch.

Was hat er gesagt? Er brauche meine Dienste.

Ich schliesse das Fenster und denke, vielleicht erhalte ich zur Abwechslung einmal einen richtig schönen lukrativen Auftrag. Ich bräuchte nämlich dringend auch neue Schuhe.

Dank

Franziska und Roger, ich danke euch.

Das Strassenmagazin «Surprise» bietet in Zürich, Basel und Bern Stadtrundgänge mit dem Themenschwerpunkt «Armut und Sucht» an. Franziska und Roger haben mich zweimal durch Bern geführt und geschildert, wie sie durch ihre Drogensucht in die Armut abgerutscht und am Rand der Gesellschaft gelandet sind. Sie haben freimütig aus ihrem bewegten Leben erzählt, entwürdigende Situationen und Demütigungen geschildert, aber auch wichtige Plätze und Einrichtungen gezeigt, wie zum Beispiel die Notschlafstelle und das Fixerstübli. Sie haben mir anschaulich und offen dargelegt, wie man als Mann oder als Frau auf der Gasse lebt und überlebt.

Niemand wird freiwillig obdachlos. Das Leben auf der Strasse ist ein fortwährender Kampf gegen Hitze, Kälte, Regen, Hunger, Durst, Einsamkeit und vielerlei Ängste. Ein Leben auf der Strasse bietet geringe Freiheiten und verlangt grosse Entbehrungen. Es ist völlig losgelöst vom Leben in einem gemütlichen Haushalt, in einer heimeligen Wohnung und als Teil einer Familie.

Man könne beispielsweise nie ausschlafen, haben sie gesagt, denn morgens um sechs laufen die ersten Passanten vorbei. Und es sei ratsam, nachts seine Schuhe anzubehalten …

Franziska und Roger haben mich mit ihrem Überlebenswillen gelehrt, achtsamer und aufgeschlossener durchs Leben zu gehen. Ihre Enthüllungen haben mich zudem bewogen, dieses Buch zu schreiben.

Gabriel Anwander

TOD IM EMMENTAL

Broschur, 208 Seiten

ISBN 978-3-7408-0415-2

Der alternde Boxchampion Hammer-Joe betreibt einen Boxclub in Langnau. Eines Tages verschwindet Magdalena, seine beste Schülerin. Doch die Polizei kümmert sich nur verhalten darum, denn das Mädchen kommt aus schwierigen Verhältnissen – sie wird schon wieder auftauchen. Joe aber befürchtet Schlimmes und beauftragt Privatdetektiv Alexander Bergmann. Nach ersten Erfolgen eskaliert die Situation, und Hammer-Joe muss ein letztes Mal in den Ring steigen ...

«Dem Autor ist ein Mix aus spannendem Plot, interessanten Charakteren, treffenden Ortsbeschreibungen und starken Dialogen gelungen.»

Brigitte Schweiz

www.emons-verlag.de